Pierre PFEIFFER

Le cheval incendié

Ou le dernier des paysans

Roman

Les Presses du Midi

Du même auteur aux éditions Les Presses du Midi :

"Le lapin du Quoillot"

Impression PDM

121 avenue d'Orient - 83100 Toulon
Tel. : 04 94 16 90 20 - Fax : 04 94 16 90 29
Dépôt légal juin 2003
ISBN : 2-87867-459-6

Le cheval incendié

Prologue

Jusque dans la première moitié du siècle écoulé la majorité des Français étaient des paysans, liés à leurs fermes, à leur bétail, à leurs champs, enracinés dans cette terre léguée à eux par leurs pères, génération après génération, leur patrie au sens littéral. Ces personnages pratiquaient une forme d'agriculture des temps anciens réalisée à partir de la seule utilisation de la force musculaire, humaine et animale.

À partir de la seconde partie du même siècle, les efforts de reconstruction des dégâts provoqués par la seconde guerre mondiale ont marqué le début des "trente glorieuses", ces années d'un développement économique et social d'une ampleur sans précédent. L'industrie, le commerce, l'urbanisme, les services…, comme l'agriculture, ont su profiter des importantes innovations scientifiques et techniques en plein essor. Les apports du modernisme triomphant ont affecté tous les aspects de la vie sociale, que ce soit l'habitat, les équipements urbains, l'hygiène, la médecine, les transports, les conditions de travail, les communications, la sécurité médicale, l'assistance sociale, les loisirs, le confort, etc.

Ce fut un immense bouleversement, qui transforma les manières de vivre de toutes les catégories humaines de notre société et particulièrement celle des gens de nos campagnes.

Dès 1950, le recours à la force motrice allait profondément changer en les allégeant les méthodes de travail des paysans. Par effet induit, elles allaient détourner leurs rejetons vers les villes et les entreprises avides d'une main-d'œuvre dont l'agriculture n'avait plus besoin. Le fils ou petit-fils de paysans devenu ouvrier, employé ou cadre, fonctionnaire, pilote d'avion, infirmier, technicien de surface, informaticien ou député, que sais-je encore, est dans ce sens devenu un déraciné, une sorte d'apatride. Je peux en témoigner, je suis l'un d'eux.

Je me nomme Michel Descourt. Je suis né entre les deux guerres, à la campagne, dans la ferme de mes parents, où j'ai vécu jusqu'à mon âge adulte avant de partir vivre en ville et m'activer dans le monde des ateliers, des bureaux et des entreprises. J'ai donc connu la transition entre ces univers si différents, à la fois si proches dans le temps et si éloignés dans les façons de vivre et les comportements.

* * *

Durant mon enfance et les premières années de mon adolescence entamée pendant la dernière guerre mondiale, je ne me suis presque jamais éloigné de mon village et de ses alentours. Cela tenait d'abord au confinement usuel des miens, producteurs laitiers, retenus à longueur de jours, de mois, d'années, par les soins permanents à prodiguer au bétail, mais aussi aux limitations de circulation imposées par les occupants allemands.

Cette étroitesse de mon horizon ne m'était pas perceptible, car notre pays de collines permettait de contempler de haut les vastes espaces de bois et de prairies qui s'étendaient au loin, jusqu'à la ligne dite bleue des Vosges au nord, jusqu'aux frontières élevées de la Suisse et des monts du Jura vers l'est et le sud avec, émergeant ici où là dans ces grandes étendues verdoyantes, les quelques taches rouges et grises des toits et des murs d'un village autour d'une église. Vers l'ouest, luisait sous le soleil le tracé métallique d'une rivière qui allait au loin vers la ville sous-préfecture, plus étendue, plus diverse, plus imposante. En rêvant assis sur un talus et en analysant le paysage, se confortait en moi le désir latent de découvrir un jour ces grands espaces, et bien au-delà le monde immense et exaltant que j'imaginais à partir des livres et des images de la géographie scolaire.

Durant ces quatre années enfermées, tous au village partageaient les frustrations de l'époque, mais les restrictions n'étaient pas exagérément insupportables à ces cultivateurs, qui avaient heureusement les moyens de compenser les limitations alimentaires en ajoutant à leurs productions traditionnelles de lait, de pommes de terre et de viande de porc, les légumes et autres fruits de la terre utiles à leur consommation.

Ce qui me surprend le plus quand je repense à ce temps et à ces aspects particuliers de notre vie, c'est l'importance de conséquences entraînées par certaines des contraintes qui nous limitaient.

C'était en premier lieu l'abandon presque total de tout recours aux engins motorisés, les pneumatiques et surtout l'essence étant en priorité réservés aux besoins essentiels des transports, notamment à ceux des militaires allemands. Ainsi l'énergie de l'homme et du cheval associés, compensait-elle l'absence de la puissance motrice. Je sais combien les journées du labeur agricole étaient longues et difficiles, parfois pénibles, mais je ne peux imaginer de bonheur campagnard sans la présence des chevaux. J'aimais cette fréquentation quasi permanente qui nous liait à ces compagnons forts et dociles, lents et tranquilles, avec lesquels nous allions du même pas…

Un autre effet de la présence allemande était le manque de développement et d'initiative dont le monde actif fait généralement preuve lorsqu'il a la liberté de le faire. On ne construisait pas, on n'embellissait pas, on ne s'équipait pas. On se contentait de tenir en état et de consolider, les bâtiments, les outils, la maison. Dans le même esprit la population restait stable. Peu de départs, peu d'arrivées de nouveaux habitants. Notre village n'était pas des plus étroits, mais chacun connaissait chacun et cette stabilité renforçait le double sentiment d'appartenance et de possession, voire, paradoxalement, de liberté. Certes, nous devions comme tous obéir à des règles et à des lois, mais nous étions chez nous, sur notre terre, attachés, enracinés, véritablement propriétaires et responsables de notre environnement. Nous vivions selon un rythme plus proche de la nature que celui qui allait plus tard bousculer les habitudes campagnardes. Cette régression nous a conduits à vivre sur un mode et des habitudes dépassés de vingt ou cinquante ans. Ce temps reculé et ralenti fut pour moi un temps de félicité car, comme à tous les enfants, on me cachait les pires misères et les brutalités de la guerre.

Ensuite, sans que je le perçoive, j'ai au cours de mon adolescence lentement préparé mon départ pour d'autres lieux et pour une autre vie que celle qui me semblait promise. Ceci par la poursuite de ma scolarité hors du village, par ma fréquentation d'autres amis que ceux que j'avais jusque-là côtoyés, à l'occasion de voyages, de vacances, de stages ou de déplacements divers. Je me rendais certes compte des transformations amorcées dès la fin de la guerre tant dans les activités que dans les façons de vivre et de travailler des gens. J'avais les yeux ouverts sur d'autres régions, d'autres milieux, d'autres évolutions que celles de mon seul village. Je ressentais l'attirance que suscitaient les villes et la variété des plaisirs qu'elles proposaient. Je subissais leur fascination, mais je n'imaginais pas encore que je pusse échapper à ce sortilège de la campagne qui m'imprégnait et que je chérissais malgré tout.

Puis c'est arrivé ! Je suis entré au travail en milieu industriel, je me suis marié, j'ai eu des enfants et suis parti vivre en ville, dans plusieurs villes toujours plus lointaines, plus monumentales, plus peuplées, plus denses et plus remuantes. Et les années ont passé…

Aujourd'hui, si je me réjouis des facilités, de l'aisance et du confort engendrés par le progrès, comparés aux conditions rudimentaires de la vie d'autrefois, je ne peux cependant m'empêcher de regretter la naturelle simplicité et la profonde humanité des gens que j'ai côtoyés dans mon village. Ni me défaire d'un très fort sentiment de gratitude à leur égard lorsque j'évoque l'époque incroyablement heureuse et lointaine de ma jeunesse.

Quand j'en parle parfois autour de moi on se moque gentiment, en riant de ces temps primitifs, de ces villages arriérés et de ces péquenots aux fronts obtus qui y vivaient. On me rappelle leur inculture (!), leurs manières frustes, leur hygiène approximative et comme me l'a précisé un ami engagé "leur esprit de soumission, aiguisé par leur acceptation trop placide du cycle et des lois de la nature. Il faut, expliquait-il, être révolté pour avoir envie de changer les choses, pour être créatif."

Peut-être ! Pour ma part je ne me les rappelle pas ainsi. Leur horizon était limité, certes, tant dans leur espace physique qu'intellectuel. Ils ne pouvaient avoir l'ouverture d'esprit qu'il est possible d'acquérir aujourd'hui grâce aux échanges élargis, aux possibilités de découverte d'autres pays, d'autres manières de penser et de vivre, grâce encore aux moyens d'information dont on dispose désormais. Mais ils n'étaient point sots et leur bon sens, ce bon sens qui fait sourire les cuistres, ce sens de la mesure et de la relativité des vérités et des pouvoirs, en faisait pour certains des sages qui s'étaient forgé eux-mêmes leur sagesse, sans recours aux idées et aux goûts imposés par la mode et les gourous, officiels ou occultes. Ils avaient des qualités que je crois perdues ou délaissées : ils savaient aimer et respecter le monde et les hommes, leurs prochains comme ils disaient alors. Sans autre protection que celle qu'ils pouvaient assurer par eux-mêmes, ils savaient néanmoins pouvoir compter sur la solidarité qui les unissait. Et puis ils savaient profondément la nature, ils la connaissaient, l'utilisaient et la servaient. Ils lui appartenaient.

Ils y étaient enchaînés. Ils n'avaient pas choisi leur vie, alors que nous bénéficions aujourd'hui d'opportunités d'évolution plus adaptées à nos goûts, à nos capacités, à nos ambitions. Quoique ! Je me souviens de la réflexion que m'a faite un jour celui qui fut mon grand-père par vocation, mon grand-oncle paysan. “En réalité, ce n'est pas tant ce que tu as pu faire dans ta vie de tous les jours qui compte, mais c'est le résultat que tu en obtiens. Comme par le travail aux champs, ce qui importe n'est pas que tu y aies sué durant toute l'année, c'est ce que, le jour venu, tu en récoltes. Comme la vie pour un homme ! Ce qui compte c'est la récolte, c'est le bonheur d'avoir eu de beaux enfants, d'avoir su les préparer à te continuer et de vieillir entouré de leur affection. À partir de là, le reste, que tu aies été paysan ou ministre, quelle importance !”

LE CHEVAL INCENDIÉ - I -

Ma mère, moi et les autres

Jeune fille, ma mère avait été mince, mais son ardeur aux travaux de toutes sortes avait musclé son corps. Ça ne l'empêchait pas d'avoir pour moi les gestes doux qu'une mère attentive prodigue pour la toilette ou le vêtement de son petit. Elle ne caressait que furtivement et n'embrassait pas beaucoup, seulement le soir au coucher et le matin au réveil. Son baiser était rapide, machinal, à peine accompagné d'un appui de la main sur la tête ou l'épaule. Dans mes toutes premières années cela ne me privait pas, puisque je n'avais pas la possibilité de comparer ces façons à d'autres. C'est ma grand-mère plus tard, qui, la première, me prodigua des gestes de tendresse gratuits, des mains tenues, des regards et des sourires appuyés, des caresses sur les joues et des baisers de simple encouragement ou de remerciements, non nécessairement liés à un acte d'aide à la toilette ou la vêture. Cette découverte de contacts plus sensuels m'avait immédiatement marqué et plu, et avait énormément participé à mon émancipation. Après m'y être habitué, je m'étais mis à devenir plus démonstrativement tendre avec ma mère elle-même. Je pense qu'elle en fut certainement touchée, mais elle ne le montra guère.

Ma génitrice était naturellement peu portée aux longs échanges verbaux, mais à la suite d'un accident survenu juste avant ma naissance, qui l'avait fortement ébranlée, elle s'était encore plus renfermée et ne communiquait en famille que pour les nécessités du quotidien. Elle se tenait exagérément à l'écart en me gardant sans cesse auprès d'elle, lié à son giron par une sorte de cordon ombilical virtuel, comme non né en quelque sorte. Lorsque je fus en âge de le faire, qu'aurais-je eu besoin de dire ! Il me suffisait de la regarder en balbutiant ou de tendre les bras, pour qu'elle sache aussitôt ce qu'était mon désir ou mon besoin et que dans l'instant elle le satisfasse. Néanmoins, durant toutes ces années, si je n'ai guère eu à parler, j'ai tout de même beaucoup eu à écouter et personne n'aurait pu imaginer tout ce qu'elle me racontait lorsque nous étions seuls. Ce n'était pas vraiment à moi qu'elle s'adressait, mais à elle-même, ce qui en réalité était la même chose. Lorsqu'elle nous sentait assez isolés et tranquilles, elle occupée à son ouvrage et moi jouant à son côté, elle monologuait en évoquant des bribes de ses souvenirs mêlées de réflexions que trop jeune je ne pouvais comprendre. Tous ces propos n'impliquaient aucune question ou réponse de ma part. Je conserve encore en tête quelques images fugitives que ces phrases faisaient naître en moi, à défaut de toujours en saisir la signification.

Un jour elle m'avait parlé de la mer qu'elle avait vue au cours d'un voyage qui l'avait marquée et j'essayais d'imaginer le paysage qu'elle décrivait en précisant que la mer était si vaste “qu'on ne pouvait pas en voir le bout”. Je sais là n'avoir rien demandé et avoir seulement imaginé comment l'immensité terrestre et océane, a priori plate, devait ressembler à une sorte d'immense tarte ronde bordée de hautes murailles destinées à retenir les eaux marines, comme la tarte est bordée de la croûte qui en limite la circonférence. Une autre fois, je me revois bambin assis à terre aux pieds de ma mère en train de repriser et m'essayant à construire un empilage de pinces à linge. Mon échafaudage finissait toujours par s'effondrer et sans cesse je le recommençais, mon but probable étant d'atteindre une hauteur de construction remarquable. Sans doute amusée par ma patience, ma surveillante s'était soudain mise à rire, ce qui ne lui était pas fréquent. Surpris, je l'avais regardée les yeux ronds puis réfléchi deux secondes avant de m'esclaffer avec elle.

C'est ma grand-mère, Mamène, qui m'a un jour raconté comment j'étais venu au monde de manière très longue et difficile. La nature aurait voulu que ma mère accouchât, mais malgré les douleurs qui annonçaient l'enfantement elle ne voulait ou ne pouvait pas me faire ; son ventre dur comme une plaque d'acier me gardait en elle. Finalement j'étais arrivé et ma mère avait eu beaucoup de mal à s'en remettre. C'est à partir de là, m'a-t-on également appris, qu'elle s'était repliée sur elle-même.

Je suis en effet né dans la ferme de mes parents quelques jours après cet accident qui lui était arrivé alors qu'elle s'était mise en tête, un jour d'orage, d'aller enlever le linge mis à sécher sur l'étendoir extérieur près du verger. Bien que proche de son terme, en paysanne robuste et dure au travail, elle ne voulait déranger personne, les autres membres de la famille étant tous occupés à diverses tâches. Mais le vent violent et la pluie se déchaînèrent tout à coup et les rafales déracinèrent un vieil arbre qui dans sa chute l'entraîna à terre. Prise sous une énorme branche qui pesait sur ses reins, à genoux, elle résista de toutes ses forces au poids énorme qui risquait de l'écraser et moi sous elle.

Elle resta ainsi de longues minutes, affolée, criant dans la bourrasque, persuadée que personne ne pourrait la délivrer et pleurant d'avance la mort de cet enfant qu'elle portait. Ma grand-mère prise d'un pressentiment la découvrit rapidement et donna l'alerte. On plaça un billot en guise d'étai sous la branche et elle put enfin rouler sur le côté puis sur le dos avant qu'on l'enlève de son piège, à moitié noyée et tétanisée. C'est par elle d'abord que j'avais appris l'événement, pour l'avoir entendue le raconter à sa manière, au hasard de ses errements verbaux solitaires. À force de répétitions j'avais fini par comprendre que j'étais le principal personnage de son histoire.

"Que c'était lourd ! Tenir, ne pas me laisser aplatir, m'appuyer sur un coude, résister, empêcher d'écraser le bébé, seulement tenir, tenter de me relever, de ramper. Ce n'est pas possible, je n'en peux plus, je sens que je vais plier et j'appelle, Jacques ! Jacques ! Il a soulevé la branche et j'ai pu me laisser aller sur le côté puis sur le dos. Ils m'ont tirée par les bras en me faisant glisser dans la boue. Je veux tenir mon ventre et je sais que j'ai perdu la tête, mais je sais aussi que j'ai toujours mon bébé vivant, mon bébé, mon bébé !"

Elle criait presque toujours en disant ces derniers mots, les yeux emplis de cette frayeur qu'elle avait eue sans penser à elle, seulement au précieux fruit que contenait son corps. Alors elle me saisissait fébrilement, puis m'embrassait et me berçait en me serrant dans ses bras comme pour encore me protéger. De mon côté je me sentais sauvé, heureux d'être là blotti contre sa poitrine, loin des orages et de toutes les catastrophes.

C'est naturellement à travers ses propres confidences que j'ai pu me faire une idée de ce qu'avait été sa propre jeunesse, et que j'ai pu comprendre comment sa retenue avait trouvé son levain dans l'éducation catholique, rigide et prude voulue par sa propre mère et fortifiée par ses éducateurs d'écoles confessionnelles. Ils lui avaient fait assimiler les élans de tendresse à des gestes impudiques, des gestes de péchés. Toutes les causes de ces attitudes, je ne les ai démêlées et comprises qu'au fil du temps, en me souvenant de certaines réactions de sa part lorsqu'elle me racontait des épisodes de sa vie de petite fille sage. Comment était-ce resté si précis en mon souvenir ? Ses récits furent si souvent repris au fil de mes premières années. Et puis ils couvraient une période relativement courte, car si elle parlait quelquefois de son enfance et de son mariage, elle évitait tout ce qui la conduisait à évoquer son adolescence.

J'en avais retenu qu'elle avait beaucoup aimé son père, que je n'ai pas connu. C'était un commerçant jovial qui tenait une sorte de grand comptoir agricole dans le Haut Doubs. Il vendait toutes sortes de fournitures, des graines, des semences, des aliments pour bétail, un peu de fourrage, des outils à mains et des manches de rechange, de la graisse pour les moyeux des charrettes, du fil de fer barbelé, des pièges, du poison pour nuisibles et tout un capharnaüm d'objets utiles dans un pays de campagne avant l'arrivée des engins agricoles motorisés. Il connaissait évidemment tout le monde sur ce plateau du Jura qui borde la Suisse et il recevait sa clientèle comme on accueille des amis. Sa femme, ma grand-mère maternelle, qui a vécu très longtemps mais que j'ai peu connue, était une femme sèche, pieuse et sévère, qui élevait ses trois enfants dans l'incessante crainte du démon et la permanente nécessité de la contrition. L'aînée aidait ses parents au magasin pendant que sa cadette, ma mère, avait à charge, avant même qu'elle eût quitté l'école, de s'occuper du ménage et de la garde de son petit frère. Celui-ci avait longtemps été alité et, sans doute trop protégé et gâté par tous, était après sa guérison, devenu un garnement turbulent et désobéissant qui lui au moins ne se préoccupait guère des artifices du Malin. Puis le père était mort, et la mère avait embauché un commis et ajouté au travail de sa plus jeune fille à peine âgée de quatorze ans, en lui confiant la propreté du magasin et de la réserve, en plus de la quasi-totalité des soins du ménage.

Elle évoquait surtout la période de sa vie qui lui avait donné l'occasion des moments les plus heureux, principalement du temps où son père vivait. Elle gardait un souvenir enchanté des jours où il l'emmenait en camionnette faire des livraisons à la campagne. Elle s'émerveillait du paysage, de la gentillesse des clients à son égard, des petits cadeaux que son père en profitait pour lui faire, friandises ou petits jouets anodins, d'ailleurs plus souvent destinés à des garçons, comme des toupies, des billes d'agate ou des balles de caoutchouc. Elle aimait aussi les promenades des dimanches dans les prairies où les bois d'où elle revenait les bras chargés de fleurs. Ces joies pures étaient aussi souvent associées à des fêtes religieuses, car si elle avait parfois timidement songé à s'écarter du chemin de vertus trop étroites, son amour du Christ la ramenait vite à ce qu'elle croyait être la sagesse. Souvent elle me parlait du jeune homme crucifié dont l'attitude alanguie sur la croix lui paraissait être celle d'un personnage bon et attendrissant plutôt que celle d'un persécuté. C'était cette image du jeune homme sympathique et parfait qui de son propre aveu la retenait dans sa foi plutôt que celle des anges et du paradis d'au-delà les nuées célestes. À la maison, seule avec moi et évoquant ces souvenirs, il lui arrivait d'être gaie, exaltée parfois, mais toujours elle retombait dans cette attitude morbide qui la portait à se replier sur elle-même et à se mortifier, s'obligeant par contrition à travailler sans jamais rechigner à aucune tâche, fût-elle des plus rebutantes.

Elle avait follement aimé son jeune frère, de six ans son cadet, qui savait être tendre et plein de charme quand il n'était pas emporté par son incessant besoin de remuer. Elle subissait les conséquences de ses incartades mais ne pouvait lui en vouloir trop longtemps car il était honnête et savait avouer ses fautes pour la déculpabiliser auprès des parents. Sa mère lui reprochait néanmoins de ne pas savoir le retenir lorsqu'il se lançait dans des courses et des jeux trop désordonnés. Il lui avait ainsi en partie gâché ce qui aurait dû être pour elle un des plus beaux jours de sa vie, celui de sa communion solennelle.

Tout avait d'abord été merveilleux, depuis le moment où elle avait enfilé la robe de mousseline avec le diadème d'où pendait le voile blanc qui couvrait ses épaules et voguait dans son dos. L'église pleine de fleurs et d'odeurs d'encens l'avait éblouie et elle avait suivi le rite de la cérémonie avec une ferveur extasiée. Il y avait eu un grand repas donné sous le hangar débarrassé de son contenu hétéroclite avant d'être dépoussiéré et magnifiquement décoré. Elle avait distribué des images pieuses à tous, qui, en échange, lui avaient offert des cadeaux somptueux. On lui avait mis au cou avant la cérémonie une croix en or qui remplaçait celle qu'elle avait portée depuis l'enfance, et son parrain, pour l'occasion, lui avait apporté de Besançon une montre qu'elle avait hésité à sortir de son étui tant elle lui semblait précieuse. Ces deux bijoux l'avaient fait rougir de plaisir, surtout lorsque, avant le banquet, devant les femmes, tantes et cousines assemblées, on avait fixé le bracelet de cuir fin à son poignet.

Mais à l'heure de partir aux vêpres, le garnement en jouant dans une remise avait renversé un bidon de mélasse dont le contenu s'était répandu sur le plancher. Penaud, il était venu l'avouer en confidence à sa sœur qui, pour lui éviter d'être puni s'était crue obligée d'écoper la pâte gluante. Elle avait vite compris l'inanité de ses efforts lorsqu'elle avait taché sa belle parure. On l'avait retrouvée en sanglots auprès de son petit démon de frère qui essayait de la consoler. Elle souriait en évoquant l'incident pour moi, plus tard, mais je pouvais imaginer combien il avait dû l'affecter.

Dès mes premières années conscientes, j'avais malgré tout assimilé que tous à la ferme nous formions une famille, une sorte d'assemblage d'adultes et d'enfants mêlés, bien qu'il y eût donc chez nous deux groupes de personnes vivant quasi séparément sous le même toit, avec pour les lier la relation particulière de mon père. Lui seul s'approchait souvent du couple écarté avec des mots et des gestes de tendresse dont je ressentais l'exagération et auxquels je demeurais aveugle et sourd. Je me souviens de l'homme grand, mince, un peu mélancolique et souriant qu'il est toujours resté, la jeunesse en moins, qui posait la main sur l'épaule de ma mère en se penchant vers moi. Je la voyais se raidir alors qu'il faisait semblant de ne pas le remarquer. Je ne comprenais pas pourquoi ces gestes intimes semblaient l'effrayer alors qu'habituellement elle parlait de lui avec tendresse et admiration. Elle racontait devant moi des moments de leurs premières rencontres, de leurs projets, de leur vie de couple et de l'heureuse venue de leurs enfants. À l'évocation de ces naissances elle se taisait soudain et je pressentais qu'elle venait de penser à la mienne. Elle ne parlait jamais de sa vie adolescente au-delà de ses quinze ou seize ans, bien que quelquefois le cours de ses pensées l'y aurait vraisemblablement conduite. Mais alors elle se renfermait et se taisait. Sans partager son oppression j'avais un jour sans m'y arrêter flairé la présence d'un mystère qu'elle voulait oublier ou me cacher. Cette intuition marqua, je crois, les prémices de mon indépendance, ma conscience du secret.

D'abord plus éloignés de mon horizon, je regardais platoniquement vivre autour de moi les autres membres de la maisonnée sans éprouver le besoin de beaucoup leur parler. Peut-être ne savais-je pas qu'il m'était possible de le faire, ma mère détenant la clé de toutes mes interrogations. Presque tous, comme ma grand-mère, souriaient chaque fois que je rencontrais leur regard, ou bien tentaient quelque mot ou caresse, mais je n'avais guère d'autre réaction que de les scruter sans rien dire moi-même. Je ne faisais en réalité que les croiser car Maman et moi mangions à part, avant eux, lesquels se tenaient gaiement à table, riant, racontant ou discutant de ce qu'ils devaient entreprendre. Je les entendais parfois de la pièce proche où j'étais censé jouer et cela m'attirait parfois. Mais comment aurais-je pu partager avec eux des choses qui ne me concernaient pas, qui ne pouvaient pas me concerner ? Parmi eux trônait un personnage qui me paraissait être des plus importants, c'était "Jean" ou "Jean-l'oncle", dont je devinais qu'il était le véritable meneur de la tribu. Moustachu, l'air jovial et l'humeur tonique, il aurait attiré ma sympathie, bien que justement il parût être le représentant type de ceux dont j'étais écarté. Cette impression me venait d'une petite scène qui se reproduisait de loin en loin et que j'interprétais faussement.

Il lui prenait tout à coup l'envie de m'approcher et il avançait mollement vers moi en souriant et en tendant la main pour me caresser la joue ou m'ébouriffer les cheveux, tout en prononçant quelques mots mal formés qui se voulaient gentils. Aussitôt son épouse, "la Tante" Henriette, et Mamène ma grand-mère, intervenaient d'un air furibond pour l'écarter malgré ses dénégations peinées. En réalité, je ne l'ai compris que bien plus tard, il ne risquait ses tentatives que lorsqu'il était "pompette !" comme le raconta un jour ma mère d'un air réjoui !

Les enfants aussi m'auraient beaucoup intéressé et je me souviens avec terreur et délice du jour où mon frère faillit me tuer en tentant de hisser ma chaise de bébé sur la caisse à bois placée à côté de la grosse cuisinière de fonte toujours brûlante. Il jugeait vraisemblablement que ma petite taille et mon inaptitude à l'escalade m'empêchaient de contempler le monde avec assez de survol. Accroché aux barreaux de mon siège, coincé par l'abattant, tiré par René, poussé par Alice, je tanguais entre ciel et terre lorsque ma mère jaillit pour leur enlever leur jouet du moment. Alice aurait été la plus tentée de venir auprès de moi, mais Maman la laissait moins que d'autres s'approcher de la pièce réservée où elle me gardait en effectuant son repassage ou sa couture. Ma sœur était pour moi une admirable et extravagante petite peste qui profitait du moindre moment d'inattention de ma gardienne pour tenter quelque expérience de relation. Comme celle de venir me coller un paquet de chiffons sales sous le nez en me demandant d'embrasser sa poupée, au risque de m'étouffer à moitié. Notre mère les éloignait dès qu'ils risquaient de me gêner et jamais ils ne désobéissaient… jusqu'à une éventuelle prochaine occasion.

C'est à partir de ma quatrième année qu'avec Mamène, la mère de mon père, je suis enfin entré dans le monde des autres. Lorsqu'elle commença à s'intéresser à mon sort et à m'entretenir de choses nouvelles, j'étais à peine capable de parler intelligiblement. Si ma mémoire avait commencé à fonctionner mieux et plus tôt qu'on aurait pu le croire compte tenu de mon semi-mutisme, tout ce que j'avais retenu restait confus mais néanmoins présent dans mon esprit et petit à petit, au fil du temps, je me suis mis à couper Grand-mère au cours de ses récits pour lui livrer quelque élément de mon propre souvenir de moins en moins éparpillé, un extrait de ce puzzle mental qui rejoignait ce qu'elle racontait. À son très grand ébahissement. “D'où tiens-tu ça garnement ?” s'écriait-elle parfois lors de nos premiers échanges, quand je la surprenais en corrigeant ou en complétant brusquement un souvenir qu'elle évoquait devant moi et que j'étais censé ne pas connaître. Elle appelait ça mes révélations.

“Elle a eu beaucoup de courage en te mettant au monde, m'a un jour déclaré mon aïeule, en parlant de ma mère, et c'est pourquoi il faut beaucoup l'aimer et lui pardonner !” Pardonner ! Pour ma grand-mère il fallait toujours pardonner. Son adhésion totale et sans restriction aux principes de sa religion huguenote la conduisait à vouloir pardonner tout et plus de ce qui pouvait l'être. Pardonner à ma mère de m'avoir sauvé la vie au point d'en avoir abîmé la sienne m'était dès le début apparu comme étant une idée vraiment particulière. Mais grand-mère était ainsi, protestante convaincue, alors que Maman, catholique fervente quoique non pratiquante, avait évidemment fait baptiser ses enfants dans sa propre foi. Cela n'avait pas empêché les deux femmes de toujours bien s'entendre, dans la mesure des circonstances, et surtout après que je me fus enfin éveillé à la vie, “grâce à Dieu !” comme le disait Mamène en soupirant !

Plus tard, lorsque je fus devenu un enfant jugé plus “normal”, la question qui me vint un jour à l'esprit fut de savoir si mes propres difficultés de l'enfance, mon retard, avaient été liées aux suites de l'accident de naissance qui était arrivé à ma mère. Personne n'avait jamais pensé à me le dire mais j'avais toujours imaginé que non, dès le début. Je supputais seulement, avec raison, que le regard que l'on portait sur moi était certainement très influencé par la manière dont ma mère me couvait et me gardait à l'écart, par ce mode d'incubation prolongé, cause de mon apparente difficulté d'éveil. Grand-mère disait que dès le premier jour on aurait pu deviner que je serais long à grandir et à m'ouvrir au monde, et que cela me soit pardonné bien entendu. Elle exagérait, c'était un peu sa tendance. Non pas exagérer pour mentir, mais trouver des explications qui aillent dans un sens qui la satisfasse.

Cela lui plaisait en tout cas cette idée qu'elle avait pu dès le début évaluer ce que serait ma personnalité. Lorsqu'elle m'expliquait ces choses, c'était après toutes ces longues années où elle était comme les autres restée sans trop m'approcher. Son éloignement tenait, expliquait-elle et je la crois, à la tendance de ma mère à m'accaparer, alors qu'elle-même avait à compenser sa moindre présence auprès de René et Alice mes aînés. Elle s'en occupait pendant que leur mère travaillait ici ou là, à la maison, à la ferme ou dans les champs, avec toujours son dernier-né auprès d'elle. J'ai appris à marcher tard, sans aide, et ai effectué mes premiers pas les pieds dans l'herbe ; c'est une idée qui me plaît bien. J'ai aussi le sentiment d'avoir su par mimétisme former des mots pour exprimer mes idées sans pour autant les extérioriser, en parlant probablement bouche fermée, sans que personne ne le perçoive.

C'est beaucoup plus tard que j'ai pu comprendre la vraie raison qui avait rendu ma mère si excessivement possessive à mon égard alors qu'elle ne l'avait pas été pour ses deux premiers enfants.

Mamène

La mère de mon père, grand-mère de ses trois enfants, se prénommait Hélène mais nous l'appelions Mamène, simplification inventée par son petit-fils premier né au temps de ses premiers balbutiements. S'il n'est guère possible de situer aucun instant précis de la découverte progressive des personnes qui nous ont entourés durant l'enfance, je me souviens pourtant du moment particulier où son image, regardée à son côté sur un cliché photographique qu'elle nous montrait et commentait, se grava pour la première fois et pour la vie dans ma mémoire. Nous n'avions que très rarement l'occasion de voir ses photographies les plus anciennes qu'elle conservait dans une série de boîtes de carton parfaitement répertoriées et classées. Le cliché devait avoir été pris lorsqu'elle avait une vingtaine d'années et elle m'était apparue si belle que j'en avais eu le souffle coupé.

Son visage avait une forme parfaite, un ovale sans mollesse, l'arrondi des mâchoires à peine marqué pour donner juste ce qu'il faut de caractère, un nez très droit et fin, des lobes d'oreilles à l'arrondi délicat, des sourcils sombres et de longs cils dessinés comme pour atténuer l'éclat de ses immenses yeux bruns. Elle posait détendue, avec un sourire à peine esquissé, paraissant volontairement attachée à montrer de la simplicité, ses longs et noirs cheveux ondulés relevés en arrière. Elle se tenait naturellement dressée sans pouvoir empêcher son regard de briller de toute la force de vie qui visiblement l'habitait. Retenue par une chaînette d'or fin, la croix huguenote qui ne l'a jamais quittée était posée sur le haut du corsage blanc fermé jusqu'au cou. Ce symbole de sa foi fut le seul bijou qu'avec son alliance elle ait jamais porté. Sa coquetterie, car elle en avait, se traduisait par sa façon d'être toujours vêtue de façon stricte, et son élégance émanait de sa seule personne, de ses gestes et de sa manière de se tenir sans besoin d'y ajouter aucune autre fioriture.

Elle avait épousé par amour un garçon de son village qui avait fait des études, ce qui voulait signifier qu'il avait été au collège avant d'entamer une carrière militaire, poussé par sa mère, une veuve autoritaire et fière qui vivait de ses rentes dans une maison cossue quoique vétuste à l'écart des autres. Sa jeune bru avait sans doute rêvé de devenir la femme d'un personnage reconnu qui se serait fait apprécier et respecter par la seule force de sa qualité, sans excès d'ambition et d'intrigue. Malheureusement ce futur grand homme et grand-père en puissance était mort trop tôt, tué sur le front des troupes en 1918, et sa jeune veuve s'était retrouvée bien seule avec deux tout jeunes enfants à élever. Malgré les apparences sa belle-mère sans le sou n'avait guère eu les moyens de beaucoup l'aider.

C'était une personne énergique Grand-mère et même si au début de son veuvage elle avait préféré par facilité venir habiter auprès de ses parents paysans et de son frère Jean, oncle de ses deux enfants, elle avait néanmoins tenu à préserver son indépendance en prenant un commerce d'épicerie mercerie dans le village. Elle occupa d'abord un deux-pièces indépendant aménagé pour elle et sa progéniture au second étage de la maison, celui qui, plus tard agrandi, allait devenir le logement du ménage de son fils. Elle avait tenu à payer un loyer que l'oncle, son frère, recevait à son corps défendant avec beaucoup de gêne. Mon père fut traité comme un fils par cet homme et sa femme qui eux n'avaient pu avoir d'enfant. À tel point qu'étant quotidiennement auprès d'eux sa mère, prise par son commerce, n'eut pratiquement pas à s'occuper de lui au plan matériel, pas plus que de sa fille elle aussi très proche de sa tante. Ce qui ne l'empêcha pas de diriger leur éducation morale et plus tard d'orienter l'avenir de son fils qui dans son esprit ne pouvait devenir paysan, ni militaire.

Elle le poussa à entrer en école de commerce afin d'évoluer plus tard dans les affaires, disait-elle sans bien savoir lesquelles, mais néanmoins persuadée qu'il y réussirait et que ce serait un tremplin pour une vie pleine et intéressante. L'ennui fut que mon père, complice de son oncle, ne rêvait que campagne et agriculture. Il renâclait à étudier des matières pour lui sans attrait et elle dut un jour lui céder et accepter la proposition de son frère qui suggérait qu'il devînt sans attendre son successeur et le propriétaire de la ferme qui leur appartenait à tous deux en indivision. Bien que déçue, elle finit par se rendre à ces vues mais veilla à ce que tout cela soit bien clair et certifié devant notaire. Elle exigea également qu'il aille faire deux années d'études en école d'agriculture. Ma tante Madeleine ne fut pas oubliée dans cette donation qui favorisait cependant son frère.

Malgré tout, la future Mamène n'avait pas abandonné l'idée de voir son garçon tendre à un rôle dans la société qui fût digne et représentatif. Mon père aurait pu combler une partie de ses vœux, bien des agriculteurs mènent des activités extra professionnelles essentielles, mais il est probable qu'elle fût encore attristée de son refus d'entrer en politique, ses ambitions à lui étant plus attachées à atteindre des objectifs concrets sans considération de l'aspect honorifique qui pouvait y être attaché. En plus de son engagement municipal il exerça quelques activités syndicales dans le monde rural régional et appartint à plusieurs conseils d'administration d'organismes liés à l'agriculture. Il se justifiait en affirmant que les hommes qui briguent un mandat électif populaire n'ont aucune initiative réelle, ne cherchant en général qu'à se ménager une nouvelle et prochaine réélection en tentant de satisfaire les groupes d'intérêts qui exercent sur eux la plus forte pression. Il se préférait du côté de ceux qui font pression.

Il y eut quelquefois des tensions entre Mamène, pourtant si attentive à son comportement relationnel, et son fils chef de famille, lorsque celui-ci se renfrognait pour un motif quelconque. Elles avaient pour effet de déterminer la vieille dame à se mettre un peu à l'écart tout en adoptant une attitude a contrario conciliante à l'excès. Il lui eut paru indigne de paraître bouder et lorsqu'elle était ainsi en froid elle manifestait à tous une attention tout aussi souriante que forcée. Le plus important de ces désaccords se produisit à l'occasion d'un quatorze juillet de l'occupation. Fidèle républicaine Mamène suspendit des drapeaux tricolores aux fenêtres afin d'honorer la fête nationale. Mon père essaya bien de l'en dissuader, la chose étant interdite par l'État français, puis il s'empressa d'enlever les emblèmes nationaux dès qu'elle eut tourné le dos. Alors la vieille dame alla d'un pas ferme jusqu'à son ancien magasin. Celle qui lui avait succédé, à peine moins âgée qu'elle, était non seulement une amie, comme elle une paroissienne fidèle, mais de plus et surtout une de ses plus ferventes admiratrices. Mamène n'eut aucune peine à la convaincre de faire ce qu'on lui avait interdit chez elle. Les deux femmes sortirent une chaise sur le seuil et pendant que l'une la tenait fermement, l'autre, l'instigatrice, y monta hardiment pour planter au-dessus de la porte, un modeste rectangle de papier tricolore. Elles le défendirent et le maintinrent en place malgré toutes les objurgations de prudence des pratiques. Ce sont les gendarmes, avertis on ne sut jamais comment, qui vinrent intimer à la commerçante l'ordre de décrocher l'objet litigieux, ce qu'ils finirent par exécuter eux-mêmes devant le refus des deux patriotes. Cela eut pu n'être qu'anodin mais l'entêtée prit très mal les reproches de son fils, de cet héritier du héros de quatorze dont le nom figurait sur le monument aux morts de la commune qu'elle alla fleurir le soir même de l'incident. Cette soumission aux règles imposées par les occupants lui était apparue comme une forme de la plus lâche trahison.

Une autre de ses attitudes sujette à incident se produisit beaucoup plus tard, quelques semaines avant la Libération. Les armées alliées stoppées aux portes de notre région préparaient leur proche campagne d'Alsace. Durant ces longues semaines d'attente en zone toujours occupée, nous faisions le gros dos en attendant l'imminence des combats et de la délivrance tout en continuant à travailler malgré les explosions des obus alliés qui tombaient parfois autour de nous, au bord des routes ou dans les champs. En réalité les Allemands déjà décimés et fatigués n'étaient plus que quelques-uns, et dès l'offensive libératrice, ils décampèrent d'ailleurs sans faire montre de beaucoup de pugnacité.

Par un jour froid d'octobre, deux très jeunes soldats d'un récent et ultime recrutement, deux gosses aux joues duveteuses qui ne devaient pas avoir dix-sept ans, grelottaient dans leurs uniformes vert-de-gris mal ajustés en montant près de chez nous une garde qui n'avait qu'un sens symbolique. Émue par la misère de ces gosses efflanqués et tristes, la charitable chrétienne les appela sur le pas de sa porte pour leur servir à chacun un bol de soupe brûlante. Les deux gamins intimidés en furent abasourdis, prêts à pleurer, mais en même temps réchauffés. L'affaire eut des témoins et se colporta. Mon père était furieux. À quelques semaines de là, le pays étant débarrassé de ses occupants, quelques individus vêtus d'uniformes français incertains et dépareillés quoique généreusement galonnés, vinrent à la maison pour enquêter sur le comportement collaborateur de la fautive. Celle-ci connaissait l'un d'eux, un énergumène au regard fuyant dont on lui avait rapporté le récent dévouement à la Résistance. On lui expliqua le motif de la visite et on la pria de décliner son identité. Elle déclina celle de son mari, croix de guerre, légion d'honneur, mort pour la France, tué par un Allemand anonyme. Puis elle enchaîna : "Il a laissé une veuve et deux enfants, deux orphelins de guerre, mes enfants, que j'ai élevés dans le respect de leur patrie. Je suis aussi grand-mère et je sais bien que les deux gosses que j'ai réchauffés n'ont jamais tué personne, allemands ou pas c'était des enfants, et je sais ce que sont les enfants." Elle s'énervait tout en parlant et elle finit par les mettre dehors, sans les insulter ce n'était pas son genre, mais en mettant en doute la qualité d'au moins l'un d'entre eux à pouvoir se présenter comme son juge. Et en martelant que si l'on voulait se rendre ridicule en l'arrêtant pour crime de guerre, il suffisait de lui passer des menottes et de la conduire en prison à pied par la traversée du village. L'homme qui semblait être le chef de la petite délégation, ayant compris qu'on l'avait fourvoyé, fit mine d'avoir achevé sa mission qui, déclara-t-il, ne comportait que cet interrogatoire préalable et qu'il allait en référer. On n'entendit évidemment plus parler de cette affaire mais mon père resta quelque temps assez inquiet pour continuer à en vouloir à sa génitrice.

Ce qui m'a également frappé à propos des photographies de Grand-mère, c'est cette découverte que nous avons faite beaucoup plus tard, après sa mort.

En rangeant sa chambre, ma sœur avait enlevé tout ce qui se trouvait sur et dans sa table de nuit et l'avait placé dans un carton que mon père et sa sœur allaient devoir examiner pour décider de ce qui devait en être fait. En fouillant sans intention dans cet amas d'objets disparates, ma tante enleva de son cadre la grande photo qui avait toujours figuré sous verre dans la chambre de Grand-mère. Elle les représentait tous les quatre, elle, son mari et leurs enfants aux jours des plus grands bonheurs, avant la grande guerre. Sous la grande feuille de papier glacé une autre y était placée, à l'envers, invisible, face contre la plaque de carton du fond du cadre. Elle représentait notre éternellement jeune grand-père comme il ne nous avait jamais été donné de le voir, dans son bel uniforme d'officier. Ce jour-là nous nous sommes avisés que sans y avoir jamais prêté attention nous ne l'avions effectivement jamais contemplé dans la tenue où il était parti pour ne jamais revenir. En fouillant encore dans le carton, mon père en extirpa encore d'autres choses jamais vues, d'autres photos dans une boîte, jamais exhibées, et qui elles aussi montraient le jeune mari dans son vêtement de soldat ou en déguisement de conscrit avec ces rubans et ces fausses décorations dont se chargeaient les futures recrues après avoir passé le conseil de révision. Et au fond de la même boîte, la croix de guerre et la légion d'honneur qu'il avait méritées pour s'être fait ôter la vie et que nous n'avions jamais vues. Mamène voulait-elle par cette soustraction ne donner du disparu qu'une image des temps heureux et nous éviter de penser à lui marchant à la mort ! C'est ce que je crois sans en être assuré.

Car Grand-mère abhorrait évidemment la guerre, quoique ne le confiant que rarement. Ce qui ne l'empêchait pas de répondre chaque fois aux invitations qui lui étaient faites de participer à telle ou telle cérémonie du souvenir, afin qu'il soit rendu hommage aux disparus. Elle m'en voulut vraisemblablement un jour de lui avoir posé non sans arrière-pensée, la question de savoir pourquoi elle avait épousé un militaire par définition homme de guerre. Le rose qui lui vint au front révéla son émoi mais c'est néanmoins avec calme qu'elle répondit avoir toujours considéré comment un homme généreux pouvait être un honorable soldat de paix comme l'avait été son époux. Il est vraisemblable qu'en cet instant elle avait pensé à leurs séjours aux colonies avant la Grande guerre. Selon son point de vue, commentait-elle parfois, la colonisation dans toute sa durée avait été une des grandes œuvres de la France, une œuvre de pacification, d'éducation et d'assistance. Son mari avait été un des modestes artisans de cette grandeur avant d'être sacrifié dans l'abomination.

Profondément croyante, Mamène conformait sa vie aux règles de sa religion huguenote, mais sa retenue n'était cependant pas de la raideur, et sa tolérance comme sa générosité furent infinies. En réalité elle ne nous imposait jamais rien par simple exigence et ne faisait que nous amener à conformer nos attitudes et nos actions à des règles qu'elle rendait évidentes au nom du simple devoir de respect envers soi et envers les autres. Rien de ce qu'elle énonçait n'était cependant négatif à l'excès et si ses désaccords étaient fondés eu égard à ses convictions, ils ne la poussaient jamais à un rejet qui fût définitif. Elle avait du discernement mais feignait parfois d'ignorer certaines attitudes contestables, allant fréquemment, ce qui est un comble, jusqu'à se faire l'avocat du Diable. Plus cependant pour ce qui concernait les autres plutôt que ceux de sa tribu. Il n'était pas dans sa nature de s'épancher et de parler d'elle-même et quoi qu'elle sût rire malgré son apparent puritanisme elle excellait dans l'ironie, souvent piquante, jamais blessante.

Mon père

Lorsque dans nos premières années de complicité, Grand-mère évoquait devant moi des souvenirs de la jeunesse de Jacques, mon père, j'avais souvent l'impression de l'entendre parler de René, mon frère. Bien qu'elle ait toujours su partager son amour de façon équitable, c'était ces deux personnages qui attiraient le plus son intérêt.

Parlant de son fils, mon père, elle racontait des épisodes de la vie d'un garçon de douze, quatorze ou seize ans, que je ne pouvais pas sans effort assimiler à l'adulte que je côtoyais au présent, tel qu'il était devenu quarante ans plus tard. Alors que son petit-fils, mon frère, de six ans mon aîné, me paraissait tellement plus ressemblant au sympathique garnement dont elle me contait les aventures. Les photographies que la narratrice allait quelquefois prendre dans sa chambre pour imager ses propos n'étaient pas faites pour dissiper mon malentendu. Certes des différences existaient entre les deux personnages, entre l'enfant des images fanées et celui d'un hier récent, mais on aurait pu les prendre, et c'est ce qu'inconsciemment je faisais, pour les étirements et les allongements d'un visage et d'un corps soumis aux modifications périodiques de la croissance. René lui-même n'était-il pas souvent différent d'aspect sur des clichés pris à quelques mois d'intervalle !

Je sais combien Grand-mère forçait la ressemblance dans ses évocations. Le jeune homme de ses récits avait toujours dans les circonstances de sa vie les réactions qu'aurait eues mon aîné placé dans la même situation. Cela aussi faisait partie de cette vision arrangée qu'elle se faisait des choses, et c'était pour moi d'autant plus plausible, que le cadre les entourant tous deux avait partout été identique : même village et mêmes lieux de jeux et d'activités. C'est au fil du temps que je découvris la très grande différence qui existait entre mon frère et la représentation qu'elle me donnait dans ses souvenirs de mon père enfant.

Elle le décrivait turbulent, impatient, enthousiaste, mais aussi quelque peu irréfléchi et désobéissant. Si ces qualificatifs pouvaient effectivement s'appliquer à René comme d'ailleurs à la plupart des enfants, je ne crois pas que les éventuelles incartades de mon père aient été regardées et tolérées avec la même indulgence. Mon père m'avoua un jour combien l'autorité de sa mère lui avait toujours imposé la plus grande retenue dans ses attitudes. Cette exigence l'avait obligé à ne pas trop s'écarter du chemin tracé par sa sévère tutrice. Elle l'avait longtemps rendu timoré et, adolescent appliqué, il mourait de honte chaque fois qu'il s'était laissé aller à quelque manquement. Sans doute était-ce cette rigueur qui l'avait au moins en partie fait ce qu'il était devenu, un homme un peu trop réservé, quoique toujours ferme dans ses attitudes. Il approuvait néanmoins certains des aspects les plus rigoureux de l'éducation qu'il avait reçue, qui avait fait de lui selon sa propre appréciation un être libre, seul responsable de ses actes et de ses jugements.

Ainsi ne faisait-il jamais, et j'avoue que cela m'avait toujours impressionné, notamment en de certaines circonstances où il se retrouvait en position de seul opposant aussi résolu que calme face à des contradicteurs courroucés, que ce qu'il considérait en conscience comme honnête et juste. Même sa mère plus tard, en conséquence de son éducation, n'aurait pu obtenir de lui d'agir de façon de son point de vue contestable.

Elle lui avait reproché cette timidité qu'au fond elle avait fortifiée sinon installée, mais elle reconnaissait à son jeune fils un certain courage. Elle m'avait à ce sujet raconté une petite anecdote amusante et significative qui s'était passée lorsqu'elle avait résidé durant quelques mois chez sa belle-mère pendant la guerre de 1914.

Mon futur père, alors âgé de douze ans, était resté seul à la maison pour achever un devoir scolaire pendant que les femmes, sa grand-mère, sa mère et sa sœur, étaient sorties pour une promenade. Levant les yeux il avait aperçu par la fenêtre trois hommes inconnus à l'allure louche qui, croyant les lieux sans surveillance, avaient enjambé la clôture du petit verger derrière la maison. Ils s'apprêtaient, non pas à dérober quelques pommes à consommer sur place, mais à en voler de quoi remplir un grand sac de jute que l'un d'eux resté à terre tenait ouvert pour y recevoir les fruits que les autres cueillaient. Sans considérer son infériorité physique notoire il avait bondi hors de la maison pour chasser les intrus, les traitant de voleurs et exigeant qu'ils déguerpissent au plus vite. Il n'avait pas hésité à agripper la jambe de l'un d'eux installé sur une branche basse et l'avait fait chuter à terre. Il avait aussitôt reçu une violente gifle du plus âgé des individus, le teneur de sac, et s'était retrouvé presque inconscient étendu sur le sol ou les deux autres personnages s'étaient mis à le rouer de coups de pieds en l'abreuvant d'injures. Finalement, les maraudeurs avaient abandonné leur victime en même temps que leur projet et s'étaient enfuis en fulminant. L'enfant battu ayant en partie recouvré ses esprits avait encore eu la force de leur crier des menaces en leur promettant d'alerter la maréchaussée. C'était cependant lui qui au retour de ses parentes n'avait pas voulu qu'on parle des coups reçus au garde champêtre, que sa grand-mère n'avait pas manqué d'aller prévenir. On avait dû appeler le médecin qui avait enserré la poitrine du blessé dans un large bandage, et lui avait recommandé d'observer une immobilité nécessaire pour aider à la guérison de ses ecchymoses et plus encore pour laisser reposer la ou les côtes douloureuses qu'il avait un moment cru fêlées. On n'avait pas retrouvé les brutes mais le jeune combattant avait dû patienter durant une longue période de remise en état corporelle. Il avait cependant gagné dans l'affaire une gloire embarrassante dont il avait toujours détesté qu'on parlât devant lui.

À peine devenu adulte il osa un jour entrer en conflit ouvert avec sa mère, non pas pour contester la pression morale qu'elle lui imposait mais pour réfuter certaines de ses vues sur la religion. Ce fut entre eux le début d'une autre forme d'échanges. Malgré sa rigueur, il n'était pas dans la nature de ma future aïeule de refuser l'autonomie de quiconque en matière de choix quels qu'ils soient et cette mise en question émanant de son propre fils la surprit beaucoup plus qu'elle ne la choqua. Elle n'avait jamais pensé que l'adolescent puisse faire seul des choix personnels non conformes à ses propres vues en ce domaine pour elle si sensible. Elle obligea son rejeton à s'exprimer clairement, à énoncer ses contestations, à défendre ses prises de position, à débattre avec elle de ces questions qui lui importaient tant. Il acceptait de croire au Christ et à son message d'amour, mais refusait ce qu'il dénonça comme les fariboles de la Bible : la Genèse, la tour de Babel, le déluge et les eaux s'écartant pour laisser les esclaves hébreux fuir l'Égypte. Tout cela n'était que fariboles, histoires inventées en des temps obscurs par des êtres qui éprouvaient le besoin certes respectable de se reconnaître à leurs propres yeux, mais qui en ce vingtième siècle éclairé ne pouvait plus être cru. Le collégien avait appris l'histoire, s'était enthousiasmé pour la révolution et ses idées généreuses. Il voulait croire à l'efficacité de la république, au pacifisme de Jaurès, à la solidarité entre les hommes. Il refusait la ligne excessivement intransigeante des valeurs communistes et leur préférait les idéaux de tolérance des socialistes. Le conflit s'apaisa finalement assez vite quand la mère eut tout à coup compris que plutôt que lui échapper, son fils venait de prendre possession de lui-même, de s'émanciper. Elle reconnut aussi très vite que le jeune homme qui l'affrontait était devenu un homme vrai, mais aussi un homme selon son cœur, un homme intègre et de grande solidité morale. Elle ne pouvait qu'en être satisfaite.

Très longtemps je fus ignorant du drame (!) émouvant et suranné, et en ce sens assez drôle, que constituèrent la rencontre et le mariage carpe et lapin du jeune parpaillot réservé qui deviendrait mon père, avec la jeune papiste inhibée qui allait être ma mère. Dans ses monologues confiés à son petit dernier jouant à ses pieds celle-ci n'avait conté que des bribes sentimentales dispersées et difficiles à raccorder. Mais un jour, beaucoup plus tard, mon père ébranlé par le deuil de son épouse, se confia et me raconta cet événement important de sa jeunesse. Certes le récit de ce pudique fut sans romantisme excessif, mais il était plus précis, plus attaché aux faits et plus homogène. Grâce à quoi, mêlant leurs souvenirs, j'ai pu recomposer ce qu'avait pu être leur première rencontre, ce premier tête-à-tête dont ma mère parlait toujours avec ravissement.

Ce qui m'émeut et me fait sourire lorsque je repense à ces choses tient à la timidité, voire la naïveté, des deux acteurs de l'aventure.

Un certain été donc, mon père fut d'autorité envoyé par sa mère "à la montagne" où il pourrait se reposer et se refaire ainsi une santé. "Maigre qu'un clou !" avait déclaré la Tante en veine d'appréciation. Il avait en effet travaillé comme un forcené durant le temps des grandes récoltes sans prendre le temps de soigner une bronchite tenace qui avait fini par l'épuiser. Un frère de la Tante et sa femme étaient disposés à accueillir le malade chez eux, au Russey, modeste village installé sur le plateau jurassien entre les bourgs de Maîche et de Morteau, à quelque huit ou neuf cents mètres d'altitude. Dès le surlendemain de son arrivée le convalescent se sentit guéri et pensa devoir aider son hôte fermier et ses deux jeunes fils ici ou là dans les champs. Mais la fermière ne le voulut pas et le poussa à aller flâner jusqu'au bord du Doubs ou autres sites de la région. On lui prêta un vélo et il crapahuta avec plaisir, seul la plupart du temps, dans les gorges escarpées de la belle rivière.

Le premier dimanche qui suivit son arrivée il fut emmené par ses hôtes à une manifestation champêtre qui mettait à l'honneur les chevaux de demi-trait régionaux de race comtoise. Cette "fête du cheval", la plus importante du "plateau", avait drainé toutes les populations environnantes. Les évolutions des animaux se déroulaient dans un grand espace de prairie entouré de barrières de cordes destinées à retenir les spectateurs. Des notables et des familles endimanchées trônaient sur une petite tribune de planches dressée en surplomb de l'arène.

La fête consistait en de nombreux concours divers, courses d'attelages et autres épreuves de galop ou de saut. Une fanfare intervenait entre les diverses phases de démonstration et les spectateurs se rendaient alors aux buvettes qui distribuaient force boissons fraîches et sandwichs. Le grand Jacques esseulé se baladait librement à travers la foule en liesse quand, regardant ailleurs, il buta sur une jeune femme qu'il faillit faire chuter. Contrit et mal à l'aise, il essaya maladroitement de l'aider à se rétablir mais sans trop oser la toucher. Puis il tenta de noyer sa gêne sous un flot d'excuses. La jeune personne toute rougissante se perdait en dénégations sans cesse répétées. Leurs échanges de politesses plusieurs fois renouvelés et entrecoupés de silences gênants furent la banale amorce de leur première conversation :

- Je vous demande pardon ! Je ne vous ai pas fait mal ?
- Oh, non, non ! Ce n'est rien.
- Votre robe est froissée ! Je suis désolé.
- Oh, ce n'est pas grave !
- Je suis confus. Je ne sais pas comment m'excuser.
- Ce n'est pas de votre faute, je...

Ils restaient là plantés face à face ne sachant que dire d'autre. Pendant ce long moment de contemplation, lui regardait la jeune personne à l'air effarouché qui l'éblouissait en se torturant l'esprit pour savoir comment prolonger la rencontre. Elle, sans cesse baissait la tête sans cependant vouloir se sauver comme elle en avait une folle envie, retenue par l'air sans malice et avenant du charmant maladroit. Finalement enhardi par cette timidité qu'il découvrait au moins égale à la sienne, ce dernier se mit à parler, à parler d'abondance, de tout et de rien, à parler comme il ne l'avait jamais fait. Ils se mirent machinalement à marcher côte à côte sans s'occuper de la foule qui s'écoulait en tous sens autour d'eux. Il lui offrit à boire et ils trouvèrent où s'asseoir sur un banc écarté. Enfin détendus, ils se regardèrent mieux, elle avec une mine à la fois retenue et épanouie, lui avec des yeux brillants et le cœur en joie. Ensemble depuis une demi-heure à peine, sans rien savoir l'un de l'autre, ils savaient déjà sans se le dire qu'ils ne voudraient plus se quitter. Alors vite, il s'enquit du moyen de la revoir. Elle reprit soudainement conscience de l'endroit où ils se trouvaient et déroutée, se mit à parcourir la foule des yeux. S'en apercevant, inquiet lui-même sans savoir pourquoi, il osa questionner :

- Vous êtes avec quelqu'un ?

- Oui ! Je suis venue avec ma sœur et mon beau-frère, mais je les ai perdus.

- Ah ! C'est encore à cause de moi. Je vous retiens et...

- Non, non, affirma-t-elle en rougissant de son empressement. Il est encore tôt, je les retrouverai bien plus tard.

Effectivement en allant côte à côte et en bavardant désormais comme des familiers ils croisèrent les accompagnateurs en question et durent se quitter. Il alla à bicyclette le dimanche suivant l'attendre à la sortie de l'église de la ville éloignée où elle lui avait dit se rendre régulièrement. Le plaisir de se revoir fut intense et cette fois non dissimulé, et ils se donnèrent rendez-vous dans l'après-midi. Ensemble ils firent la promenade la plus romantique qu'aucun d'eux n'avait jamais faite. Elle dura un long moment qui leur parut bien court. Bien qu'abasourdis par leur audace ils osèrent se confier leurs sentiments, échanger quelques baisers chastes et se promettre l'un à l'autre. Vint le moment de la séparation et des projets plus immédiats, où ils prirent tout à coup conscience, avec angoisse, du problème apparemment insurmontable que supposait la distance entre leurs lieux de résidence, lui se jurant intérieurement de tout faire pour la revoir malgré tout, elle effrayée par la force de l'élan qui la poussait à vouloir rester toujours auprès de cet homme qui allait s'éloigner à jamais. Ils se jurèrent de s'écrire souvent jusqu'au revoir qu'il promit avec force. Il devait lui adresser ses lettres chez sa sœur car sa mère ne manquerait pas de l'embarrasser en l'interrogeant sur l'abondance du courrier qu'elle recevrait.

Se revoir ! Ils restèrent des mois sans pouvoir le faire et il prétexta un jour de l'hiver suivant, le plaisir qu'il aurait à aller retrouver les neveux de la Tante avec lesquels il avait tant sympathisé. Il put ainsi serrer à nouveau dans ses bras celle dont il s'était follement épris. L'abondance de ses activités épistolaires et son envie d'altitude avaient alerté Mamène qui lui arracha l'aveu de son amour, mot qu'il se permit d'énoncer à son grand étonnement. Il s'en sentit aussitôt soulagé et sut définitivement que rien ne l'empêcherait jamais de rejoindre l'objet de ses espérances. Sa mère avait bien entendu déjà envisagé un beau mariage pour son fils et s'était inquiétée de son apparent désintérêt à ce propos. Elle écrivit au Russey afin qu'on se renseignât sur la famille de la jeune personne et ce qu'on lui en dit la bouleversa. Ces commerçants étaient des personnes très honorables mais aussi, et c'est là que se noua la tragédie, de pieux fidèles de l'église catholique et romaine. Pire, la demoiselle elle-même participait assidûment aux activités paroissiales. Le choc fut rude à encaisser pour la future belle-mère. Elle interrogea habilement son rejeton, puis le harcela, cherchant à le faire douter de sa constance vis-à-vis d'une personne dont au fond il ne savait rien. Cette fois encore le futur fiancé fit preuve de sa tranquille et indéfectible détermination. Cette femme qu'il connaissait mieux par ses lettres que par sa trop rare fréquentation resterait à jamais l'élue de son cœur.

- Tu irais jusqu'à l'épouser ?

La question le fit chanceler. Certes il y avait songé et en avait même rêvé, mais la formulation l'effraya tout à coup. Il lui fallut quelques secondes pour se reprendre et répondre par un oui chargé de crainte et de conviction. Bref, l'affaire se poursuivit par des échanges de courrier et l'entremise de la parente du Russey. Jusqu'au jour où Mamène, très digne, fit la visite protocolaire à la veuve entourée de ses filles et du mari de son aînée. La conversation fut délicate lorsqu'on aborda la question épineuse. La demanderesse fit valoir l'esprit de tolérance auquel le Christ Lui-même incitait ses fidèles, tous ses fidèles. Même les anciens dans la Bible défendaient ce divin commandement d'avoir à s'aimer les uns les autres. Bref ! Elle défendit la candidature de son fils avec foi et constance. En face on chipotait, mettant en avant la loi des ministres d'une hiérarchie forte de sa prééminence qui ne pouvait accepter de bénir une union avec, avec… elle n'osa préciser. Puis elle s'en prit à la capacité de sa fille, tête d'oiseau, mal armée pour… La conversation d'un seul coup tourna court sur l'intervention du prétendant.

- Madame, votre fille et moi-même sommes adultes. Nous avons, elle et moi, et par déférence pour vous, désiré obtenir votre accord sur notre projet de mariage, lequel est pour nous décidé. S'il vous plaît, nous sollicitons votre réponse claire.

Le ton était calme mais ferme, n'admettant aucun atermoiement. La veuve Cuvelot en resta bouche bée. L'aînée de ses filles sut soutenir sa cadette et celle-ci jusqu'alors silencieuse n'eut en final et à petite voix qu'à confirmer son désir intense de convoler. Le mariage se fit “sous les cloches” et non dans la nef, le curé ne pouvant y admettre un promis non baptisé. Si la cérémonie fut modeste et sans faste elle fut néanmoins chaleureuse et la nouvelle mariée fut félicitée par ses nombreux cousins, cousines et amis. Le marié n'était entouré que de sa mère, sa tante, sa sœur et deux de ses meilleurs amis de jeunesse. Jean-l'oncle était resté à la ferme pour "garder les bêtes". Les nouveaux époux repartirent le soir même, lui pour rentrer chez lui, elle pour partir dans l'inconnu d'un nouveau mode et lieu de vie. Ils firent étape à Besançon pour trois courtes journées de "voyage de noces". Ce fut un intermède vécu dans un bonheur total. Depuis, ils considérèrent toujours la capitale comtoise comme la plus belle ville de l'univers. Il est vrai qu'ils en connurent peu d'autres.

À côté de la ferme, la maison dite "de Mamène" avait à l'origine été construite pour un futur jeune couple à l'instigation de Jean-l'oncle. Mais le jeune époux ne voulut pas quitter la vieille bâtisse et on aménagea l'étage pour que lui-même et sa femme puissent y vivre avec les nombreux enfants qu'ils ne manqueraient pas d'avoir. C'est la future Mamène qui dut déménager. En réalité les pénates desdits enfants varièrent avec l'âge et les époques, alternant leurs passages en maison neuve occupée par leur grand-mère et en la plus ancienne où en réalité tous se retrouvaient réunis chaque jour.

La fidélité des jeunes époux ne se démentit jamais, mais les difficultés psychologiques induites par les rigidités d'éducation appliquées aux deux enfants qu'ils furent, notamment à la jeune fille, compliquée par son insertion en un milieu certes accueillant et compréhensif, mais tellement éloigné de la culture religieuse qui lui avait été inculquée, furent une cause de ces tensions avec lesquelles ma mère en particulier dut se débattre. La pérennité de l'amour de mon père à son égard, même si elle fut parfois maladroite, fut néanmoins sans faille. Je suis heureux d'avoir pressenti avant de le savoir ainsi que je viens de le décrire, ce que furent à la fois ces tensions et cette fidélité, et d'avoir toujours su rester proche de celle qui m'avait mise au monde.

Jusqu'à sa mort, malheureusement de moins en moins fréquemment compte tenu de mes occupations, j'avais toujours gardé l'habitude, lorsque j'étais esseulé, d'aller la retrouver et de rester auprès d'elle, assis à l'écouter penser sans rien dire moi-même. Je savais combien cette façon de perpétuer notre complicité lui était apaisante.

Mes frère et sœur

Il n'y eut rien de comparable en matière d'éducation entre celle reçue par le futur père puis par son premier fils. Celui-ci n'eut jamais à craindre les excès moralisateurs qu'avait subis son géniteur. La grand-mère adoucie ne traitait pas son petit-fils aîné avec la même exigence et elle avait au contraire pour lui des égards, trop peut-être, qu'elle n'aurait jamais eus pour son fils. Il est vrai que les parents de l'enfant étant présents, la grand-mère ne pouvait qu'être discrète sur ce plan. Naïvement mon père imaginait que la charge d'éducation de ses enfants en partie confiée à sa mère ne pouvait que donner les mêmes résultats et donc entraîner son fils dans une voie de solidité mentale identique à la sienne. Ce ne fut pas tout à fait le cas et les deux parents en furent tous deux surpris et peinés, quoique sans jamais remettre en cause leur affection pour leur rejeton. Je sais cependant que Mamène se reprocha sa mansuétude et fut déçue du chemin sur lequel s'engagea son petit-fils premier né. À l'âge des dernières culottes courtes, René était un garçon plein de vie et d'allant, souple et vif de corps comme d'esprit, meneur naturel et fédérateur de ses camarades villageois qu'il entraînait dans des jeux et concours qu'il organisait et dont il était le premier et le plus ardent compétiteur. Il se passionna pour le football et fut remarqué en dehors des frontières de notre village. Il entama un jour une carrière sportive semi-professionnelle qui navra son père et sa grand-mère autant qu'elle m'enthousiasma.

Un jour d'automne, c'était lorsque le passe-temps et les exploits sportifs de René étaient considérés avec bienveillance et une certaine fierté, mon père m'emmena en me tenant par la main jusqu'au stade municipal pour y assister à un vrai match de football auquel mon frère devait participer. J'avais dix ou onze ans à l'époque et j'avais déjà vu René taper dans un ballon en compagnie de ses copains d'école ou d'autres garnements, mais jamais ainsi en match officiel. Mon père et l'oncle, qui nous accompagnait pour la circonstance, semblaient enchantés de le voir intégré dans l'équipe "première" de notre club local, celle des grands, la seule d'ailleurs à représenter notre village dans ce genre d'exercice.

Appuyé des deux mains à la lisse qui bordait la surface de jeu, ma tête la dépassant à peine, je n'avais qu'une vue restreinte du terrain et ne pouvais pas suivre partout les déplacements du ballon et des joueurs. Mais cela ne me gênait guère, étant plus attaché à suivre les évolutions de mon frère courant et bondissant au milieu de ses partenaires et adversaires, tous plus âgés et surtout moins légers et moins lestes que lui. Je le voyais comme un poulain au pré, heureux de gambader sur l'herbe parmi ces lourds percherons qui l'accompagnaient et à mon goût trop peu enclins à assez lui laisser le ballon. Mais il le leur chipait parfois et fonçait alors vers le but en virevoltant pour éviter les embûches tendues pour l'en empêcher. Il y parvenait souvent, mais jamais assez pour achever son projet, jusqu'au moment où il y réussit enfin et propulsa la grosse boule de cuir dans le but adverse. Ce fut pour moi un moment de délivrance et de grand bonheur marqué par les applaudissements de la foule des quelques dizaines de spectateurs présents. Je jubilais encore de joie intérieure quand tout à coup, je reçus le dur ballon dans l'abdomen, violemment et maladroitement frappé par un autre des joueurs. J'en perdis le souffle et l'esprit et ne me réveillai que grâce aux efforts de mes deux parents accompagnateurs, l'un me tenant soulevé par l'arrière sous les aisselles et l'autre me faisant faire des mouvements des bras afin de me forcer à reprendre ma respiration. Ses efforts semblant avoir porté leurs fruits, mon père manipulateur stoppa son pompage pour me relever la tête et vérifier mon bon état retrouvé. C'est alors qu'à travers mon regard encore vitreux je vis le visage tendu et inquiet de mon frère penché sur moi. Je lui souris de manière sans doute hébétée mais cependant rassurante et il eut alors un geste de caresse sur mes cheveux et ma joue qui me surprit beaucoup. Ce geste de tendresse et de sollicitude fraternelle est resté gravé dans ma mémoire car il me fit pour la première fois prendre conscience de l'amour qu'un autre que je chérissais moi-même pouvait me porter. Jusque-là je n'avais pas su mesurer la profondeur des sentiments qu'on éprouvait à mon égard. Ailleurs aussi mes sympathies ou mes antipathies étaient spontanées, non mesurées et inconscientes. L'émotion provoquée par cette caresse inquiète me remit à l'esprit certaines leçons de Mamène que je n'avais jusqu'alors pas bien comprises. Je mesurais mieux l'amour qui nous unissait tous, et surtout celui, fût-il excessif, qui avait conduit ma mère à s'occuper de moi comme elle l'avait fait au point d'oublier de vivre pour elle-même. Je sais ne l'avoir pas pensé délibérément, mais dans les jours qui suivirent j'éprouvai un grand sentiment de gratitude à leur égard comme à celui de tous ceux qui m'avaient jusque-là témoigné de l'affection.

Les écarts d'âge de six et sept ans entre mes frère et sœur et moi empêchèrent que plus tard nous ayons des rapports de complicité tels que peuvent en avoir des enfants jouant et fréquentant l'école ensemble. Lorsque Mamène commença à me prendre en main, Alice venait parfois nous rejoindre pour m'aider ou bavarder un moment, mais elle était déjà une femme à mes yeux. Elle ressemblait à sa grand-mère dont elle était très proche et avait une remarquable égalité de caractère. Calme, intelligente et sensible, elle se préparait à rejoindre l'école normale d'institutrices et travaillait avec application. Elle me conseillait certaines lectures qui lui avaient plu et m'encourageait en particulier à savoir par cœur les fables de La Fontaine qui l'enchantaient. Je ne les appréciais pas autant, y trouvant trop d'invraisemblances comme ces repas impossibles partagés par une cigogne et un renard, et y découvrant un aspect moral parfois bien contestable, avec cet âne toujours moqué et cet agneau dévoré.

Jeune homme, René ne faisait guère que passer à la maison en coups de vent, sans cesse pressé de partir rejoindre les partenaires de ses nombreuses activités extérieures. Je fus longtemps sans avoir de véritables contacts avec lui et il se contentait de me rappeler son affection par quelques exclamations joyeuses et encourageantes jetées en passant. “Eh, gosse, ça boume ! – Ouais ! Bravo pour ton dessin ! Chouette ! - Il paraît que tu es un crack en math, c'est vrai !” Ce sont effectivement mes aptitudes scolaires tard réveillées qui suscitèrent vraisemblablement sa sympathie et lui fournirent la matière la plus couramment exploitée pour ses remarques obligeantes ou ces questions qui n'appelaient jamais aucune réponse. En aurais-je tenté une qu'il n'aurait pu l'entendre tant sa vitesse de déplacement impliquait une trop longue distance entre lui et moi dans le temps écoulé entre la fin de son aboiement et mon hypothétique réplique.

Le climat familial avait toujours été marqué chez nous par beaucoup de calme et peu de conflits ouverts. René et Alice avaient parfois des refus qui poussaient leur père à un peu d'irritation et de sévérité. Mais cela n'allait jamais bien loin et ne faisait que bousculer à peine le ronron agréable de notre vie de famille. Je n'ai jamais perçu dans le comportement de notre grand-mère, comme cela eut été possible à l'entendre, que la force de son amour pour "ses deux hommes" ne laissa pas de place à d'autres tendresses. Bien que peu portée à des manifestations indignes de sa retenue elle nous aimait tous profondément et en témoignait à sa façon. Sa belle-fille, ma mère, fut toujours traitée avec beaucoup de respect, sans qu'elle cherchât jamais à la considérer avec hauteur du fait de son plus jeune âge, de sa condition d'épouse de son fils ou de ses difficultés de communication. Jamais elle ne s'avisa de faire aucune remarque contraire quant à l'éducation de ses enfants, se contentant de donner sobrement son avis lorsqu'on le sollicitait, ce qui n'était cependant pas rare venant de mon père. Même en ce cas elle ne répondait pas en présence de sa belle-fille si celle-ci n'était pas partie prenante dans la question, ce qui évidemment était bien rare. Je dois dire qu'elle adoptait avec moi sans que je songe à m'en plaindre une attitude plus patiente et encore plus attentive qu'avec tous les autres. J'ai compris plus tard l'acharnement qu'elle avait mis pour faire de moi un être ouvert, bien intégré socialement, sans subir à l'excès les risques d'inhibition qui me guettaient à la suite de mon enfance écartée.

Après avoir perçu la réalité de certaines de mes dispositions jusque-là peu évidentes, elle m'avait poussé à les utiliser et à les développer. Comment n'aurais-je pas à mon tour consenti à lui pardonner les excès d'opiniâtreté éducative qu'elle manifestait à mon égard ?

Jean-l'oncle et la Tante

Mon père était chef d'une famille de trois enfants, mais le véritable pilier de la tribu était son oncle, qui l'avait recueilli dans sa ferme avec sa sœur et sa mère lorsque celle-ci était devenue veuve. Depuis lors on le nommait usuellement Jean-l'oncle afin de le distinguer d'un sien cousin tout aussi Jean que lui mais non encore pourvu de neveux et nièces, lacune qu'il combla plus tard sans que le surnom donné à mon grand-oncle soit pour tout autant abandonné. Il se disait paysan par vocation plus que par simple filiation, car il avait abandonné la ferme paternelle pour aller courir le monde pendant que son frère en continuait l'exploitation. Il aurait pu ne jamais y revenir, mais la nostalgie puis la mort de son frère l'avait fait abandonner tout autre projet pour revenir s'installer dans le pays de sa jeunesse.

Quand je l'ai connu en sortant des limbes de l'enfance c'était un gaillard impressionnant de force et de joie de vivre. Il était large d'épaules et de hanches et était doué d'une force exceptionnelle. Apparemment lent de gestes, ce que démentait cependant sa capacité à élancer une charge pour la soulever ou la pousser, on le disait fort comme un bœuf. “Dommage, répliquait-il malicieusement, je me préférerais cheval !” Il forçait volontiers son aspect bonhomme un peu lourdaud, à condition toutefois que rien ne vienne le pousser à changer d'allure, sous le coup d'une irritation fortuite par exemple. Alors ses réflexes semblaient tout à coup surmultipliés et ses répliques jaillissaient dans un élan vigoureux. Creusées par les fatigues de son dur labeur, ses rides lui donnaient un visage très expressif, notamment lorsqu'il riait, racontait ou expliquait. Je n'ai jamais connu d'autre personne aussi farouchement attachée à la vie car même dans les moments de grandes douleurs, le découragement ne semblait pas avoir de prise sur lui. Fin et intelligent, ayant connu d'autres cieux et d'autres mœurs, il cachait une grande sensibilité qui le faisait s'intéresser aux gens et à faire l'effort de les comprendre. Son heureuse nature le poussait fréquemment à plaisanter, à piquer parfois, et cela n'allait pas sans créer quelquefois des difficultés, lorsque ses boutades étaient mal comprises. Il savait néanmoins réparer, toujours dans la bonne humeur, les petites incompréhensions ou vexations qu'il avait parfois provoquées sans le vouloir.

Dernier rejeton d'une famille de trois enfants, le petit Jean avait vécu dans le village de sa naissance et, comme c'était l'usage pour tous les petits paysans nés avant la fin du XIXe siècle, avait dû très jeune donner la main aux activités de la ferme familiale. Il avait néanmoins fréquenté l'école primaire, en hiver lorsque les travaux des champs sont moins importants, et il savait lire, écrire et compter. Il savait et surtout aimait lire, ce qui l'avait conduit non seulement à enrichir ses connaissances par la consultation d'ouvrages techniques divers, consacrés à l'agriculture, l'arboriculture, la botanique, la zoologie, mais à se passionner aussi pour les grands romanciers du siècle achevé. L'univers gris de Zola et de ses personnages l'avait conforté dans son choix de vie campagnard. Sur le conseil de mon père il s'était abonné à une revue de vulgarisation des sciences de la nature, car il vouait un véritable culte à la terre, aux arbres, aux sources, comme à tous ses fruits. Tout ce qui était écrit n'était cependant pas pour lui parole d'évangile et son sens critique le conduisait à n'admettre comme définitivement exact que ce qu'il avait pu vérifier dans la pratique ou suffisamment pu recouper à travers sa propre expérience et ses autres connaissances. Il ne se méfiait pas du progrès, sauf sur certains de ses aspects, mais de la tendance à trop vite l'accepter et l'utiliser sans précaution. Au plan des idées générales et de l'appréciation des mœurs et des comportements, il avait également une approche personnelle originale et justement mesurée, enrichie par sa grande expérience des hommes.

Bien que cela me semblât très singulier quand je l'appris, tant je l'avais toujours vu ancré dans sa condition et ses manières paysannes, mon grand-oncle avait dans sa jeunesse voulu partir et découvrir d'autres horizons que ceux du pays de son enfance. Il lui avait paru normal que la ferme paternelle soit un jour reprise par son frère aîné et qu'il lui soit fait obligation, bien que personne ne le lui ait suggéré, de quitter le nid où il avait grandi et d'aller s'installer ailleurs.

À dix-huit ans, influencé par des récits d'aventures qui le faisaient rêver, il résolut de partir à la découverte du vaste monde. Il n'avait guère de quoi vivre lorsqu'il débarqua d'abord dans le Paris de 1910 et il lui fallut songer à gagner son pain avant d'espérer traverser les océans et atteindre les grands espaces lointains de la planète. Il trouva facilement divers emplois qui ne nécessitaient aucune qualification particulière, fit le manœuvre un peu partout, mania la brouette, le charreton et le balai, mais sans jamais gagner beaucoup d'argent. Il fut longtemps employé à titre précaire comme manutentionnaire aux grandes halles centrales où il travaillait la nuit à la lumière pauvre et inégale de quelques maigres ampoules électriques et de lampes à pétrole. Il poussait un diable pour transporter des cageots d'un endroit à l'autre, d'où il en enlevait d'autres pour les emporter encore ailleurs et les charger sur un autre charroi ou sur un de ces lourds camions à pneus pleins et à transmission à chaîne qu'on voyait de plus en plus. Il fallait comprendre les ordres à demi-mot, agir vite et habilement au sein d'une foule fébrile et apparemment désordonnée. Il s'y habitua vite, sut se repérer et évoluer enfin avec la dextérité nécessaire au sein de ce fourmillement incessant qui agitait tant d'hommes aux occupations si diverses et urgentes.

Son emploi semi-nocturne lui laissait dans la journée le loisir de flâner dans l'immense capitale. Passé le temps des premiers étonnements il en perçut surtout les contrastes. Contrastes entre les quartiers de grandes avenues bordées d'édifices majestueux et ceux rassemblant des îlots de sombres masures bordant des rues étroites, sales et mal pavées. Il remarqua les différences d'accoutrement entre les personnages aux allures importantes, soucieux de leur mise, et les ouvriers à casquettes ou à bonnets informes, ou encore les femmes du petit peuple coiffées de fichus usés. Contraste entre l'apparente facilité et l'insouciance de vie d'oisifs certainement nantis, circulant en ville comme à la promenade, se bousculant aux entrées des magasins ou des lieux de spectacle et la médiocrité de celle des travailleurs manuels qu'il côtoyait aux halles ou dans la rue.

Il fut aussi sensible à la misère qui rôdait autour du palais des victuailles où il vivait la nuit. Dans le petit jour des matins blafards, de pauvres femmes venaient glaner quelques résidus de légumes défraîchis et des clochards faméliques et impavides plongeaient dans les poubelles à la recherche de quelque fruit ou autre reste comestible.

Cette misère lui parut plus sombre que celle de la campagne où les pauvres étaient des gens de passage, des chemineaux à qui on donnait un quignon de pain et parfois un peu de soupe chaude en échange ou non d'un peu de travail, alors qu'ici il revoyait souvent les mêmes têtes sans cesse à la recherche de leurs trognons tirés de la pourriture. Trouvaient-ils un coin de paille où dormir ? Un ruisseau où se rafraîchir ? Un talus où s'asseoir et contempler un paysage ? Un pasteur à qui se confier, dans ce Paris immense et agité où la foule était sans cesse épiée et poussée à circuler par des agents de police vigilants ?

Ce spectacle de la misère l'avait beaucoup affecté. S'il parlait peu en détail de ces choses qu'il avait vues dans sa jeunesse, il m'avait cependant un jour raconté comment il avait essayé de suivre le périple d'un aveugle perdu sur un trottoir proche du pavillon où il travaillait. Lorsqu'il le vit, par hasard, l'homme errait au milieu de carcasses de bœufs pendues à un rail extérieur qui prenait sur le trottoir. Il les tapotait en tous sens de sa canne blanche pour tenter de se trouver un passage. Le jeune Jean d'alors avait voulu se précipiter pour aller l'aider lorsqu'un grand gaillard en blouse blanche maculée de sang, un Fort des halles, avait doucement pris l'infirme par le bras pour le déplacer dans la rue et ainsi libérer le lieu de son activité. La tête levée de côté comme pour mieux écouter, le non-voyant avait repris son chemin d'aventure et vite retrouvé un autre obstacle, puis un autre, et encore un autre. À chaque fois quelqu'un interrompait son travail sans un mot et écartait l'intrus avant de revenir à ce qui l'occupait. Aucun ne semblait marquer d'impatience et lui, Jean-pas-encore-l'oncle, avait compris que l'aveugle faisait partie de ce monde nocturne où personne sans doute ne se préoccupait de savoir ce qu'il y cherchait et ne s'occupait de lui une fois le jeu terminé.

Lui aussi s'habitua à le voir ainsi chaque nuit passer de bras en bras anonymes et serviables. Jamais il ne put le retrouver pour le suivre une fois son propre travail achevé, et il ne sut jamais ce que devenait le promeneur après l'arrivée des balayeurs et des glaneurs miséreux.

Une autre fois il raconta comment il s'était fait un ami d'un apprenti menuisier rencontré sur le trottoir et contemplant à son côté un camelot qui vantait et vendait des briquets à essence d'une qualité selon lui extraordinaire. Il appuyait ses dires d'une démonstration très convaincante, démontant l'objet en ses diverses parties afin d'en mieux expliquer la singularité. Avec la même dextérité il recomposait l'appareil avant de le faire de nouveau fonctionner sans coup férir. De nombreux badauds convaincus tendaient leur argent et Jean était ébahi, autant par le talent du bonimenteur que par ce qu'il proposait. Le jeune adolescent debout près de lui murmura son scepticisme à son intention.

- C't'un baratineur, parole ! Son truc vaut rien, c'est fait avec des rebuts d'usinage.

Ils parlèrent et devinrent familiers. Ils se retrouvaient le soir après que l'apprenti eut fini sa journée et avant que le manœuvre ne commence sa nuitée. Le jeune Parisien racontait sa ville, son futur métier, ses compagnons. Le paysan racontait ses paysages et ses envies de découvertes. Grâce à Albert, Jean put mieux connaître les lieux de Paris où il n'aurait pu pénétrer seul. Des salles de spectacles, de cirque ou de variétés, où le jeune faubourien savait se glisser sans avoir à payer son entrée, des salles d'entraînement de lutteurs ou de boxeurs, des terrains de sport. Il l'emmenait dans des bistrots de bougnats où il retrouvait des copains avec qui il parlait emploi et salaires, fatigue et insécurité, incompréhension du patron et revendications. On encouragea le paysan en rupture de ban à apprendre un métier et à adhérer à leurs idées unitaires. Ce n'était pas son but immédiat et il comprit qu'il était temps pour lui de partir.

Il trouva de modestes embarquements au Havre sur de petits cargos aux voyages limités à la mer du Nord, et vécut pendant quelques mois à fond de cale pour apporter le charbon des soutes vers la chaudière. Ses courtes escales le déçurent car toutes ses incursions à travers les villes portuaires étaient de peu d'intérêt et ses pas à chaque fois le ramenaient vers les bars à marins proches des quais. Il faisait alors parler les plus anciens matelots de leurs navigations au bout du monde, mais ils ne savaient guère que se vanter de leurs beuveries, de leurs bagarres et de leurs vraies ou prétendues bonnes fortunes. Il put enfin embarquer pour New-York où il débarqua et passa quelques semaines à éplucher des légumes dans l’arrière-cuisine d’une immense cantine où s'affairaient sans cesse toutes sortes de gens pressés et bavards.

Là, pas de différence, bien ou mal vêtus, ouvriers ou bureaucrates, tous étaient mêlés, seuls les Noirs se tenaient ou étaient tenus à l’écart. La ville grouillait de chantiers, d’ateliers, d’officines diverses, de commerces, de bureaux, où l’on cherchait à pourvoir plus d’emplois qu’il n’y avait de postulants pour les convoiter. Il faillit s’associer à un petit groupe de ses compatriotes qui voulaient ouvrir leur propre établissement de restauration en plein Manhattan. Les Français étaient là-bas considérés comme les meilleurs dans cette spécialité et ses deux camarades l’avaient assuré du succès de leur entreprise. On le poussa à régulariser sa situation mais il s’avisa bientôt, à travers ces rencontres d’immigrés, que tous ou presque, quelle que soit leur nationalité d’origine, avaient quitté leurs pays sans aucune intention de retour. C’était tous des déracinés cherchant fortune et identité dans une ville et un pays immense et neuf, tous des aventuriers, des vrais, des gens sans passé. On ne court pas le monde avec de la nostalgie au cœur. Il n’était pas des leurs. Il pensa à son pays, à son village, à la douceur d’y vivre simplement au milieu des siens, et il décida de rentrer chez lui.

Peu de temps après son retour il fut mobilisé puis partit faire la guerre, dès 1914. Lorsqu’il comprit que le conflit serait dur et plus long qu’on ne le prévoyait d’abord il fut pris du besoin irrépressible de se marier et de fonder une famille, comme si le fait d’avoir femme et enfant eut pu l’assurer de sa propre survie. Il épousa celle qui allait devenir “la Tante”, une camarade de son village qui lui avait toujours témoigné beaucoup d’attention et de tendresse. Elle était comme lui gaie et robuste et il pensa qu’elle serait une compagne et une mère courageuse et fidèle. Il se trompait sur un aspect de ces espoirs : jamais elle ne procréa. Par contre lui passa les quatre années de guerre sans blessure, sans même une égratignure. Il prit progressivement du galon et finit par être affecté aux Approvisionnements où il était chargé de convoyer munitions et ravitaillement jusqu'aux lignes du front. Sans doute fut-ce cela qui l'écarta du plus grand danger. Tel ne fut pas le cas pour son frère Maurice qui trouva la mort dès sa première sortie des tranchées en 1916, fauché en plein élan par un éclat de grenade. Jean put aller le voir dans l'hôpital où il agonisa durant plusieurs jours avant de céder son dernier souffle.

Le fils, privé de frère, sut dès ce jour et définitivement ce que serait désormais sa propre vie et ce qu'il aurait à faire s'il survivait au carnage. L'Armistice fut pour lui comme pour tous les Français, une délivrance accompagnée de sentiments mêlés, de tristesse sans lassitude, de joie pleine de regrets. Regret des disparus, son frère et son unique beau-frère tués comme de nombreux de ses anciens camarades, regret des blessures à l'âme des survivants, des veuves innombrables, des orphelins et des vieux parents épuisés. Mais élan irrépressible pour tout donner à la vie, au travail, au renouveau. Jean se mit à la tâche avec une ardeur et une allégresse qui l'étonnèrent lui-même, encore décuplée lorsque son père s'éteignit quelques mois à peine après son retour à ses côtés. Le fermier encore solide s'était senti obligé pendant la guerre de garder tout son cheptel et d'assumer seul le travail qu'il assurait auparavant avec le concours de son aîné. Il s'y épuisa en persévérant ainsi jusqu'au retour de son second fils, mais finit par lâcher prise alors même qu'il allait être soulagé et relayé dans son si fatigable labeur. Il s'alita bientôt, refusa qu'on le fasse soigner à l'hôpital, et sembla avoir perdu le goût de vivre et de résister. Il restait écrasé dans son fauteuil et son lit sans remuer, le regard perdu, acceptant qu'on le change ou qu'on l'aide à s'alimenter, de façon à ne désobliger personne. Son souffle se perdit petit à petit comme une flamme qui fond progressivement avant de disparaître. Le médecin bougon qui l'avait suivi de loin en loin confirma qu'il était mort d'épuisement et sans doute de désespérance, en ajoutant qu'il n'était pas le seul dans ce cas. "Ce n'est pas étonnant, avait-il marmonné dans un moment de froide colère, tant d'hommes partis à la guerre et tant de travail laissé aux vieux qui n'y étaient pas. Et en récompense, les noms de leurs fils inscrits sur les registres des décès. Ces années furent trop inhumaines !"

Pris d'une véritable frénésie familiale, Jean devenu l'oncle n'eut de cesse d'espérer une descendance et de rassembler ce qui lui restait de famille auprès de lui. Il s'occupa de sa sœur du mieux qu'il put et s'acharna à traiter son neveu et sa nièce comme s'ils étaient ses propres enfants. Il fit construire une maisonnette proche de la ferme sans dire qu'elle était destinée à le loger lui et sa femme lorsque leur ferme serait reprise par le jeune couple qui un jour les remplacerait. Il fut de plus en plus évident que ce serait son neveu Jacques, mon père. Les circonstances voulurent que ce soit sa sœur qui, un jour, emménagea dans la petite maison où ses petits-enfants venaient dormir auprès d'elle. En réalité nous passions tous le plus clair de notre temps dans l'appartement fermier où nous prenions tous nos repas ensemble, pour le plus grand bonheur de Jean-l'oncle devenu le patriarche qu'il avait toujours souhaité être.

Du plus loin que je m'en souvienne, ce qui m'avait toujours frappé dans sa personnalité, en plus de sa bonne humeur coutumière, c'était son indépendance d'esprit. Elle frappait chez un homme aussi jovial pour ce qu'elle révélait de méfiance vis-à-vis de tout ce qui pouvait ressembler à des idées toutes faites, des idées reçues. Cette méfiance cachée n'était pas un effet d'aigreur et d'opposition négative à ce qui venait d'autrui, elle résultait d'une disposition à vouloir comprendre avant de l'accepter tout ce qui lui était proposé. Je me suis toujours demandé pourquoi il était si réticent vis-à-vis du progrès, lui qui chantait partout les louanges de l'agriculteur qui à travers les âges avait su faire évoluer sa technique, décupler la quantité et la qualité de ses productions, et faire de la terre le jardin merveilleux qu'il vantait.

En réalité, son opposition n'était pas un effet de la raison qui selon lui sous-tendait tous ses jugements, elle était liée à des motifs plus irrationnels, plus sentimentaux. Pour des causes connues de lui seul il n'aimait pas les moteurs à explosion, sans doute bruyants et puants comme il le leur reprochait, et réfutait en toute mauvaise foi les avantages du tracteur sur le cheval. Ainsi n'avait-il aucun argument contre l'emploi de l'électricité, silencieuse et non polluante, hormis les problèmes de coût qui, au début, chez des individus accoutumés aux rationnements, limitaient son utilisation trop généreuse. On n'oubliait jamais à la campagne d'éteindre la lampe, de 40 ou 60 Watts pour des pièces immenses, lorsqu'on n'avait pas expressément besoin d'y voir.

Quand je fus devenu proche de lui, il évoquait devant moi ses expériences humaines. Elles me fascinaient car elles avaient été nombreuses, diverses et porteuses de beaucoup d'émotions. De beaucoup d'enseignements aussi et il savait les communiquer, sans prétention, simplement en racontant ce qui ici ou là l'avait surpris, amusé, enchanté, choqué ou attristé. Sa vie errante et surtout celle de soldat en temps d'un conflit aussi abominable que l'avait été celui de 14-18, l'avait énormément marqué et douloureusement enrichi. À l'écouter et à le voir vivre j'ai appris que ceux qui ont le plus approché la souffrance ne sont pas forcément les plus taciturnes, mais qu'au-delà des apparences ils sont les plus réservés, les plus aptes à séparer le vrai du faux, l'illusion de la réalité, et à mesurer la vraie valeur des êtres.

Pendant cette fameuse guerre, celle de 14 comme il l'appelait, il s'était fait un ami auquel il s'était très attaché, un lieutenant sombre et désenchanté qui était dans les premières années du conflit, devenu son plus proche compagnon de guerre. Il me parlait souvent de lui en le décrivant comme un savant, qui lisait le latin et le grec et adorait réfléchir en parlant à haute voix en se posant toutes sortes de questions sur l'existence, l'organisation des sociétés, la religion. Au début l'officier regardait son jeune subordonné avec beaucoup de distance, presque de mépris. Sarcastique, il le traitait de culterreux en lui donnant ses ordres. Un jour l'insulté s'était rebiffé, sans éclat, mais avec la volonté de dire nettement ce qu'il avait à dire.

- Bouseux peut-être, mon lieutenant, mais utile dans ma partie qui n'est pas si négligeable. Nous les paysans sommes indispensables, qui nourrissons le monde, que nous soyons céréaliers, producteurs de viande ou de lait ou encore maraîchers. Mais vous mon lieutenant, sans vous offenser, peut-on savoir à quoi vous serviez dans le civil ?

- Bien répliqué, Fossard ! Tu es au premier échelon de l'échelle sociale, à partir de laquelle on a pu ériger les autres. En dessous il n'y a que les asociaux, les camps volants, les chapardeurs et autres malandrins. Il s'y trouve aussi ceux qui ne servent ni ne serviront jamais à rien, ceux qui comme moi n'ont jamais été utilisés à rien ni par personne. J'étais au séminaire pour me préparer à servir Dieu et ses ouailles, et maintenant je sers la guerre. Comme toi petit père ! Alors à ton avis, sommes-nous utiles ici ? Aussi utiles que les paysans.

- Je ne sais pas répondre à ça. Je n'ai pas désiré y être et c'est bien la première fois qu'on a décidé de mon sort sans moi. Et si je me tire de ce bourbier je vous jure bien que ce sera la dernière. Maintenant je dois aussi vous dire que si je suis paysan, c'est parce que je l'ai voulu et décidé moi-même.

- Comment cela caporal ! N'es-tu pas né dans un troupeau, parmi les tiens ?

- Si vous voulez ! Mais j'en suis parti, pour quatre longues années, à Paris, en mer, en Amérique. Puis un jour j'ai pensé que ma place dans le monde était chez moi. Personne ne m'a forcé. Je travaillais à New York où j'aurais pu rester, mais c'est de ma propre volonté que je suis revenu au pays. Pas seulement par nostalgie, mais parce que c'était ma place et que je devais aller y continuer le métier de mes anciens. Un métier honorable et nécessaire. Aussi nécessaire que celui de curé. Sauf votre respect mon lieutenant.

- Certainement Fossard… Sauf que je ne serai sans doute jamais abbé !

- Ah !

Il avait terminé sa phrase le regard plongé en lui-même comme si une blessure intérieure s'était soudainement réveillée. À dater de ce jour, le grand jeune homme avait abandonné ses manières hautaines et semblait désormais prendre du plaisir à se confier à son subalterne. Évoquant des questions d'humanisme, de philosophie ou de morale, il trouvait les réponses de Jean-l'oncle trop souvent simplistes, et bien qu'il s'en irritât parfois, il les trouvait fondées sur des observations dont il admettait la pertinence.

- Tu as le cerveau bien fait Fossard, lui disait-il, mais il est dommage que tu n'aies pas eu la chance de mieux le remplir.

Parfois le lieutenant plongeait pour quelques jours dans une période de mélancolie et de silence taciturne que le caporal avait pris l'habitude de respecter en s'écartant de lui et en le laissant méditer enfermé dans la cagna qui lui servait de bureau. Durant ces périodes le lieutenant reprenait son ton autoritaire et amer pour donner ses ordres. Il avait dit un jour à Jean-l'oncle qu'il trouvait sa solidité suspecte, presque inhumaine.

- Tu ne doutes jamais de rien, toujours sûr de toi et de ta destinée !

- Bien dans ma peau ! Peut-être ! C'est certainement une question de tempérament, avait répondu l'interpellé. Mais je suis comme tout le monde, il m'arrive de me demander à quoi tout cela peut bien servir, le monde, les peuples, les guerres, les hommes qui s'étripent sans qu'ils sachent trop pourquoi. Tiens ! Je vais vous dire mon lieutenant, je doute sans cesse de Dieu car je ne comprends pas comment ce monde est fait. Si beau par certains côtés et si laid, si bête et si méchant de l'autre. Mais voyez-vous, quand je suis chez moi, à ma place que j'espère retrouver un jour, je sais où je suis, je sais où est le nord, je sais où est le beau, vers qui je vais, et le sale dont je me protège. Je sais ce que j'ai à faire et je le fais, parce que j'aime ce que je fais, parce que j'aime ce qui m'entoure, les arbres, les pâturages, notre rivière et mon village. J'aime mes parents et mes amis, et j'aime aussi nos bêtes. Je sais que c'est ma vérité à moi, aimer mon monde à moi et savoir que je ne saurai jamais dépasser ça. Aristote ou Pascal dont vous m'avez parlé, ou vous mon lieutenant, avez peut-être aspiré à autre chose, à une vérité supérieure qui vous donnerait la satisfaction de mieux juger le monde. Moi je ne désire pas comprendre ce qui est trop loin de moi, trop loin de mes capacités à réfléchir.

Une autre fois il était revenu sur ce thème de sa propre simplicité.

- J'ai appris et je sais comme tout le monde que la terre est ronde, que la ligne d'horizon que je voyais sur la mer était la limite de la courbure de l'océan. On me l'a expliqué et je l'ai compris, mais cela n'a pas d'importance, car pour nous les paysans, la terre est plate, rigoureusement plate. Elle a partout des creux et des bosses, des collines, des vallons et des rivières qui s'y faufilent, mais c'est clair et net, et lorsqu'on laboure ou que l'on construit une maison on respecte l'horizontale. La forme de la terre ne nous gêne pas, elle ne nous concerne pas.

- C'est stupide ce que tu dis là, avait rétorqué l'officier. Pourquoi se cacher ce qui est ?

- Je ne me cache rien. Je veux seulement dire que c'est comme votre philosophie. Ça existe, les questions qu'elle pose sont sensées et je comprends que des hommes s'attachent à les résoudre, voire s'en inspire pour diriger leur vie. Mais pas nous, pas moi. Notre philosophie à la campagne s'arrête à ce qui nous est naturel. Nos manières d'être et de vivre ont été forgées à travers les siècles et nous savons nous y reconnaître. À quoi nous servirait-il de les chambouler sous prétexte que nous saurions ces choses ! Voilà ! La terre est plate, mon lieutenant.

- Sacré bougre de cul-terreux, avait avec humeur répondu l'officier, sais-tu que tes ancêtres étaient esclaves et que vous l'êtes encore. Tu te dis libre, mais sais-tu qui t'a amené ici et aliéné, le sais-tu ?

- Oui ! Ce sont les fous, les méchants et les ambitieux, les mauvais chefs, les jaloux, les envieux. Les orgueilleux surtout, l'orgueil est le pire mal, le pire défaut, que seul l'homme porte en lui. Les animaux se battent pour la nourriture ou pour la possession de la femelle, pas pour l'orgueil. On rencontre des orgueilleux partout et même chez les paysans, mais moins qu'ailleurs je crois. Peut-être parce qu'esclaves ou fils d'esclaves dites-vous ? Par habitude de modestie, pourquoi pas de servilité ou parce qu'ils sont trop peu intelligents, trop simples, peut-être un peu bornés pensez-vous aussi ? Non ! Je ne suis ni servile ni stupide. Tout de même assez orgueilleux pour mépriser celui qui le croirait, mais jamais assez pour humilier qui que ce soit.

Etc. Voilà ce qu'était Jean-l'oncle et les sortes d'histoires qu'il me racontait lorsque nous étions ensemble, assis au bord d'un champ pendant un moment de repos ou installés le soir sur le banc de pierre adossé à la maison. Je les relate à partir de ce dont je me souviens et j'en ai, je crois, respecté l'esprit. C'était tout lui, ce mélange de certitude et de modestie, de confiance en la vie et en ses propres valeurs en même temps que ce souci d'être simple. Sa décision de redevenir paysan avait réellement été un acte réfléchi et pas seulement un besoin de retour au bercail, de se retrouver au milieu des siens, en sécurité si je puis dire. Non ! C'était un acte volontaire issu d'une réflexion qu'il avait menée seul en toute lucidité. Il est vraisemblable que ses confrontations intellectuelles avec l'ancien étudiant et séminariste devenu lieutenant n'avaient pu que l'enrichir dans sa détermination. Il y avait trouvé, je pense, non de quoi se remettre en cause, mais au contraire se conforter dans sa certitude. Je savais alors que moi aussi, comme lui, comme mon père, je serai ce paysan que mon frère ne voulait pas devenir.

En apprenant la mort de son chef et compagnon dont il avait été séparé, mon grand-oncle m'avoua avoir longuement médité sur ces vies non commencées, sans signification, inutiles et ratées, et surtout achevées sans qu'aucune rémission ne leur soit autorisée, sans que le destin, ni Dieu, ni les hommes, ne leur aient offert une véritable chance d'être en paix avec soi-même. Il m'affirma avoir plus pleuré sur cette mort que sur celle de son propre frère.

Pour cause des difficultés de ma mère et de sa surprotection à mon égard, motifs sur lesquels je reviendrai, "Jean l'oncle" et "la Tante" son épouse ne sont entrés dans ma vie affective qu'assez tardivement, lorsque je fus mieux intégré dans la maisonnée. Je n'ai jamais eu de rapports très profonds avec la Tante, qui était cependant une personne aimable et peu compliquée. C'était une petite femme sèche et alerte, toujours vêtue de noir, qui s'intéressait à tout et parlait volontiers, mais en vérité pour ne pas dire grand-chose. Les nécessités de son ouvrage mobilisaient tout son temps et presque toute son attention, donc tous ses besoins d'échanges verbaux. Pour le reste, c'est-à-dire pour participer aux conversations plus générales, elle usait seulement de tout un jeu d'exclamations diverses et variées qui étaient censées exprimer ses opinions.

Ses "Oh, mon Dieu ! - Ma foi ! - Croyez-vous ! - C'est y possible ! - Oye voit !" - ou ses "Oh !" simples, les plus fréquents étaient prononcés avec plus ou moins de conviction, de force ou de brièveté, en aspirant ou en expirant, c'est-à-dire avec une infinité de nuances appropriées à son jugement, lequel était conventionnel et donc facile à appréhender, du moins en jugions-nous tous ainsi.

Elle usait aussi de ses émissions phoniques pour elle-même, hors conversation, vraisemblablement pour approuver ses pensées intérieures ou ponctuer un effort ou la fin d'un ouvrage. Infatigable, elle régnait sur la cuisine et le ménage pour y effectuer les travaux les plus grossiers, ce qui ne l'empêchait pas de gérer la basse-cour et de donner parfois la main aux travaux des champs ou du jardin. Elle s'octroyait généralement un moment de repos en fin d'après-midi et sauf par très mauvais temps s'installait sur le banc devant la maison. Il fallait vraiment qu'il pleuve ou qu'il gèle pour qu'elle ne sacrifiât pas à ce rite qui lui amenait des voisines pour papoter. Il m'était arrivé, enfant, de m'installer auprès de ces dames au moment du goûter et d'écouter leurs propos. Ça commençait le plus souvent par des considérations sur le temps.

- Bonjour madame Fossard ! On se demande s'il ne va pas bientôt repleuvoir ! entamait une voisine en arrivant.

- Bonjour !... Ma foi ! disait la Tante en levant la tête d'un air dubitatif.

- C'est à se demander si le soleil reviendra un jour. En cette saison vous vous rendez compte !

- Oye voit ! était la réponse soupirée pour approuver.

- Dites voir ! Vous savez que les Fallot ont dû rappeler le docteur hier soir pour la grand-mère Elise ; il paraît que ça ne va pas fort.

- Si c'est pas malheureux ! rétorquait-on.

Comme disait la Tante lorsqu'elle consentait à s'expliquer plus longuement : "J'aime bien bavarder avec les voisines. Comme ça, on se tient au courant."

Le cheval incendié - II -

Le village

Concentré au fond d'un vallon entouré de verdure, notre village était implanté selon les formes habituellement respectées dans notre région comtoise. Traversé en partie par une route départementale qui dans la longueur de son passage entre nos constructions était nommée “la route” et dans son prolongement naturel après bifurcation “la grande rue”, il se dispersait autour de petites voies secondaires qui partaient de cet axe central et se prolongeaient jusqu'aux zones de culture. Ces dernières étaient désignées par des appellations qui évoquaient les productions qui y étaient pratiquées dans des temps anciens, ou par d'autres particularités, comme les Chènevières, les Vignes, le Mont ou la Woëvre. Notre artère principale goudronnée était bordée de rigoles, caniveaux naturels qui recueillaient les eaux de ruissellement. Les trottoirs nous étaient inconnus et les constructions étaient toutes placées en retrait de la route et souvent derrière un petit jardinet clos. En plein centre du village, au fond d'un espace encore plus dégagé, se dressait la Maison Commune, l'unique et imposant bâtiment administratif qui abritait les maigres services municipaux.

Bien qu'elles eussent chacune leur personnalité propre, les fermes étaient construites selon des normes appliquées à toutes ou presque dans la région. Face à la rue, la grange, immense, traversait chaque grande construction de part en part et donnait son volume au bâtiment principal. On y accédait par la traditionnelle et très grande porte à sommet arrondi, à deux lourds battants qui n'étaient ouverts que pour laisser entrer les larges voitures, dont celles chargées du foin récolté au printemps. Une porte de taille plus modeste s'ouvrait dans l'un des grands battants principaux pour laisser place au passage des humains. Cette large partie centrale était bordée en son niveau inférieur, d'un côté par l'étable et de l'autre par une aile du rez-de-chaussée de la maison. Au-dessus de ces deux éléments et jusque sous le toit, s'entassait le fourrage sec destiné à la nourriture des animaux. Derrière la construction principale se trouvait un hangar surmonté d'un grenier et d'autres bâtiments accessoires, buanderie, poulailler et diverses remises. Toujours à l'arrière, un large passage s'ouvrait sur le verger, sur notre pâture et sur un chemin conduisant aux champs. Cette disposition n'était pas partout reproduite à l'identique et en particulier le plus grand nombre des fermes, toutes en façade, étalaient leurs tas de paille souillée et d'excréments animaux sur le devant, au bord de la route, au su et au vu de tous les passants.

Cette disposition classique de notre village ne l'empêchait pas d'avoir son caractère propre, qui tenait au hasard des choix de construction des bâtisseurs aux époques successives, aux caractéristiques de conformation du terrain ainsi qu'à diverses autres options particulières dont celle, pourquoi pas, d'une simple envie esthétique. Cette variété des dispositions donnait leurs personnalités aux villages du Pays, tous pareils et tous différents. Le nôtre, ainsi construit au fil du temps, avait su trouver son équilibre dans la répartition de ses diverses parties et jouissait à mes yeux d'un charme inégalable.

La majorité des habitants, agriculteurs, commerçants et artisans, vivaient et travaillaient sur place, mais certains logements étaient occupés par des ouvriers et employés qui partaient chaque jour à bicyclette jusqu'à la ville voisine rejoindre leurs ateliers ou leurs bureaux. Tous mêlaient leurs vies et même ces derniers, de retour après leurs journées finies, retrouvaient leurs concitoyens le soir dans les cafés où s'échangeaient les idées, ou encore dans les fermes où ils allaient prendre leur lait. Dans les périodes de grands travaux agricoles, beaucoup donnaient la main à leurs amis paysans qui les payaient en pommes de terre ou autres produits de la terre et plus encore en sympathie. Oh ! Tout n'était pas lisse dans ce monde en miniature. Il y avait des jalousies, de vieilles rancunes et des mauvais coucheurs dont les excès de caractère prêtaient plutôt à la moquerie. Mais l'ambiance était en général paisible et si parmi les paysans on trouvait quelques pingres qui ne partageaient rien, qui vendaient au prix fort et trichaient sur les quantités, ils étaient un peu tenus à l'écart.

Avant l'âge de quatre ans je l'avais quelquefois traversée notre modeste agglomération, assis sur le petit siège fixé à l'arrière du vélo de ma mère. Trop vite, toujours trop vite. La cycliste fonçait tête baissée et ne rendait qu'un sourire crispé aux quelques personnes qui la saluaient. La vue cachée par son dos je balançais la tête de droite et de gauche d'un air certainement ahuri pour essayer d'entrevoir les personnes que l'on croisait et de comprendre ce qu'elles faisaient.

Au fil du temps, lentement, les angoisses et les difficultés de ma mère s'étaient estompées et elle avait réappris à vivre de manière de plus en plus intégrée dans le cercle familial. Bien qu'avec réticence au début, elle me laissait désormais aller à ma guise et m'approcher des autres. Ce n'était pas simple, car chacun craignait de me marquer trop d'attention et de peut-être aiguiser encore le mécontentement de ma gardienne. Une autre difficulté provenait de mon apparent retard mental, pour tous expliqué par ces longues années passées en couveuse. Mon sourire constant et mes yeux grands ouverts renforçaient l'impression d'attardé que je produisais chez beaucoup de ceux qui me connaissaient peu.

Un jour, enfin, Mamène confia la garde de son petit commerce d'épicerie mercerie à une amie qui la remplaçait parfois afin de pouvoir m'emmener pour la première fois en promenade au village. C'était au printemps et le temps était radieux. Ce ne sont pas tous les détails exacts de cette enivrante matinée qui me sont restés en mémoire, mais c'est son atmosphère, cette chose indescriptible qui tient de la légèreté de l'air, du parfum particulier de mille odeurs mêlées, de la musique d'une multitude de petits bruits que je garde en tête comme une mélodie. Il y avait sans nul doute de l'émerveillement dans mon regard attiré pour tout voir de la rue, de l'alignement inégal des constructions diverses qui la bordaient, de ces maisons, de ces fermes, de ces boutiques aux devantures rares et étroites. En me conduisant par la main ma grand-mère croisait des femmes en les saluant d'un cérémonieux “bonjour madame !” et me présentait comme “son petit Michel”. Les commères s'extasiaient sur ma bonne mine et me posaient des questions auxquelles je ne savais répondre que par un sourire. Au détour de la conversation, j'appris ce jour-là, de la bouche de ma grand-mère, que j'allais bientôt entrer à l'école. Mon bonheur en fut décuplé.

Cette première incursion m'a laissé une impression très forte en même temps qu'elle m'a permis d'être initié au système des relations villageoises. Une attitude qui m'intriguait à la maison se trouvait par exemple confirmée dans ces rapports entre hommes et femmes. Les premiers tutoyaient, sauf les personnalités venues de l'extérieur, comme le médecin ou le vétérinaire. Par contre les femmes étaient plus formalistes et employaient le vous, entre elles comme à l'égard des hommes. Sauf leurs proches et ceux qu'elles avaient connus dans l'enfance et côtoyés à l'école communale. Jean-l'oncle et mon père tutoyaient tout le monde. Ma mère ne tutoyait que son mari et ses enfants. Mamène disait vous à ma mère et à toutes les dames du village sauf aux mâles de sa tribu. Je constatais ces différences sans en comprendre le motif, mais d'instinct je savais qu'il est plus facile d'être désagréable voire insultant lorsqu'on tutoie. Les femmes par leur attitude mettaient une distance qui les protégeait des excès d'une familiarité mal mesurée.

Non ! Je ne l'ai pas toute découverte d'un coup lors de ma balade d'initiation ma petite patrie, je l'ai inventoriée petit à petit, au gré de mes pérégrinations ultérieures de gamin fureteur et d'écolier joueur. Avec mes camarades, nous allions partout, visiter les commerces pour y acheter des friandises ou de petites choses pour la famille, les ateliers pour rien, seulement pour voir, entendre et sentir. Nous étions tantôt spectateurs en train de contempler les artisans au travail ou attirés par un événement plus occasionnel comme l'entraînement des pompiers, l'effort vigoureux du taureau en train de remplir son rôle reproducteur (alors qu'on croyait nous avoir éloignés), une dispute entre voisins et mille autres petits faits quotidiens. Tantôt nous jouions en courant dans toute l'étendue de notre territoire ou le plus souvent possible dans les multiples recoins recélés par les fermes. Parfois on nous trouvait encombrants et on nous chassait. Cela ajoutait au plaisir.

L'entrée en classe

Arriva enfin l'événement à la fois redoutable et libérateur, de mon entrée en classe. Redoutable pour ma mère car ce fut pour elle une affaire très compliquée. D'abord parce qu'elle dut convenir de la nécessité de notre séparation bi quotidienne et de ma présence éloignée au milieu d'autres enfants. Il est vrai qu'à cet âge la chose parut plus aisée, car elle avait déjà pris l'habitude de m'abandonner plus facilement qu'autrefois, en des endroits cependant sûrs d'où je ne devais pas m'écarter. Ensuite et surtout, il lui avait fallu me parler abondamment pour me faire toutes sortes de recommandations qui lui parurent nécessaires. Elle se fit violence pour m'expliquer comment ne pas courir, me percher, me pencher, me laisser bousculer. Pour cela il importait de ne pas me mêler aux jeux brutaux de mes camarades. Dans les premiers temps je résolus, pour sa tranquillité comme pour mon propre plaisir, de ne m'intéresser qu'aux jeux des filles. Elles m'acceptèrent en tant que valet silencieux, chargé d'aller rechercher la balle égarée, de balancer la corde à sauter ou de tenir la poupée à recoiffer. J'adorais ça.

J'allais à l'école depuis plusieurs semaines sans être plus tenté de parler qu'auparavant. J'étais souvent absent pour cause de maladie, prétexte fréquent de ma mère pour me garder auprès d'elle.

Entré au cours préparatoire je restais dans un coin de classe sans jamais me manifester ou réagir à l'enseignement de l'institutrice. Apparemment ! En réalité j'avais très vite su approximativement lire et peut-être un peu écrire, quoique ne le faisant jamais qu'en cachette. Si la maîtresse me demandait de répéter une lettre ou une syllabe écrite au tableau noir je ne faisais que me taire et rouler des yeux ahuris, je savais que c'était un bon moyen pour qu'on me laisse tranquille.

De la même façon je ne savais pas ou ne voulais pas tenir la craie ou un crayon. Mon air hébété, stupide, avait dit un jour l'enseignante à mon père venu la voir à mon sujet, n'était pas pour elle un signe d'inertie ou d'incompréhension. "Je crois son esprit bloqué pour une raison que je ne sais pas découvrir, car il a parfois des sortes d'élans tout de suite retenus comme s'il voulait exprimer quelque chose sans pouvoir y parvenir."

Papa était ennuyé par mon incapacité scolaire et Maman n'en disait rien. Après qu'on m'eut montré au médecin qui ne savait que hausser les sourcils sans rien proposer, Papa eut une conversation avec Mamène. René et Alice étaient désormais assez grands pour se passer de son appui et il fut convenu qu'elle s'occuperait de moi en priorité pour m'aider à assimiler certains rudiments. Maman donna son accord d'un air neutre sans même avoir posé une seule question.

Avec Grand-mère ce fut différent. Déjà, elle avait commencé à me faire l'aider de manière beaucoup plus active et surtout en m'expliquant tout ce qu'elle faisait elle-même ou ce qu'elle me demandait. Sous sa houlette j'avais appris à tricoter, à broder, à faire de la pâtisserie. Puis, quand elle était satisfaite de mes efforts et que nous étions tranquilles, pendant qu'elle cousait ou brodait par exemple, elle me racontait des histoires vraies ou fausses, des fables ou anecdotes qui lui venaient en tête.

Elle n'osait pas pour moi, comme elle le faisait dans ses conversations avec les adultes, faire sans cesse référence à la bible, à tel ou tel verset qui aurait démontré la justesse de ses vues. Elle m'ouvrait des portes sur les réalités du quotidien, me parlait par exemple des gens du village, m'expliquait leurs parentés, ce qui leur était arrivé et comment ils avaient réagi en telle ou telle circonstance. Puis, pour aider plus directement à mon apprentissage scolaire, elle commença d'abord par reprendre pour moi des récits qu'on avait lus à l'école et surtout à m'interroger pour savoir ce que j'en pensais.

J'avais envie de m'exprimer, mais au début je ne savais pas bien m'y prendre, en dehors de quelques exclamations d'étonnement. Puis un jour je l'ai surprise en rectifiant ce qu'elle me disait en me montrant l'image du calendrier des postes. “Ce sont des paysans qui prient sur le lieu de leur travail, de bons chrétiens !” commentait-elle.

“C’est l’Anguélu!” ai-je brusquement formulé sans savoir ce qui m’y avait poussé. Elle doutait que personne ait pu m’apprendre ce mot prononcé de cette façon, mais elle n’osa pas tout de suite s’avouer que j’avais su le lire moi-même sous la reproduction du tableau de l’Angélus du peintre Millet. C’est à partir de ce jour que ma mémoire commença à régurgiter tout ce vrac que j’avais amassé dans ma tête, et à le repositionner. Je sentis dès lors que j’étais devenu un enfant et n’étais plus un bébé, un fœtus prolongé.

Au début Maman vécut parfois difficilement cette seconde coupure, virtuelle, de mon cordon ombilical. Si elle avait accepté de me laisser parfois passer quelques instants auprès de ma grand-mère, et plus difficilement de me confier quelques heures à l’école, elle se sentait à nouveau désorientée de ne plus m’avoir en priorité auprès d’elle à la maison.

Ces hésitations heureusement durèrent peu car très vite elle prit conscience de mes capacités, certes non extraordinaires, mais bien supérieures à ce qu’elle avait pu en imaginer. Je n’étais plus tout à coup l’enfant de son déshonneur, le gosse qu’elle avait rendu différent. Quoique toujours d’apparence un peu pataude et de visage ingrat j’avais soudain à ses yeux une conformation normale et étais surtout doué d’une intelligence d’autant plus remarquable qu’elle se révélait d’un coup après plusieurs années de préparation non apparente, de gestation intérieure en quelque sorte. En moins de six mois je comblais tous mes retards.

Mais ce sont ces quelques semaines plus les quatre ou cinq années précédentes qui furent nécessaires à Maman pour retrouver, l’âge en plus, la sérénité qui l’avait abandonnée après la mise au monde de cet avorton né après terme qu’elle avait un jour d’apocalypse arraché à une mort certaine.

En réalité, je ne l’ai appris que dans mon âge adulte, la jeune fille qu’elle avait été fut fortement ébranlée par la mort de son jeune frère tombé d'un arbre sous ses yeux. Elle était seule auprès de lui lors de l'accident et elle resta un long moment incrédule et affolée auprès du corps inerte qu'elle secouait doucement pour lui faire reprendre conscience. Elle se sentit à jamais coupable d'avoir mal surveillé le turbulent gamin tant aimé.

Cette culpabilité qu'elle s'attribua, renforcée par l'attitude sans concession de sa mère, finit par s'atténuer au fil du temps, mais elle ressurgit sans doute après l'accident de l'arbre déraciné sous lequel elle faillit me voir mourir après ce Michel qui me précéda dans son affection et sa douleur. Bien qu'elle ne m'en ait jamais parlé j'ai longtemps cru pouvoir établir cette relation entre les deux faits et son comportement psychologique à mon égard.

Je me souviens en particulier comment elle m'avait toujours commandé enfant de ne pas approcher les arbres, et combien elle était toujours nerveuse à me voir plus grand grimper pour manger les cerises ou les pommes cueillies sur la branche. Mais pourquoi moi et pas ma sœur ou mon frère nés avant moi ? Parce que j'étais le troisième enfant comme l'avait été son petit frère ! Parce qu'on m'avait donné le même prénom ! Je me posais quelquefois la question sans y trouver de réponse. C'est beaucoup plus tard que j'ai pu analyser et comprendre ce qu'il en avait réellement été…

Après son mariage heureux ma future mère avait vécu une lune de miel prolongée jusqu'à la naissance d'Alice et René. Elle était néanmoins mal à l'aise auprès de sa belle-mère si ancrée dans son protestantisme et dont la qualité intellectuelle et sociale, impressionnante à ses yeux, mettait une distance entre elles. Jean-l'oncle le pince-sans-rire, qui semblait toujours se moquer des gens, avait une pratique de la litote qui la désarçonnait. La Tante ne lui parlait guère et lui paraissait hostile. Heureusement son mari l'entourait de prévenances et l'encourageait à se libérer de trop de tâches. Ce n'était pas dans sa nature et elle s'activait à la ferme plus que nécessaire au risque de laisser ses enfants très (trop !) entourés par toute la maisonnée. Ce partage la gênait également mais sans qu'elle s'en offusquât, compte tenu de la confiance qu'elle mettait en son mari. Au fil des années celui-ci prit de plus en plus de charges extérieures et y consacra toujours plus de son temps. Ses préoccupations ne se voulaient pas être un délaissement des siens et de son épouse, mais celle-ci se sentit progressivement abandonnée, esseulée sans oser s'en plaindre. À ses propres yeux ses efforts pour s'intégrer ne lui semblaient pas porter leurs fruits et cette incapacité qu'elle s'attribuait lui devint insupportable à l'approche de ma naissance.

Celle-ci, je pense, lui apparut cependant comme un moyen de n'être plus seule. Ce bébé allait être comme une sorte de bouée capable de l'empêcher de se noyer définitivement. Je croyais avoir posé problème alors qu'en réalité j'avais été celui qui sans le savoir, avait constitué pour elle un appui qui allait la conduire à des jours meilleurs. En grandissant, je lui fus rassurant grâce à ma fidélité malgré mon émancipation, rassurant encore parce que j'avais entraîné mon père à se préoccuper plus intensément d'elle en s'occupant de moi. Rassurant enfin pour avoir gagné la complicité de Mamène sans l'avoir pour autant reniée, elle. Petit à petit, elle allait enfin perdre ses angoisses.

Longtemps j'avais cru en avoir été la cause, alors qu'en réalité j'avais inconsciemment joué le rôle du fil conducteur qui devait l'amener à retrouver une tranquillité d'esprit qui se confirmerait au fil des années. Pour notre plus grand bonheur à tous.

Toujours, jusqu'à sa mort, de moins en moins malheureusement compte tenu de mes occupations, j'avais toujours gardé l'habitude, lorsque j'étais esseulé, d'aller la retrouver et de rester auprès d'elle assis à l'écouter penser à haute voix sans rien dire moi-même. Je sais combien cette façon de perpétuer notre complicité lui était apaisante.

La débâcle et l'occupation

L'arrivée des Allemands en juin 1940 et le début de leur occupation du pays fut, comme partout en France, un événement douloureusement ressenti par la population de notre région. Au cours des jours précédents, le spectacle des soldats français qui battaient en retraite et défilaient sur la proche route nationale en une longue file de piétons perdus et harassés avait provoqué plus qu'une inquiétude. Au village, bien qu'il fût situé à l'écart des grands axes, on craignait évidemment l'arrivée des envahisseurs ennemis et qui sait, d'éventuelles exactions.

Heureusement, ces quelques jours pénibles durèrent peu et l'été fut radieux et apaisant. La vie reprit son cours apparemment normal d'autant que dans les premiers mois, les militaires occupants veillaient à se ménager les bonnes grâces des populations dans le cadre d'une politique de conciliation, sinon de séduction, qui leur avait sans doute été recommandée par leurs dirigeants nazis. Ils avaient peu d'exigences difficiles à supporter, hormis les limitations de déplacement et les contrôles, qui au fond ne concernaient que très peu les gens de notre village, par nature très sédentarisés. Puis les années passèrent… et les désagréments se firent progressivement plus pesants.

Ces années en général calmes pour les plus jeunes, qui dédaignaient les conséquences de l'occupation, devinrent cependant pour leurs familles un temps sombre de contraintes et d'adaptations. Celles touchant notre famille eurent des effets particuliers. Mon père se replia vers les siens, n'ayant plus motif à s'absenter aussi fréquemment qu'avant pour exercer ses responsabilités extérieures, syndicales ou autres, désormais mises en sommeil. Il y gagna en mélancolie mais sa présence plus constante lui permit d'user de plus d'attention auprès de son épouse maintenant totalement intégrée. Mamène abandonna définitivement son commerce et prit en charge diverses activités ménagères pour soulager ma mère. Celle-ci avait déjà assez à faire à préparer le lait que l'oncle lui apportait de sa traite bi quotidienne, à faire sa lessive hebdomadaire, ainsi qu'à vaquer aux mille occupations que nécessite l'entretien d'une ferme pour une épouse de paysan. Elle allait souvent aux champs car elle aimait travailler en plein air. Il faut dire que les efforts de décoration et de propreté de Mamène rendirent la maison plus attrayante et mieux tenue. Sauf peut-être la cuisine qui resta toujours le domaine de la Tante, et qui était en réalité un atelier où l'on gardait ses souliers aux pieds, où on préparait et prenait les repas et faisait mille autres travaux utiles à la vie de la ferme. Il y flottait des odeurs variables selon les moments de la journée, odeurs de savon et de propre le matin, de feu de bois, de café et de tartines beurrées aux heures des petits déjeuners, de choux, de lard et de pommes de terre s'exhalant de la cuisson du repas de midi en cours de matinée, de lait remué, écrémé et transvasé dans l'après-midi, et odeurs plus âcres des fatigues du soir, mêlant celles de la terre, de l'herbe et des robes animales auxquelles les hommes s'étaient frottés durant leur labeur quotidien. Derrière la maison il y avait bien une buanderie qui servait à des usages encore plus encombrants nécessitant beaucoup d'eau, comme les lessives bien entendu, mais aussi les grands lavages des seaux et des contenants laitiers, ainsi que les toilettes des dimanches que l'on effectuait les uns après les autres avec l'eau mise à chauffer dans le grand cuveau à bouillir le linge.

Durant ces lentes annécs, la résignation avait envahi les esprits et les cœurs, et chacun vaquait à ses occupations sans y mettre plus d'âme que nécessaire. Le pays était en attente, une attente qui durerait plus de quatre ans et qui au fil du temps allait se révéler de moins en moins tranquille, soit pour faits de guerre proprement dits, comme les bombardements, tout au moins ailleurs qu'en notre trou plus perdu que jamais, soit pour faits de basse police fomentés par les agents de la Gestapo allemande aidés par des miliciens français haineux et zélés, appliqués à traquer, torturer et tuer les ennemis désignés de leurs croyances fascistes, soit encore pour s'opposer aux actions de sabotages fomentés par les quelques farouches militants de la résistance active désignés comme terroristes.

Ces divers épisodes inquiétants ou tragiques pour autant qu'ils nous fussent connus, les nouvelles circulaient mal ou sous une forme mensongère et tronquée par le canal d'une presse et d'une radio nationales toutes acquises au pouvoir de l'État français dirigé depuis Vichy, étaient l'objet de commentaires permanents parmi la population du village. Au début les uns étaient sensibles aux arguments du Maréchal Pétain, chef politique suprême dont le prestige militaire en imposait. Chez nous Jean-l'oncle avait été d'emblée son plus irréductible opposant lorsqu'il avait appelé les Français à la collaboration avec les occupants dans un discours qui l'avait choqué. “Quoi ! fulminait-il, les raisons qui en faisaient nos ennemis seraient oubliées sous prétexte de la défaite. C'était quoi cette guerre alors ? Un jeu, un match, après lequel on tombe dans les bras l'un de l'autre une fois la partie finie. De qui se moque-t-on ? Collaborer ! Pourquoi pas fraterniser pendant qu'il y est ! Ce vieillard est gâteux, il faut le mettre tout de suite à l'hospice.” Son éclat avait eu un succès mitigé parmi nos voisins car beaucoup préféraient adopter un jugement plus prudent. Ces prises de position timorées du début allaient évoluer au fil du temps et de la découverte des réalités nazies. Mais mon grand-oncle lui, qui dès l'origine avait relevé les mensonges et les omissions et qui par nature se méfiait de toutes les propagandes, n'avait jamais eu à revenir sur ses refus du début.

Les discours anti-juifs avaient même été reçus avec indifférence sinon avec approbation parmi un grand nombre de nos concitoyens, un fort sentiment xénophobe aux fondements incertains étant fortement enraciné dans leur esprit à l'encontre des "youpins!" Les réactions d'opposition se manifestèrent puis se renforcèrent lorsque les choses prirent un tour excessif, lorsque les fils d'Israël furent humiliés par l'obligation du port d'une large étoile de David jaune visible sur le plastron de leurs vêtements et plus encore quand les arrestations arbitraires et les déportations furent révélées. Personne jusqu'à la fin de l'occupation ne sut ce qui se passait exactement dans les camps de concentration où étaient emmenés les déportés, le flot des rumeurs empêchant d'ajouter foi à ce qui était parfois colporté sous le manteau et qui paraissait trop inhumain.

Ce n'est qu'après la libération que l'on sut ce qu'avait été l'horrible programme d'extermination systématique dont ils avaient été l'objet. Dans les derniers mois les personnes du village penchèrent de plus en plus en faveur de la Résistance, bien que certaines de leurs actions fussent critiquées, comme les assassinats d'officiers nazis, lesquels entraînaient des mesures de rétorsion insupportables sous la forme de prises d'otages qui étaient fusillés sans autre forme de procès.

Le rationnement n'était pas encore un problème pour ce qui touchait aux produits de première nécessité. Ce qui manqua d'abord et qui eut une influence considérable sur le mode de vie des agriculteurs et donc sur la nôtre, ce furent l'essence et les pneumatiques réservés en priorité aux gros transports et aux véhicules militaires allemands. Les activités paysannes prirent une tournure plus ancienne, car les quelques engins motorisés jusque-là utilisés furent abandonnés à la rouille. Cette régression se traduisit par un retour aux formes traditionnelles du travail manuel assisté de la seule traction animale, et le pays se figea petit à petit dans un mode de vie plus lent et routinier, au rythme du pas des chevaux.

Durant les années suivantes le rationnement s'étendit et toucha d'autres denrées. D'abord les produits d'importation comme le café, le tabac, le coton, certains fruits exotiques et bientôt d'autres aliments plus courants. L'administration mit en place un système de tickets dits justement de rationnement, lesquels étaient distribués en quantités égales et mesurées à la population en fonction des capacités d'approvisionnement du pays. Ces tickets, exigés par les commerçants pour délivrer la viande, le pain, le beurre, le tabac, mais aussi les chaussures et les vêtements vécurent encore longtemps après la guerre, jusqu'en 1948 au moins.

Chez nous, au fil du temps et des restrictions, une diversification de culture se fit en faveur de productions potagères, de façon à élargir les possibilités de consommations locales. Nous vivions de la production laitière et au-delà de l'habituelle culture complémentaire des pommes de terre, du blé, de l'avoine et des betteraves, on vit verdir ici ou là des champs de carottes, de choux, de haricots, de pois ou d'orge. Je me souviens des repas du soir de l'hiver qui étaient presque uniquement composés de pommes de terre cuites à la vapeur et trempées dans du lait froid. Au printemps, avec le renouveau des récoltes potagères, les menus retrouvaient un peu de variété mais toujours à base de produits locaux. La viande principalement consommée était celle du porc, animal élevé, engraissé et tué à la ferme avant d'être transformé en côtelettes, boudin, lard, saindoux, jambons et saucisses.

Nous savions que les choses étaient particulièrement difficiles dans les villes où les populations urbaines n'avaient pas comme les villageois cette capacité à vivre en semi-autarcie. Dans les cités affamées, le marché noir sévissait et il se vendait sous la table aux plus offrants, c'est-à-dire aux plus riches, la viande, le beurre ou les tissus qui manquaient sur les étalages et derrière les vitrines. Certains paysans s'étaient en partie reconvertis dans la culture maraîchère et allaient vendre cher, dans les marchés, les carottes, navets, rutabagas filandreux et les légumes trop mûrs de leurs productions champêtres. Aux temps les plus durs ils furent en contrepartie obligés d'effectuer des rondes de nuit pour surprendre et chasser les maraudeurs qui venaient les voler dans leurs champs éloignés. Il restait que nous étions également limités dans bien d'autres domaines, et là aussi nous savions dans les fermes fabriquer du savon avec de la soude et des feuilles de lierre, torréfier de l'orge pour en faire un ersatz de café, remplacer le tabac par des feuilles d'armoise ou des barbes de maïs, écraser du blé pour en extraire une mauvaise farine non blutée. Par contre nous étions tenus d'user nos vêtements jusqu'à la trame, ne sachant produire ni lin ni coton.

Mon jeune âge et cette protection de la vie en campagne me laissaient ignorant et surtout insouciant de ces difficultés, et c'est sans doute pourquoi je garde en mémoire une image insolite qui me choqua et me donna à entrevoir ce que fut réellement cette période pour des personnes dont l'apparence aurait pu témoigner d'une certaine aisance.

Une cycliste se présenta un jour devant la ferme où je me tenais assis sur notre banc de pierre avec mon père, mon frère et Jean-l'oncle. La femme, visiblement une citadine, avait l'air épuisée, sans doute peu habituée à pédaler. Elle prit le temps de mettre pied à terre en souriant d'un air gauche, de saluer aimablement, puis d'expliquer qu'elle désirait acheter des pommes de terre.

- Vous savez en ville, on n'en trouve plus !

- Mais ma pauvre dame, nous n'en vendons pas, répliqua mon père.

- Et vous ne savez pas où je pourrais en trouver ?

- Ça m'étonnerait que vous en trouviez par ici. Personne n'a jamais vendu de pommes de terre dans ce village ; les gens n'en produisent que pour leurs seuls besoins.

- Ah ! Mais je les paierai un bon prix. Combien en voudriez-vous ?

- Mais rien. Je vous ai dit que nous n'en vendons pas.

C'était mon père qui parlait, mais sur la dernière réflexion de la femme j'avais senti l'oncle se raidir et hausser légèrement les épaules. On la sentait, elle, déterminée à négocier sans céder. Elle posa son vélo contre le mur et fouilla dans un sac pour en sortir un objet souple contenu dans un papier délicat qu'elle ouvrit.

- Je peux vous offrir ça en échange de quelques kilos. C'est une robe de chambre pour homme, en soie. Mon mari n'en a guère besoin et ça vaut un bon prix.

- Mais que voulez-vous qu'on fasse de ça ? On ne se sert pas de ce genre de choses par ici.

- Après la guerre vous pourriez en tirer un bon prix.

Mon père secouait la tête d'un air fatigué et c'est Jean-l'oncle qui répondit.

- Écoutez, madame, ici nous ne mangeons pas de ce pain-là, nous ne vivons pas de marché noir. Mais nous ne vendons pas de pommes de terre parce que nous n'en produisons que pour notre consommation. Nous n'avons rien à vendre quel que soit le prix que vous pourriez y mettre. Ce n'est pas le problème.

Je regardais la dame, si élégante et si digne dont le visage crispé ne parvenait pas à cacher la déception. Pire, la désespérance. Elle avait fait des kilomètres sur un engin dont elle n'avait pas l'habitude simplement pour trouver les quelques kilos de tubercules qui lui permettraient de nourrir plus substantiellement les siens pour quelques jours. Le refus simple de ces hommes assis sur leur banc et qui la dévisageaient, ne l'offusquait pas, il réduisait simplement ses espoirs à néant. Elle avait déjà dû essuyer la même réponse négative avant d'arriver jusqu'à eux. Elle était épuisée et voilà qu'eux non plus ne la comprenaient pas, ne pouvaient rien comprendre de son besoin vital et de son urgence. Eux sans doute mangeaient chaque jour à leur faim et avec leur air obtus, ne pouvaient pas comprendre. Il n'y avait plus rien à dire. Elle rangea son objet de troc et reprit maladroitement sa bicyclette. Mais elle agissait d'une manière trop mécanique et sembla durant un court instant devoir tomber. Elle fit un effort visible pour se reprendre et nous saluer d'un "au revoir messieurs" qui se voulait capable de cacher sa déception. Elle enjambait son engin quand mon père se leva brusquement pour lui parler presque durement.

- Donnez-moi votre cabas.

Elle se dépêchait pour appuyer à nouveau son vélo contre le mur, pour décrocher le sac qui contenait le luxueux sous-vêtement et le tendre vite, vite à mon père qui le prit sans un mot avant de disparaître. Il revint quelques instants plus tard avec le sac plein de quatre ou cinq kilos de cette nourriture précieuse que la femme ne pouvait s'empêcher de regarder avec des yeux brillants. Jean-l'oncle et mon frère s'étaient éclipsés et j'étais seul à contempler la scène après être resté seul durant quelques minutes devant l'acheteuse indisposée par mon regard de curieux sans vergogne.

Aujourd'hui j'imagine ce que fut sans doute pour elle ce temps suspendu où elle ne sut que me dire ni même comment me regarder. Je suppose aujourd'hui comment ses pensées devaient se bousculer dans sa tête, prise entre l'espoir de voir son courage récompensé et sa gêne face à ce gosse à l'air stupide et ces gens finalement âpres au gain qui lui enlevaient un objet de plusieurs centaines de francs en échange d'un peu de nourriture. Dès qu'elle eut disparu Jean-l'oncle réapparut pour demander à mon père d'un air neutre ce qu'il comptait faire de cette robe de chambre de riche !

- Tu comptes faire le gandin avec ? Tu auras l'air fin !

- Elle est au fond de son sac, dit mon père.

- Ah bon ! C'est bien ! C'est bien ! fit l'oncle en tournant les talons. Il avait l'air soulagé.

L'école communale

Cette période de repli et de difficultés pour le pays fut a contrario pour les plus jeunes comme pour moi, un temps heureux d'ouverture et de découvertes. J'accroissais mon territoire à tout le village dont je me mettais à connaître et saluer tous les habitants, j'allais en classe, j'évoluais entouré de camarades, j'apprenais de mon institutrice des choses extraordinaires : la rotondité de la terre et l'attraction terrestre, les continents et les immenses océans, la France bordée des mers sur trois côtés, ses montagnes couvertes de neiges éternelles, ses fleuves et ses grandes villes.

D'un bout de crayon minuscule et à mon grand ébahissement elle avait sur la carte situé notre village et notre sous-préfecture, suivi le tracé de la grande rivière régionale qui s'en allait là-bas, très loin, rejoindre la longue Saône et l'imposant Rhône.

Je m'épatais de l'astucieux thermomètre qui échelonnait ses degrés entre son pied dans la glace fondante et sa tête dans la vapeur d'eau en ébullition, me stupéfiais du fonctionnement habile de la pompe aspirante et foulante avec son jeu harmonieux de soupapes disciplinées. Au fil des années les choses nouvellement apprises toujours m'émerveillaient, comme si j'avais encore et encore eu un vieux retard de connaissances à rattraper. Mais je me fatiguais des répétitions. Le charme des découvertes s'usait de l'apprentissage "par cœur" des faits historiques, de la table de multiplication, des fables de La Fontaine. Les dictées m'ennuyaient parfois avec cette obligation de belle écriture qui se formait avec des lettres galbées de traits épais ou plus fins dits pleins et déliés. Je m'appliquais plus volontiers sur les dessins des cartes de géographie ou d'appareils divers. L'arithmétique m'amusait assez mais je trouvais qu'on chicanait trop avec des histoires invraisemblables d'heures et de minutes parcourues à des vitesses diverses, d'hectolitres et de litres évaporés ou perdus. À quoi pouvait servir tant de précision dans l'évaluation de fuites ou de transvasements que mon père et mon grand-oncle savaient à la maison apprécier "au pif"?

L'école de notre village était un lieu agréable et familier intégré à la "Maison Commune" ainsi désignée par l'inscription gravée sur le fronton du bâtiment. Celui-ci comprenait les services de mairie, modestement composés d'abord d'une grande salle du conseil qui servait également, selon l'occasion, de bureau du maire, de salle des mariages, de salle des fêtes des écoles et à d'autres usages divers. Une seconde pièce de moindre volume était dévolue au Secrétariat, lequel était occupé par un secrétaire titulaire auquel était adjointe une unique dactylographe. Un garde champêtre chargé de la sécurité du territoire communal et un cantonnier, occupé à nettoyer les abords des chemins et à curer les fossés, complétaient l'effectif municipal.

À l'étage, à côté de la salle du Conseil, un appartement de fonction était réservé à l'une des deux institutrices, et en dessous près du bureau du Secrétariat s'ouvraient les deux grandes salles de classes mixtes de l'école communale, celle des petits et celle des grands. La première abritait les élèves des cours préparatoires et élémentaires, et la seconde ceux des cours moyens et supérieur, ce dernier étant celui des futurs candidats au certificat d'études primaires. J'ai plus de souvenirs de la seconde que de la première où j'étais arrivé avec un retard que je me suis toujours cru obligé de compenser. Elles avaient toutes deux la même disposition avec les pupitres à bancs de bois fixes à deux places, dotés de deux casiers pour y ranger les livres et cahiers en attente d'utilisation, et au-dessus d'une tablette percée de deux trous dans lesquels s'ajustaient des encriers de porcelaine.

Surélevé par une petite estrade, le bureau de l'institutrice faisait face aux trois rangées de pupitres et derrière lui était fixé le tableau noir. Un autre tableau sur tréteau pouvait recevoir les grands panneaux des cartes de géographie ou des schémas de sciences naturelles. Dans une autre partie de chacune des grandes pièces, celle la plus éloignée des fenêtres, trônait le poêle surmonté de ses corps de fourneaux, les tuyaux d'évacuation de fumée. Allumer le feu chaque matin d'hiver et l'entretenir dans la journée était une mission délicate confiée à un élève capable. Chez les grands ce rôle fut longtemps dévolu à Serge, élève très moyen mais bon camarade et chauffagiste de talent. Il adorait faire ronfler son instrument jusqu'à en faire rougir le haut du gros cylindre de fonte et les tuyaux de fer. Seule la peur d'une remontrance de la maîtresse l'empêchait de tenter de le faire exploser, je suis certain qu'il en fut quelquefois tenté, laquelle aurait pu le punir sévèrement en le dépossédant de sa mission.

Une autre tâche matinale qui consistait à veiller au remplissage des encriers, à l'effacement du tableau noir et à la mise en place de craies dans leur support, au rangement correct des grands cartons géographiques et autres petits détails d'ordre pratique, était confiée à un autre élève qui comme Serge était tenu d'arriver à l'école bien avant leurs camarades. Cette mission était, elle, assumée à tour de rôle par les autres “grands”.

À l’extérieur, la Maison commune donnait sur une large esplanade, place du village occupée sur sa droite par un abreuvoir inutilisé qu'on appelait la fontaine tant l'eau qui y coulait en permanence était limpide, et sur sa gauche par un grand lavoir municipal composé de plusieurs bassins étagés où l’eau passait de l’un à l’autre. On lavait au plus bas et on rinçait au-dessus de façon à ce que l’eau savonneuse puisse se déverser vers l’aval et être remplacée par celle plus claire qui venait du bassin supérieur constamment alimenté.

Attenant au bâtiment municipal et scolaire était appuyé un préau servant d’abri par temps de pluie aux élèves en récréation. Par temps plus clément ceux-ci s’égaillaient sur toute la largeur de l’esplanade qu’ils appelaient la cour. Au fond derrière le préau, ouverts sur l’extérieur, s’exposaient les cabinets avec, caché derrière un muret, l’urinoir pour garçons, plaqué d’ardoise, et dans son prolongement les WC avec vasques à la turque, qui se fermaient par des panneaux battants ouverts en bas et en haut et qu’on pouvait crocheter de l’intérieur. C’était un endroit où, cachés des institutrices, on pouvait ennuyer des camarades accroupis en s’agrippant et en passant la tête au-dessus les portes. C’était un jeu risqué et sévèrement réprimé et en particulier aucun des garçons n’aurait ainsi pu déranger une fille, laquelle de toutes les façons se faisait généralement protéger par une sentinelle plantée devant sa porte, une camarade gardienne de son intimité.

Par très beau temps, ce fut le cas au moment des dernières révisions avant le passage du fameux C.E.P., notre enseignante envoyait hors la classe certains élèves d’un cours particulier afin qu’ils puissent travailler sans être ennuyés par la leçon qu’elle faisait à d’autres. Ceux-là se disposaient à leur guise, les uns sous le préau, assis sur le mur en surplomb des lavoirs, d’autres directement installés sur le bord même des bassins ou auprès de la fontaine. Ils trouvaient une place où étaler leurs livres et cahiers. Quand je fus de ceux qui allaient passer le grand examen, je me souviens d'une de ces séances de travail extérieur non surveillée. Je revois en particulier Serge notre chauffeur, fort garçon avec déjà du duvet sous le nez, vautré à plat ventre sur le large mur entourant le lavoir, accoudé le menton soutenu sur ses poings, les jambes battant l'air d'énervement derrière lui, qui tentait de résoudre les problèmes de robinets ou d'horaires de chemin de fer soumis à sa sagacité. Selon son habitude il recherchait de façon indirecte l'appui de l'un ou l'autre de ses condisciples.

- Oh ! Henri, tu trouves combien au 13 ?

Le patient Henri consulté avait pris le temps de tourner en arrière les pages de son cahier de brouillon.

- Vingt-huit minutes !

- Oh, merde ! Je ne trouve pas ça moi.

La remarque ne fit pas vaciller Henri qui doutait que Serge ait pu parvenir à un résultat quel qu'il soit. Celui-ci continuait de manifester son inquiétude et déçu par l'indifférence de son condisciple, il se tourna derechef vers un autre bûcheur qu'il croyait plus conciliant.

- T'en es où, toi ?

- Au 39 ! J'en ai fait une dizaine, mais il y en a qui sont vachement durs.

- Et au deuxième, le 17, t'as combien ?

- Je ne sais pas, je n'ai pas le temps.

Écœuré, Serge abandonna ses recherches, s'étira, bâilla et se mit à contempler le décor de la rue et des maisons autour de la place. Il était sans nul doute partagé entre des sentiments contradictoires. Son désagrément de ne pouvoir résoudre facilement ces ridicules exercices d'arithmétique élémentaire et son plaisir d'être là assis au soleil à observer le plaisant environnement du centre du village offert à son regard.

Justement, il avait perçu un mouvement dans une véranda et découvert la mère Béquillard derrière sa vitre, protégée du soleil dans l'ombre. Il devina qu'elle tricotait car elle avait de temps en temps un grand mouvement pour vraisemblablement tirer de la laine. Il surprit son regard soudain arrêté au-dessus des lunettes et il tourna la tête pour voir où se dirigeait son attention. C'était madame Poupinet qui sortait de sa grange avec sa poussette chargée d'une lessiveuse encore fumante et d'un grand panier d'osier. Elle se dirigeait vers le lavoir que Serge quittant sa place contourna pour aller l'accueillir. Il l'aida à placer la lessiveuse à terre et curieux comme toujours s'enquit de ce qu'elle faisait de son linge.

- Il est déjà lavé ?

- Tu t'intéresses à la lessive, toi, Serge ? Eh oui ! C'est mon blanc, je l'ai fait bouillir.

- Alors maintenant vous le rincez !

- Comme tu vois ! Et vous tous là, qu'est-ce que vous faites ?

- On fait des devoirs de calcul pour réviser le certificat d'études.

- Tu vas passer le certificat toi aussi, Serge ?

- Ben oui !

En observant la scène je comprenais le scepticisme de la vieille dame. Serge avait déjà quatorze ans et avait plusieurs fois redoublé avant d'arriver jusqu'à cet aboutissement. C'était presque en désespoir de cause que l'institutrice l'avait admis dans le cours terminal, car il était important pour elle d'avoir le plus grand nombre de reçus de sa classe à la grande épreuve et elle était persuadée que Serge serait un raté gênant, une tache à son palmarès. Elle se donnait pourtant beaucoup de mal pour tenter de le mettre à niveau et se désespérait lorsqu'il hésitait et se perdait dans les conversions d'heures en minutes et secondes et à paniquer dans le positionnement des termes de la règle de trois. Le garçon se savait peu doué pour les études mais lui n'était pas pessimiste, ce n'était pas dans son heureuse nature et il espérait malgré tout réussir, mais sans savoir exactement en quoi. Tout en brassant son linge dans l'eau claire puis en le tordant pour l'essorer avec l'aide du gentil garçon, Madame Poupinet continua à s'intéresser à lui.

- Que comptes-tu faire après l'école, Serge ?

- Mon père m'a dit que je pourrais entrer aux Forges, je ne sais pas.

- Ça te plairait les Forges ? Si tu avais ton certificat tu pourrais peut-être entrer dans la gendarmerie ou la poste, ou dans les chemins de fer. Tu n'aimerais pas mieux ?

- Moi je voudrais bien être boxeur.

- Ce n'est pas un métier, boxeur.

- Si ! Mon père a un copain des Forges qui fait de la boxe. Il m'a dit que les grands champions gagnent beaucoup d'argent. Et ils font aussi de la lutte dans des cirques comme Marcel Thil et Charles Rigoulot qui est l'homme le plus fort du monde.

- Tu aimerais bien devenir l'homme le plus fort du monde ?

- Oh, oui ! Mais il faut s'entraîner.

Mais Serge avait perçu la moquerie et s'était tout à coup souvenu qu'il avait à faire. Il avait planté là la ménagère pour regagner son lieu de travail sur le mur et soudain appliqué s'était replongé dans ses savants calculs. Après un long moment de recherche il avait enfin pu crier son enthousiasme à la ronde, émerveillé par sa découverte.

- Pour le 37 j'ai trouvé deux heures et demie.

Personne n'avait bronché et, déçu, le studieux élève s'était de nouveau laissé envahir par les affres de l'arithmétique. Mais il fut de nouveau dérangé par le son de corne du maraîcher ambulant, l'Espagnol monsieur Pons, qui venait d'apparaître en haut de la rue et qui appelait ses pratiques. Sans empressement excessif les acheteuses sortaient de leurs maisons et convergeaient vers la voiture à petites roues sur laquelle étaient avantageusement présentés les légumes et fruits frais qu'elles pouvaient acquérir. Le docile petit cheval chapeauté qui la tirait n'avait guère eu besoin d'être commandé pour s'arrêter là où il le fallait, car il connaissait parfaitement l'itinéraire qu'il empruntait régulièrement depuis plusieurs années.

Un autre jour Serge nous surprit tous et enchanta l'institutrice qui lut à toute la classe la rédaction qu'il avait rédigée sur le thème de "l'événement qui vous a le plus touché ou plu au cours des dernières semaines". La copie était courte, Serge était naturellement porté à la concision. Elle disait son étonnement et son bonheur d'avoir eu un jour l'occasion d'aller dans une étable chez un camarade et d'y avoir vu et approché un veau né de la nuit. "Il était déjà debout. Je lui ai tendu la main et il l'a léchée. Il avait un peu peur mais je voyais bien qu'il voulait qu'on soit copains. Je lui ai dit qu'il était beau mais je ne sais pas s'il a compris. Je suis allé le revoir et il buvait du lait dans un seau suspendu avec une grosse tétine. J'étais drôlement content pour lui. Une autre fois il n'était plus là. On m'a dit qu'on l'avait vendu. J'ai demandé pourquoi mais on ne m'a pas répondu. J'étais triste."

À l'étonnement et à l'émerveillement de tous, le miracle eut lieu et Serge obtint le fameux certif. Il en fut évidemment le plus heureux en même temps que le moins surpris. L'institutrice madame Bouton en avait été rouge de confusion et avait failli pleurer quand elle avait entendu citer son nom lors de la proclamation des résultats. Quand les élèves rentrèrent au village à vélo après l'examen, les personnes qu'ils croisaient félicitaient toutes avec chaleur l'heureux récipiendaire en apprenant sa performance. Fière et attendrie l'institutrice offrit des diabolos menthe à son groupe de garçons et filles dont elle était la seule à comprendre qu'en ce jour elle les abandonnait pour toujours. Elle s'était attachée à eux au cours des trois années passées à les avoir chaque jour auprès d'elle. Désormais ils ne reviendraient plus en classe, deviendraient d'autres personnes, des hommes et des femmes qui suivraient les uns et les autres des traces qu'ils n'imaginaient pas, sauf les petits paysans qui resteraient probablement à la terre. Je ne sais pas si Serge a jamais rêvé de devenir gendarme ou facteur, mais je sais que mon vieux condisciple est entré aux Forges de la ville voisine où il a toujours travaillé sans avoir jamais tenté de devenir champion de boxe.

Quant à moi j'avais perçu cette réalité d'un proche changement de nos courtes destinées et en avais ressenti de la mélancolie, surtout lorsque mon institutrice m'avait demandé en nous libérant si mes parents avaient réfléchi à son conseil de me laisser poursuivre mes études. Je ressentais son intérêt, son angoisse peut-être, de ne pas me voir continuer dans une voie qu'elle avait préparée et qu'elle me sentait capable de suivre. Ma réponse la rassura car il y avait bien longtemps déjà que Mamène et mon père m'avaient annoncé leur décision de me faire entrer au collège dès la prochaine rentrée. En arrivant à la maison ce soir-là pour annoncer ma réussite qui n'étonna personne je me remis à penser à cette petite fin d'une partie de ma vie, à mon école et à mes copains.

Oh ! Eux, je n'allais pas les quitter ainsi et nous aurions bien d'autres occasions de nous revoir. Mais la classe avec son ambiance familière et chaleureuse, avec ses odeurs de craie, d'encre, celle du feu de bois et au printemps celle de l'air embaumé qui nous arrivait par les fenêtres largement ouvertes. J'ai encore dans l'oreille ces sons légers que faisaient, dans les moments de grande application, quand l'institutrice détaillait par morceaux les phrases d'une dictée, le crissement de la plume sergent-major sur le papier, mêlé quelquefois au soupir d'un élève fatigué de trop d'attention.

L'école réunissait filles et garçons mais libres, leurs jeux les séparaient. Ceux du sexe des bagarres et des inventions, et ceci est un de mes souvenirs des plus agréables, se pratiquaient dans l'espace immense et varié de toute la commune. Nous jouions partout dans les rues du village, dans les prés transformés en terrains de foot, dans les granges où nous avions nos cachettes, dans les vergers, dans les chemins et les champs proches, dans les arbres où nous picorions leurs cerises ou leurs pommes, dans les rouleaux du foin neuf entassé avant la mise en grange et sous les hangars pleins d'outils. Nous allions jusqu'aux abords des étangs éloignés et jusqu'aux bois de hêtres et ceux de sapins où nous avions nos pistes indiennes, encore jusqu'au bout du monde vers la rivière où nous pouvions nous baigner l'été, en principe accompagnés par de plus grands sur qui les parents comptaient pour nous surveiller.

En réalité ils avaient bien d'autres chats à fouetter. Nous étions libres, livrés à nous-même sans contraintes, mais pas sans recommandations. Nous n'avions guère comme jouets que des billes ou des toupies, ou parfois un ballon qu'un père achetait à son rejeton qui, jaloux, hésitait à le lâcher, mais comment bien jouer seul avec un ballon ? Nos meilleurs instruments de jeux étaient malgré tout ceux que nous nous fabriquions nous-même : épées en tiges de noisetiers, sifflets en bouts de sureau, lassos et fouets de ficelles. C'était le temps de l'enfance, c'était celui de l'enthousiasme et des émerveillements.

Dès l'âge de notre plus grande liberté, lorsque nous étions autorisés à sortir après le repas du soir, au printemps ou en été, nous pratiquions un sport qui nous attirait tout particulièrement : la maraude !

La maraude

Par rapport aux alcools de consommation courante qui auraient pu être achetés dans le commerce, la goutte avait l'énorme avantage de pouvoir être produite à la maison et d'offrir de surcroît le plaisir de mystifier le contrôleur des contributions indirectes en lui cachant une partie des distillations. Tout ceci n'était possible qu'à la condition indispensable de posséder des arbres producteurs de fruits en quantités suffisantes.

Il était des établissements dont l'espace autour de leur ferme était trop étroit pour y avoir un verger de taille suffisante. Leurs propriétaires avaient compensé cette restriction en plantant des fruitiers dans leurs champs. Ceci était surtout vrai pour les cerisiers, car leurs fruits sont réputés dans notre pays pour être les plus aptes à fournir la meilleure qualité du breuvage en question. Ainsi pouvait-on admirer, en certains endroits de nos collines, des alignements d'arbres élégamment parés de fleurs blanches au printemps qui, dans le plein été du mûrissement, allaient éclater en fruits gonflés de jus sucré et odorant. La formule souffrait pourtant d'un ennui particulièrement irritant. Les cerisiers ainsi écartés de la proximité des fermes étaient l'objet des convoitises des maraudeurs qui venaient les visiter et les délester au cours de raids nocturnes. Dans notre coin écarté, les malandrins étaient presque exclusivement des ados du village qui pratiquaient ce genre de chapardage pour le plaisir, car en réalité il y avait chez nous assez de fruits à consommer, même pour les non paysans qui pouvaient s'en procurer pour trois sous pendant le temps des clafoutis.

Le plaisir ! Il était tellement plus agréable de se gaver de fruits assis à cheval sur les branches et de le faire en bandes, la nuit et en catimini, en défiant l'ordre et la loi. Car la maraude était un vol qui pouvait être réprimé en tant que tel. Ce jeu procurait un agréable petit pincement de bravade réussie lorsqu'avec mes copains, nous rentrions d'une telle aventure l'estomac bien gonflé. Dans cet esprit, autant que par souci de préservation du bien familial les jeunes paysans qui y participaient prenaient la précaution d'emmener leurs complices sur les arbres d'autrui, d'abord sur ceux des fermiers les moins sympathiques, mais également sur les arbres porteurs des fruits les plus goûteux. Le danger, car danger il y avait, était naturellement de se faire prendre la main dans le sac, ou plus précisément le cul sur la branche. En cette saison le garde champêtre, le bon père Ritzler que nous aimions tous, devenait pour quelques courtes semaines notre ennemi déclaré. Lui était sur les dents et usait de mille ruses pour nous attraper. C'est pourquoi nous laissions toujours en place une sentinelle restée au sol et chargée de veiller et signaler toute arrivée suspecte, auquel cas nous dévalions tous de l'arbre et cavalions dans la direction opposée à celle de l'importun. La nuit nous était complice qui empêchait que nous puissions être facilement reconnus par le policier sur le sentier de la guerre. Pourtant il usait de mille ruses notre chasseur, et tentait de se cacher en se couchant dans les herbes et en rampant pour s'approcher de nous au plus près. Son astuce ayant trop souvent échoué, car il s'attaquait parfois à un arbre où nous n'étions pas, il imagina de nous repérer dans le village pour surprendre nos réunions préparatoires et nous suivre ensuite et toujours sans se faire voir lui-même jusque sur le lieu du forfait. Bien entendu sa ruse qui avait failli marcher une fois ne pouvait plus l'être à nouveau car désormais nous nous donnions directement rendez-vous là où nous voulions sévir. Un jour cependant nous avions décidé de lui donner une chance, une fausse chance.

Un soir donc, dans la pénombre d'une nuit sans lune, il réussit à se glisser sous un arbre en train d'être pillé. Il jubilait et se mit à crier : “Descendez ! Descendez de là petits voyous, petits voleurs. Cette fois vous n'y couperez pas ! Quelques nuits en prison et la honte sur vos parents ! Je vois d'ici les raclées qu'ils vont vous mettre, petits salauds ! Vous allez descendre de là, oui ! Je vous préviens que je passerai la nuit sur placc s'il lc faut mais je vous aurai de toute façon ! Allez, un peu de courage, descendez !" Au-dessus de sa tête il entendait des bruits de feuilles froissées qui le mettaient en rage, comme si le ou les assiégés continuaient leur consommation sans vergogne. "Ça vient oui ! Je vous préviens que j'ai mon fusil et que si à trois vous n'êtes pas descendus, je tire ! Un ! Deux !" Avant qu'il ait pu prononcer le dernier chiffre fatal, un délinquant supposé atterrit à ses pieds.

- Mais ! Mais ! Qu'est-ce que tu fais là, toi ?

- Ben, je mange des cerises !

- Tu maraudes sur les arbres de ton père ?

- Je ne maraude pas puisque je suis chez nous. C'est un de nos arbres.

- Et tu viens cueillir la nuit ?

- Ben ! J'avais une envie et y en avait plus chez nous. Et puis j'aime bien manger sur l'arbre, c'est meilleur.

L'affaire eut un prolongement imprévu qui, pour nous qui dévalisions un autre cerisier non loin de là, prolongea notre plaisir. Le garde champêtre vexé de l'affaire alla se plaindre au maire en disant qu'il en avait marre de faire le con toutes les nuits pour, je le cite, "se faire foutre de sa gueule par une bande de petits salopards."

- Oh ! Je les connais, ce sont toujours les mêmes, mais ils sont futés et je n'arrive pas à les coincer. Ils se foutent de ma gueule je vous dis, et si vous le voulez, je vous rends mon insigne.

Le maire le calma et l'enjoignit de passer désormais ses nuits dans son lit. "Quant à ceux qui veulent courir aux maraudeurs qu'ils le fassent eux-mêmes, d'autant que leurs propres gosses sont dans le coup" commenta-t-il pour son policier. Dans l'après-midi du même jour un paysan hargneux, le grand Charles Gelinieux, vint se plaindre au magistrat municipal de ce que "l'un de ses cerisiers avait été pillé dans la nuit (c'était celui dont nous nous étions occupé), que des branches avaient été cassées, qu'il n'en récolterait rien et qu'il demandait un dédommagement. On se demande ce que fout le garde dans ce pays ! Tout ce qu'il sait faire c'est battre du tambour et lire les avis, mais pour le reste, les voleurs peuvent courir !" Le plaignant fut profondément surpris de la réaction du maire qui se mit en colère pour lui signifier qu'il n'avait qu'à surveiller ses arbres lui-même, et surveiller également son fils (le grand Charles n'avait que des filles mais il n'eut pas le loisir de rectifier) qui était probablement un maraudeur comme les autres. Etc. Etc.

La décision municipale fit le tour du village et depuis ce jour il y eut trop de paysans armés de bâtons pour surveiller leurs arbres au moins jusqu'à minuit. S'il n'était pas trop difficile de s'échapper de chez soi dans la nuit jusqu'à dix ou onze heures, nos parents n'auraient pas toléré une rentrée plus tardive, il n'était pas vraiment agréable de se gaver de fruits presque mûrs à des heures trop tardives. Sans le vouloir vraiment, notre bon garde champêtre avait trouvé la solution. Quand sur chaque arbre les cerises commencèrent à prendre la couleur foncée qui marque le moment des cueillettes, les paysans furent très satisfaits de leurs récoltes de l'année, lesquelles leur faisaient entrevoir des distillations avantageuses, tant en degrés qu'en quantité.

Le village put ainsi continuer sa vie tranquille !

Le labeur paysan

Dans l'imagerie populaire, on montrait toujours le paysan au labeur courbé dans ses champs, tant il est vrai qu'il y passait une grande partie de son temps pour y effectuer des travaux qui variaient avec l'avancement des saisons. Il labourait, il semait, il récoltait. Dans le domaine de la production laitière, s'il était effectivement très sollicité à l'extérieur, c'était cependant les soins au cheptel qui au total mobilisaient le plus son énergie et le retenaient quotidiennement dans sa ferme. Il y réalisait ces tâches, fastidieuses parce que chaque jour recommencées, qui consistaient à préparer et distribuer la nourriture aux animaux, à nettoyer leurs écuries, à les faire boire et surtout en ce qui concerne les vaches, à les traire. La traite, la récolte du précieux breuvage, était chez nous à la charge de mon grand-oncle.

Au moment d'intervenir, avant de partir à l'étable avec ses seaux et ses bidons, il retroussait ses manches jusqu'au-dessus des coudes et se lavait les mains jusqu'au-dessus des poignets. Son souci de propreté m'amusait, car la première opération qu'il exécutait avant de traire chaque vache, avant même de lui laver les pis à l'eau tiède, consistait à lui attraper la queue, rarement immaculée, pour l'attacher à une patte arrière de façon à éviter que ses balancements instinctifs ne viennent l'atteindre et le blesser.

Le trayeur passait de l'une à l'autre de ses bêtes en allant chaque fois vider le contenu de son seau dans des bidons de grande contenance. En final, seaux et bidons partaient en cuisine où le blanc liquide était transvasé dans les divers récipients de la clientèle, dans ceux destinés à la laiterie et dans les jattes utilisées pour notre part familiale. Nos clients, des voisins et amis pour la plupart, disposaient tous de deux bidons de modeste contenance, celle nécessaire à leur consommation quotidienne.

Un des récipients, vide, était laissé sur une étagère placée dans notre couloir d'entrée, pendant que celui entreposé la veille et désormais rempli était emporté. Certains étaient du matin et d'autres du soir. La Tante laissait reposer quelques heures le lait destiné à notre propre usage, afin de laisser monter la crème en surface pour la prélever ensuite à l'aide d'une louche ou d'une cuillère. Après ces transvasements il ne restait plus à ma mère qu'à aller laver nos seaux et nos bidons à l'eau chaude additionnée d'un peu de soude.

Mon grand-oncle était également chargé de donner leur nourriture à ses bêtes. Il m'arrivait souvent de l'aider en montant dans la grange pour y enlever le foin que je jetais à ses pieds sur le sol du large couloir central, où il l'aérait de la fourche avant de le glisser dans les râteliers, par une ouverture devant le mufle des vaches. Parfois aussi je tournais pour lui la manivelle du coupe-racines lorsque nous débitions des betteraves qui, mélangées à du son et à de la mélasse, allaient enrichir la nourriture de nos bêtes. Par contre, c'était mon père à qui était dévolue la tâche difficile et désagréable du nettoyage de l'étable, qui consistait à enlever la paille souillée dans une brouette pour ensuite aller la déposer sur le tas du fumier, en escaladant celui-ci sur une planche instable.

Une autre mission qui m'était parfois déléguée était celle de faire boire les vaches. Il suffisait de les détacher pour les laisser accéder seules à l'abreuvoir intérieur de l'étable, en se poussant du ventre et des hanches. Leur soif étanchée elles savaient sans se tromper, toujours dans la bousculade, regagner leur place attitrée devant la mangeoire. L'été, notre troupeau était conduit en pâture entre les deux traites, et j'aimais parfois regarder ce spectacle caractéristique de vaches égaillées qui paissaient en broutant calmement l'herbe à grands coups de langues, puis se couchaient tout aussi paisiblement pour ruminer, avec ce lent, régulier et latéral mouvement des mâchoires qui aurait pu donner à penser qu'elles mâchaient du chewing-gum.

L'oncle et mon père se partageaient de la même manière les tâches dévolues à l'entretien des deux chevaux. L'oncle se chargeait de leur nourriture, foin et avoine, de les sortir pour boire et surtout de les bouchonner et les étriller, mission qu'il n'aurait jamais laissée à d'autres, tant ses deux forts et dociles comtois lui étaient chers. Mon père là aussi comme partout s'occupait de l'enlèvement des litières souillées. La Tante s'attelait seule à l'entretien des lapins et des volailles. C'était elle qui donnait le grain aux poules et savait trouver leurs œufs cachés dans le foin, la paille ou d'autres endroits divers où il fallait les découvrir. C'était son époux par contre qui tuait les lapins, sans qu'ils s'y attendent et sans les faire souffrir, après les avoir préalablement assommés d'un vigoureux coup du tranchant de la main. Habile, il lui fallait à peine deux minutes pour tuer, dépouiller, évider, couper les pattes d'un de ses lapins, avant de le présenter proprement sur un plat, prêt à cuire, avec le bol du sang prélevé pour la sauce.

Dans le monde paysan, les tâches à assumer étaient réparties entre les divers membres de ses habitants en fonction de critères très naturels, chacun étant responsable en son domaine. Les hommes étaient chargés des travaux qui sollicitaient plus la force physique, et aux femmes étaient dévolues les missions ménagères réputées plus aisées, ce qui ne les empêchaient pas d'être longues, multiples et tout aussi usantes.

Celles-ci devaient s'activer au rangement et à l'entretien de la maison, à la préparation des repas quotidiens, aux lessives des rugueux vêtements de travail et au récurage des bidons dont j'ai parlé, ainsi qu'à assurer d'autres besognes apparemment simples mais toutes nécessaires. Chacun s'attelait à sa tâche chaque jour que Dieu fait, sauf cas extrêmes de maladie ou autre motif exigeant aide ou remplacement. Le Seigneur suprême Lui-même, pas plus qu'aucun de ses représentants sur terre, n'aurait pu imposer là de repos dominical, car il est impossible de laisser des vaches sans les soulager quotidiennement de leur lait, comme de priver de repas sérieux des travailleurs autant sollicités.

Les activités champêtres certes plus ardues mais plus variées, sollicitaient parfois l'effort de tous, hommes, femmes et enfants, requis pendant les grandes opérations de récoltes estivales, particulièrement pour les foins et les moissons. Durant les autres saisons, seuls les hommes et souvent ma mère de par sa volonté personnelle, allaient aux champs, presque toujours avec les chevaux pour les labours, les semailles, les plantations ou les repiquages, les hersages, binages et sarclages, mais aussi pour les récoltes tardives des betteraves, pour le buttage des pommes de terre, l'épandage du fumier et du purin. L'hiver, par temps de gel, de neige ou de verglas, mes parents masculins en profitaient pour faire de l'entretien et des réparations. Nous avions au fond d'un hangar un petit atelier équipé de quelques outils de menuiserie et de forge. Mon père et Jean-l'oncle maniaient selon besoins la varlope ou le ciseau à bois, mais ce dernier était le plus astucieux bricoleur qui trouvait toujours le moyen de réparer un outil ou un quelconque engin par des moyens à vrai dire rudimentaires. Spécialiste de l'emploi du fil de fer, il s'en servait pour des usages multiples et parfois inattendus, en consolidations de toutes sortes comme en remplacement de boulons, de goupilles voire de charnières pour des portes de remises ou de barrières. Le résultat de ces réparations donnait un aspect gauche et grinçant à ses productions, mais elles remplissaient leurs fonctions et c'était bien là le principal.

Dans la liste des tâches évoquées jusqu'ici j'en ai oublié quelques-unes, plus particulières ou plus exceptionnelles, comme le battage des blés et des avoines effectués à la fin de l'été sur un énorme engin amené par un entrepreneur et installé devant le grenier pour le ou les deux jours de l'opération. Le travail commençait à l'aube pour se prolonger parfois très tard dans la soirée, qui mobilisait l'effectif de tous les mâles de la maison, aidés de quelques voisins sollicités. Il fallait plusieurs hommes en relais munis de fourches pour descendre les gerbes du grenier, défaire leurs liens et étaler les tiges sur le plateau de la machine enveloppée de poussière, avant de les confier à l'engreneur, seul personnage salarié attaché à l'entreprise loueuse. Ce dernier glissait les épis dans la bouche rugissante de la machine d'où, après un circuit mystérieux, s'en extrayaient d'une part les grains, de l'autre la paille et dans un souffle la pousse légère formée des téguments secs qui enveloppaient la graine. Il fallait là aussi des hommes pour placer les sacs et les évacuer, remettre la paille en botte pour la remonter au grenier et mettre la pousse en tas en attente d'évacuation sur le fumier. Les grains perdus donneraient aux poules de quoi picorer pendant plusieurs jours.

Fendre le bois de chauffage était une opération chaque année réalisée par mon père à la fin de l'été. J'y ai souvent participé et j'aimais bien ce type de travail qui demande force et adresse. Les quelque huit ou dix stères de hêtre achetés sur place et enlevés aux bois d'alentour devaient d'abord être rapportés jusqu'à la maison dans des voitures à ridelles particulièrement adaptées, puis débités par un artisan régional qui disposait d'une scie circulaire installée sur un petit véhicule automobile spécialement aménagé. Les tronçons longs d'un mètre étaient coupés en quatre parties et il nous restait à les fendre à la hache en morceaux plus petits, susceptibles de pouvoir être introduits dans le foyer de notre grande cuisinière ou des poêles de nos autres pièces. La montagne de ces morceaux était ensuite empilée sous des auvents.

Une autre activité particulière de l'automne consistait à emporter à la brouette, les tonneaux du moût de fruits fermentés, dans l'unique et provisoire atelier de distillation agréé par l'Administration, afin d'en extraire l'alcool traditionnel fabriqué au Pays. La distillation nécessitait une cuisson du moût dans un alambic chauffé de manière précise et régulière. En conséquence de quoi, l'entretien du feu et sa surveillance contraignaient les bouilleurs à respecter deux obligations : d'abord garder le local fermé pour n'y admettre aucun courant d'air perturbateur, ensuite y assurer une présence constante afin de le surveiller sans faillir en même temps que veiller au bon fonctionnement des appareils. Les vapeurs d'alcool étaient telles dans ledit local qu'elles enivraient lesdits préposés sans même qu'ils eussent bu. C'était aussi un de nos plaisirs de gosses que de rôder autour de l'atelier pour en voir sortir en glissant par la porte une seconde entrebaîllée, des hommes égayés à peine capables de se tenir sur leurs jambes. "Pas bu, mon œil, affirmait mon copain René qui semblait s'y connaître, il faut bien la goûter la goutte, pour savoir si elle est bonne !" Celui que nous aimions admirer dans cet état instable était le "rat de cave", c'est-à-dire le représentant des contributions indirectes chargé de veiller à la bonne application des lois. Il se déplaçait en vélo pour venir dans notre village et c'était un bonheur pour nous de le voir repartir en zigzaguant sur la route.

Un certain soir de distillation prolongée, Jean-l'oncle était rentré à la maison bien après le milieu de la nuit, ramené chez lui par des compagnons de beuverie avec lesquels il avait fini la soirée en jouant aux cartes au café et en menant des conversations d'autant plus floues qu'elles étaient exprimées par des voix empâtées. Constatant son incapacité à se tenir debout, ses acolytes l'avaient étendu et ramené sur un boyard, une longue brouette plate destinée au transport de végétaux. Prévenants, ils lui avaient placé un sac à patates plié sous la nuque pour lui éviter les chocs et, à peine moins ivres que leur compagnon gisant, ils s'étaient mis à chanter à tue-tête dans la traversée du village sans craindre de réveiller les endormis.

Mais, arrivés devant notre ferme, craignant un mauvais accueil des proches du pochard, ils s'étaient contentés de tambouriner bruyamment à la porte de la maison pour alerter ses occupants, puis esquivés promptement en laissant le corps affalé sur ses planches. Réveillé par les coups frappés à la porte, je m'étais levé et avais écarté mes volets pour voir à mon tour ce qui pouvait bien provoquer un tel raffut. Sur le moment je n'avais pas distingué grand-chose mais avais soudain entendu les vociférations de la Tante première arrivée, exclamations qui m'avaient jeté dehors en chemise. L'oncle était endormi, la tête penchée appuyée sur le dosseret de son brancard, le visage hilare, et mon père accouru, habillé à la hâte, eut bien du mal à tenter de le faire se lever et tenir debout. Ce qu'il n'avait pas réussi à faire assez durablement car dès qu'il était privé de soutien les jambes du bonhomme se dérobaient sous lui. Il avait fallu que la Tante vienne aider à le transporter dans la maison en le tenant sous les aisselles. Bien entendu, je les avais suivis dans le couloir pour observer la suite de l'incident.

Lorsque le trio arriva devant la porte de la chambre du titubant, sans doute revigoré par la chaude atmosphère de la maison, celui-ci se mit à grogner et à vouloir se dégager de l'étreinte de ses porteurs. Il gesticulait et sans le vouloir frappa d'un revers de la main la tempe de sa femme. Celle-ci accusa le coup en portant la main à son oreille, penchée sur le côté, mais presque dans le même mouvement, en se redressant, elle fit une chose incroyable, une chose impossible aussi, une chose qui m'émerveilla et dont j'eus honte sur le moment car l'instant était grave, mais qui resta ensuite dans ma mémoire comme un des hauts faits de l'histoire des miens. De sa main libre elle appliqua une gifle sur la joue du grognard, mais pas la gifle molle dont a priori elle était seulement capable, mais une gifle gigantesque, magistrale, superbe, une gifle donnée d'une main lancée à bout de bras par tout le corps. C'était un geste de bûcheron expérimenté, d'athlète lanceur de disque aguerri, qui abattit sa victime pour le compte. C'était monumental et presque émouvant !

Je me demandai si après une telle violence Jean-l'oncle n'était pas mort tant il restait inerte, affalé sur le carrelage du rez-de-chaussée devant la porte de sa chambre. J'avais encore les yeux écarquillés quand cette fois mon père me demanda de les aider. Il fallait ramasser le corps mou et désarticulé, le monter dans son lit ce qui n'était pas rien tant il était haut, puis le déshabiller avant de le glisser sous les draps. C'est la Tante et mon père qui se chargèrent de ces dernières opérations mais je les regardais faire. Ce fut la première fois que je pus contempler un homme intégralement nu et surtout voir son sexe menu et flasque qui reposait sur sa touffe de poils drus. Le spectacle n'avait rien de particulièrement attrayant mais il était inattendu et incongru, parce que ces choses-là étaient habituellement cachées aux yeux du monde et surtout des plus jeunes. Moi je le trouvais plutôt amusant.

L'affaire fut ébruitée et le village rit de l'aventure de la gifle. Dans les jours qui suivirent des adultes goguenards me questionnaient quelquefois en s'enquérant de la santé de mon grand-oncle.

- Oh, Michel ! Ça va Jean-l'oncle ? Il est bien remis ?

Moi, je répondais avec candeur qu'il allait bien. Le seul que cette ironie ne gênait pas fut celui qui en fut la victime. Il en riait avec ses moqueurs.

La question qui me turlupina durant quelque temps fut de savoir comment la mésaventure avait été connue de nos voisins puis du village entier. Pas par mon père avais-je supputé, généralement discret sur ses affaires personnelles. La Tante ! Elle s'en serait bien gardée, son rôle dans l'affaire n'étant pas perçu de sa part comme un exploit (du mien c'en était un au plus haut point). La victime ! Qu'en savait-elle ? Elle n'en avait en réalité rien vu et ne pouvait rien en dire. Moi-même ! Je savais bien n'avoir révélé quoi que ce soit à quiconque. Qui alors ! si aucun des participants n'avait parlé ?

En y réfléchissant, je m'étais rappelé que le fameux soir en regagnant mon lit j'avais été attendu sur le palier par ma mère penchée au-dessus de l'escalier. Son sourire alors m'avait paru bien malicieux. Elle m'avait embrassé sans rien me dire, mais je crus pouvoir imaginer que la levée du secret passa par elle. Après enquête je sus que l'indiscrétion avait été véhiculée par le canal de ma sœur affranchie par sa mère. Alice me raconta le plaisir qu'éprouva cette dernière en lui racontant l'affaire, mais je ne pus vérifier que ma mère n'avait rien vu, ni su, ni seulement parlé de la vision sexuelle passive qui m'avait ce soir-là assailli, car la rapporteuse ne m'en parla pas. Même mes copains rigolaient en me faisant préciser des détails de la scène du retour et du coucher, ce que je faisais volontiers mais que je finis par refuser, les répétitions me devenant insupportables.

Les gros travaux

Est-ce la nostalgie? Je veux revenir sur certaines des tâches les plus typiques des paysans.

Auparavant je désire rappeler et souligner ce qu'était la masse de travail quotidien en ce temps dont je parle aujourd'hui. Quand les hommes s'activaient hors de la ferme, dans les champs, ils s'interrompaient à peine pour prendre le repas de la mi-journée, que dans notre région nous appelions le dîner, puis y retournaient pour n'en revenir que le soir après la tombée de la nuit, qui empêchait évidemment la poursuite de tout travail extérieur. Il ne restait alors qu'à rentrer les chevaux, nettoyer les écuries, décrotter ce qui devait l'être, faire boire les bêtes et ranger les outils. Mon grand-oncle lui, était tenu de rentrer plus tôt pour assurer la traite qui se faisait chaque jour à heures fixes.

L'hiver, sauf exception, cela faisait à chacun des journées raisonnables de huit ou neuf heures d'occupations variées, mais l'avancement des saisons et de la durée des jours entraînait un allongement du temps de travail et dans la période des gros travaux de l'été le rythme quotidien d'activité atteignait plus souvent les douze à quinze heures. Quand j'étais encore bébé ma mère allait également travailler en dehors de la ferme et m'emmenait avec elle. Alors que je ne savais pas encore bien marcher, elle m'installait confortablement sur des sacs et une couverture et s'activait de son côté en me surveillant sans cesse du coin de l'œil, de façon à réagir sans attendre si elle avait pensé que j'avais besoin de quoi que ce soit. En principe elle revenait le plus souvent à bicyclette, ou avec mon père en voiture en me tenant dans ses bras. Elle devait ensuite s'occuper du lavage des bidons, puis des lessives, puis tout en faisant pour moi ce qu'il fallait, ces mille petites choses qui dépendaient de sa volonté. Ses journées à elle étaient remplies du lever au coucher. Par chance pour moi, il n'y avait pas toujours à faire à l'extérieur où je sais avoir néanmoins passé beaucoup du temps de mon enfance sans que j'aie jamais eu à m'en plaindre.

Le travail aux champs consiste pour le paysan à faire de la terre ce à quoi elle est de son point de vue destinée, c'est-à-dire être enrichie, ameublie, semée ou plantée, soignée encore et mère de ses récoltes. Dans le passé, depuis des millénaires jusqu'au milieu des années cinquante, ce type de labeur était particulièrement long et lent, car tous allaient au pas tranquille qui est celui de la marche naturelle des hommes et de leurs chevaux. Le travail confié à la nature qu'ils aidaient, assistaient, couvaient, convergeait vers un aboutissement fondamental, celui de l'enlèvement des produits ainsi cultivés enfin arrivés à maturité, qu'il fallait prendre au sol pour les mettre à l'abri et les offrir à la consommation des hommes et des bêtes. Ces moments annuels devaient tenir compte de la conjonction des deux conditions essentielles que sont le parfait mûrissement des fruits de la terre associé au maintien assez durable d'un temps clément. Car le froid et la pluie en particulier, étaient susceptibles de ruiner la somme des soins prodigués jusque-là aux cultures. Dans cette perspective, il était nécessaire d'assumer la grande charge des tâches requises dans le minimum de temps. Et pour cela le mieux était de se pourvoir à l'époque requise d'une main-d'œuvre en quantité suffisante, quitte à faire appel à des voisins amis. Les écoliers étaient également un appoint essentiel pour les foins, les moissons, les cueillettes et les ramassages.

Cela commençait au printemps par la fenaison. Autant le labour était lent et pesant comme l'est le ciel maussade des jours plus courts de l'automne, autant le séchage et le ramassage des foins étaient menés lors de journées printanières plus variées et par nature plus longues et plus ensoleillées.

Pour les producteurs de lait la rentrée des foins est la récolte symbolique, celle qui d'abord assurera la nourriture du cheptel pour l'année à venir et dont moins que d'autres on pourrait se passer. Elle mérite beaucoup d'attention et le choix du moment propice où il y a lieu de l'entamer est particulièrement délicat. Chaque matin lorsque le terme approchait, les fermiers scrutaient la ligne dite bleue des Vosges, là-bas vers le nord-est. Trop visible sous un ciel charbonneux c'était mauvais signe, la pluie menaçait, mais à peine devinée à travers un flou de brumes lointaines, on pouvait être assuré d'un beau temps d'au moins quelques jours. Certains plus impatients ne savaient pas attendre l'affirmation nette de ces signes favorables et précipitaient le mouvement pour entamer aussitôt le branle-bas, sous l'œil et les remarques goguenardes des autres… qui néanmoins leur emboîtaient le pas sans trop tarder. Alors était lancée cette sorte de cérémonie païenne, cette grande agitation qui répandait tous les villageois des deux sexes, jeunes et moins jeunes, dans les plaines et les collines des alentours.

Chaque journée commençait par l'agréable fauchée du matin, quand l'herbe retenait encore la rosée du petit jour qui avait déposé des perles de diamant sur les fils que les araignées avaient tendus entre les grandes graminées. Le cheval devant, Jean-l'oncle assis derrière sur le siège de tôle ajouré-formé placé entre les larges roues ferrées de la faucheuse, ils allaient autour du périmètre de la surface à tondre. Le mécanisme de la machine entraîné par les roues, transmettait le mouvement oscillant à la longue lame horizontale qui, sur le côté, coupait l'herbe au ras du sol et la couchait en arrière en un andain allongé. Parfois le conducteur stoppait son équipage et relevait le guide lame. Il descendait de son siège pour aller enlever une pierre égarée ou une branche sèche que le vent avait portée là et qui risquait d'abîmer son outil. Avant de repartir, presque à chaque fois, il marquait une courte pause, soulevait son chapeau pour s'essuyer le front avec son large mouchoir de coton, jetait un regard circulaire sur le rectangle vert qui restait à abattre, puis ramassait ses rênes et hue ! reprenait son périple.

Ailleurs mon père s'affairait avec la faux à bras en gestes courts et attentifs pour couper l'herbe des talus et de tous endroits que la faucheuse ne pourrait atteindre. Régulièrement il s'interrompait pour affûter le tranchant de sa lame avec la pierre à aiguiser humide tirée du sabot de bois ou de corne fixé sur ses reins. Puis, après avoir lui aussi évalué l'état d'avancement de son travail, il reprenait sa fauchée prudente, les surfaces en ces endroits n'étant pas uniformes. Moi, je suivais la faucheuse avec pour mission d'étaler de la fourche les petits bouchons d'herbe compacte qui se formaient parfois au moment de l'abattue, car il importait que le soleil puisse faire son œuvre de séchage en profondeur.

Bientôt les clairs rayons du disque éblouissant dépassaient le haut de la colline et traçaient des traits de lumières entre les feuilles des grands arbres qui là-bas bordaient la route. La rosée s'était tout évaporée, la sueur déjà inondait les corps, la chaleur commençait son œuvre alors que cette première partie du travail des hommes s'achevait.

Ailleurs, ma mère et mon frère avaient déjà commencé à étaler le foin coupé la veille en un autre champ et pas encore assez sec. Il avait été mis en tas la veille au soir pour lui éviter de trop se charger de l'humidité de la nuit. Ce travail se faisait à la fourche à coup de grands envols d'herbe remuée répandue. En début d'après-midi une autre étape était de retourner le foin étalé, au sens exact de faner, pour lui permettre de sécher sur son envers jusque-là moins exposé au soleil. Puis en fin d'après-midi commençait le ramassage du foin totalement sec dans l'endroit où il avait été coupé deux jours plus tôt, à moins qu'une mauvaise humeur du ciel n'ait obligé les faneurs à travailler leur foin pendant un jour supplémentaire. La confection du chargement était une entreprise délicate que Jean-l'oncle maîtrisait de manière parfaite.

Debout sur le plancher du rustique véhicule, il accueillait dans ses bras le foin qui lui était donné à la fourche par mon père, puis le formait en un rouleau compact qu'il déposait en cherchant à le faire déborder au maximum du plan de la voiture, de façon à pouvoir y charger le plus grand volume de fourrage récolté. Cela donnait de ces immenses cargaisons odorantes qui étaient ramenées à la ferme par la traversée du village et au sommet desquelles on juchait les gamins heureux et tout fiers de se trouver si haut perchés sous les regards jaloux de leurs copains restés au sol. On n'en avait pas terminé pour autant car il fallait encore, pour les uns rester aux champs pour mettre en tas la fauchée du matin et pour d'autres entreprendre le déchargement des voitures rentrées dans les granges, le foin passant de fourche en fourche pour pouvoir être distribué et entassé sur toute l'étendue du haut local, jusque sous les tuiles.

Enfin, ces très longues et laborieuses journées, prolongées jusqu'au repas du soir souvent retardé, s'achevaient par quelques instants de détente et de bavardage sur les bancs extérieurs jusqu'à la tombée de la nuit. Mais la fatigue faisait son œuvre et très vite les yeux s'alourdissaient, les corps se détendaient. Le sommeil serait profond jusqu'au réveil, à l'aube d'un nouveau jour promis à autant de dépense physique. La fatigue physique ! En quelques mots, Jean-l'oncle un jour m'en avait fait une sorte d'éloge :

- Quant à la fin d'une journée longue et harassante, lorsque le soir tu te détends, petit à petit tu sens ta fatigue engourdir tes muscles et amollir ton esprit. Cela te procure un grand bien-être. Moi j'en éprouve un grand sentiment de satisfaction, de plénitude, de certitude. Je laisse aller les idées dans ma tête, je revois ce qui a été fait et pense à ce qui reste à faire, je pense au ciel et aux arbres, aux gens et aux choses, à tout et à rien, mais sans envie ni impatience. Alors je me sens en paix, esprit et corps mêlés dans un univers où tout est à sa place. Je sais que mon sommeil sera profond, que mon réveil sera bon et que j'existe. Je suis bien !

Un autre lourd et lent labeur du paysan auquel j'ai aussi donné la main dans mes jeunes années était le labour. Je pense particulièrement au labour d'automne qui occupait des journées entières. Lorsque j'y étais convié, c'était pour moi un jeudi entièrement sacrifié. Et même rentré tôt le soir, c'est-à-dire après la nuit tombée, il me resterait encore à finir mes devoirs scolaires.

Nous partions au lever du jour, mon père conduisant la voiture qui nous transportait avec le matériel et la charrue qui roulait accrochée à l'arrière de l'équipage. Assis sur le plateau de planches usées, bien emmitouflé dans ma pèlerine, secoué comme sac de noix sur le chemin de terre caillouteux qui menait au champ, je finissais de m'éveiller en regardant sans rien en voir, le ciel bas, l'herbe grise et les arbres figés qui achevaient de s'effeuiller.

Sur place enfin je m'ébrouais, cherchant à deviner le lever du soleil là-bas sous les nuages. Il me fallait aider à placer les palonniers et les chaînes à fixer aux harnais des chevaux. Au premier sillon, j'étais surtout venu pour cela, je guidais les bêtes par la bride de façon à bien les faire suivre le bord de la surface à retourner. L'engin du labour, la charrue Brabant, possédait deux socs inversés fixés en opposition sur un même axe mobile, lesquels étaient substitués l'un à l'autre à chaque retour en bout de champ, de façon que la terre à chaque tour soit renversée dans le sillon ouvert au passage précédent.

Au début, quelques courtes pauses étaient parfois nécessaires afin que mon père puisse ajuster le réglage de l'outil, en particulier celui qui déterminait la profondeur du sillon. Les chevaux étaient dociles et les choses allaient sans difficultés excessives. Après les premiers aller et retour, le couple des animaux ayant trouvé son allure, mon père n'étant plus obligé de tenir les mancherons de la charrue, se chargeait de conduire les bêtes par les rênes et me libérait.

Je ne m'écartais guère, sachant devoir venir aider en cas de nécessité, de chaînes emmêlées ou de chevaux tout à coup égarés lors du retour sur eux-mêmes en bout de champ. Je contemplais alors la terre fumante, le travail du coutre et du soc qui coupaient et soulevaient une langue de terre que derrière le versoir retournait sur le côté. Puis j'allais explorer les taupinières, fureter autour des buissons d'alentour, brûler quelques fanes oubliées, essayer de surprendre les corbeaux à l'envol lourd et pourtant inapprochables ou encore aller m'asseoir pour lire sur un coin d'herbe sèche. Je courais jusqu'au sommet de la colline pour survoler et contempler l'immense paysage de monts et de vallons, de plaines et de forêts, étendu sous mes yeux.

À dix heures on mangeait un morceau, puis le cours monotone de la longue marche reprenait. Pour tromper mon ennui mon père me laissait par moments diriger l'équipage et, en allant dans la terre lourde et humide qui collait aux semelles, le regard tendu, je veillais à la netteté de mon sillon, donnant de petits coups sur la machine dont je craignais qu'elle ne déviât trop, tout en me gardant de m'emmêler les pieds dans les rênes. Nous rentrions à midi pour le repas, ayant laissé la charrue et les traits sur place. L'après-midi le lourd labeur reprenait et, au fil des heures, nous amassions une fatigue de plus en plus ressentie dans l'approche du soir tombant. Nous étions alors seuls dans le déclin du jour et sur la terre, deux humains et deux animaux penchés vers ce sol auquel nous étions liés par fonction et par évidence. Une sorte de mélancolie m'envahissait alors, qui tranchait avec l'humeur plus tonique qui m'avait animé à l'entame de la journée.

Les paysans d'antan, à part peut-être Jean-l'oncle, ne savaient guère exprimer leurs sentiments, mais je sais combien ils étaient attachés à leur terre, à la terre. Je revois mon père ou mon grand-oncle certains dimanches, qui avaient entraîné leurs invités du jour, cousins ou amis, à faire une petite promenade digestive en direction de nos champs. Arrêté au bord d'un chemin de terre, un pouce glissé dans l'échancrure de son gilet ou la bretelle de son pantalon, l'un ou l'autre montrait de sa main libre tendue les diverses parties de son territoire. Il expliquait la qualité de la terre, l'éventuelle difficulté à la travailler, ce qu'il y avait semé ou planté et l'état d'avancement de leur végétation. Les autres approuvaient, questionnaient, commentaient, parlaient assolements ou espérances de récoltes. Ils semblaient heureux. C'était une sorte de rite qui m'étonnait car à cet âge je pensais que les dimanches ne sont pas faits pour revenir sur les lieux du labeur, les lieux de fatigue. Pour eux au contraire le plaisir venait de l'occasion de contempler, posément, tranquillement, avec recul et d'un autre regard, le résultat de leurs efforts. Ils en éprouvaient de la satisfaction, un peu comme un artisan qui montre fièrement le produit, non seulement de son travail, mais celui au sens le plus complet de ses soins. Comme un sabotier heureux du galbe harmonieux des simples chaussures qu'il a tirées d'un morceau de bois brut. Adolescent j'allais trouver cela dérisoire. Je sais aujourd'hui combien j'avais tort. Pour eux, je le voyais dans leurs regards, l'entendais dans leurs propos, la terre était comme ils l'avaient faite, comme ils l'avaient façonnée, comme ils l'avaient voulue, belle et harmonieuse, et ils en étaient fiers.

J'ai plus tard compris comment le regard porté par le paysan sur les lieux de son labeur quotidien était en réalité, au-delà du simple contentement de voir ce qui est accompli, le plaisir et la fierté de la possession et de l'appartenance.

Qui est à qui ? L'homme à la terre ou l'inverse ? Car j'ai appris en grandissant comment mes aînés étaient imprégnés de leur communion permanente avec le sol et ce qu'il porte, comment ils mesuraient et ressentaient cette complémentarité parfaite de leur travail et de celui de la terre, comment ils participaient de cet incessant mouvement cosmique de la marche du temps, de ce lent et perpétuel effort de la nature qui immuablement les sollicitaient et les attiraient. Ce n'étaient pas leurs champs et leurs prés qu'ils admiraient et montraient, c'était l'essence même de leurs vies, ces morceaux d'un pays, ces quelques hectares de terre dans lesquels ils se tenaient debout dressés comme des arbres, les pieds enracinés, des arbres de chair et de sang parmi ceux de sève et de bois, tous arbres dont les fruits étaient issus de leur énergie propre, de ce qu'il y avait de meilleur en eux, une offrande à leurs semblables.

Bien des personnes qui affirment aimer la nature et se promènent à la campagne ignorent qu'il n'existe en France aucun coin de terre qui n'ait été le résultat d'un aménagement, d'un travail, mêlant l'utile et l'esthétique. Que ce soit nos champs nus ou colorés des végétaux qu'ils portent ou nos prairies immenses, avec ces chemins de terre aux tracés sinueux collant à la forme des collines et bordés de bosquets d'essences diverses. Que ce soit nos grandes et claires forêts traversées elles aussi de chemins enchanteurs, de ci de là coupées par des clairières majestueuses. Que ce soit nos bords de rivières, nos petits villages serrés autour d'un clocher, nos murs de pierre, nos ponts bombés, notre magnifique patrimoine campagnard, un des plus beaux du monde, partout par la main de l'homme de terre, de l'agronome au plus modeste des paysans, partout la nature a été soumise, adaptée aux besoins de culture mais aussi embellie, je dirais magnifiée. Pour un paysan des temps anciens, l'environnement autour de son village était à lui, c'était non seulement son lieu de vie, mais aussi sa maison commune, son chez soi, son domaine, sa patrie. L'étrange est que ces promeneurs ignorants sont pour la plupart leurs descendants, mais des enfants dénaturés, au sens propre.

À cette époque, qui correspond aux années de fin d'occupation allemande et au début des suivantes, toutes les tâches agricoles étaient pour partie réalisées à l'aide d'outils manuels adaptés, comme les fourches, plus ou moins spécialisées, les faux, les râteaux, etc. Mais aussi à l'aide de divers engins mécaniques tractés par les chevaux, comme les charrues, les faucheuses, les râteleuses, les faneuses et les voitures d'usages multiples. Je ne savais pas encore que cette très ancienne association des hommes et des bêtes de trait dans un même effort, un même compagnonnage allait, comme l'avait craint mon grand-oncle, à jamais disparaître du paysage de nos campagnes. Les tracteurs et tous autres engins motorisés allaient rendre caduc l'emploi de ces outils rudimentaires.

J'ai de cette époque de ma jeunesse active, gardé un grand respect pour le travail manuel, fût-il aussi banal et a priori peu délicat que celui des paysans. Et il me plaît de pouvoir parfois voir ou revoir un outil que l'on ne peut retrouver que chez quelque brocanteur. J'y cherche les traces de l'usure laissée par les mains qui l'ont tant et tant de fois utilisé, des mains dont j'ai connu l'habileté malgré la dureté, des mains qui pouvaient la douceur et la précision malgré leur apparente grossièreté. J'aime aussi revoir par hasard sous un hangar fatigué ou au bord d'une jachère oubliée, un de ces engins désaffectés en train de rouiller, avec ses brancards levés vers le ciel comme les antennes de quelque grand insecte immobile. Ce monde de l'usage d'outils manuels existe encore au moins partiellement, mais il ne reste pratiquement rien de cette association au travail de l'homme et du cheval, et j'en garde la nostalgie.

Hygiène et propreté

Je fais ici une digression pour évoquer ce que furent durant ces années du début du siècle jusqu'au-delà de l'occupation, les problèmes d'hygiène et de propreté, car s'ils ressemblaient beaucoup à ce qu'ils avaient été jusque-là durant les siècles passés, à peine améliorés, ils étaient véritablement très éloignés de ce qu'ils allaient devenir quelque quarante ou cinquante ans plus tard. Ainsi, l'indispensable eau chaude était obtenue dans la maison par l'intermédiaire de casseroles mises à chauffer sur la grosse cuisinière de fonte qui, bien nommée, était implantée et servait à la cuisine. Le savon de Marseille était le détergent roi, utilisé pour la toilette comme pour la lessive. Les débarbouillages du matin, limités à la partie haute du corps étaient, comme le rasage des barbes mâles, effectués sur les éviers des cuisines. Quant aux toilettes intimes, je n'en peux rien dire et pour cause, elles étaient par définition très discrètes. Le cabinet d'aisance principal était "la cabane au fond du jardin", d'ailleurs plus souvent proche du tas de fumier que des planches de salades. Pour la nuit des ustensiles dits hygiéniques et des pots de chambre étaient partout utilisés, qu'il fallait aller vider et nettoyer après le lever. Chez nous, la maison de Mamène, luxe inouï, était depuis sa construction équipée d'une salle de bains avec WC. Lors de l'aménagement des chambres pour mes parents, et pour plaire à ma mère, mon père avait fait installer un WC rudimentaire, avec siège en bois ciré et chasse d'eau, au fond du couloir de l'étage. L'oncle et la Tante ne s'en servaient jamais, pas plus que mon père ni moi la plupart du temps d'ailleurs, car il fallait se déchausser pour y monter. La cabane était plus facilement accessible.

Les lessives étaient faites à la main, le linge trempé dans des cuveaux était imbibé de savon et frotté sur des "planches à laver". Le blanc était bouilli dans des lessiveuses ou dans les grands chaudrons des buanderies. On ne connaissait pas les "pressings" et tout ce qui ne pouvait être lavé, les lourds vêtements de protection extérieure, comme les manteaux ou les canadiennes, ne l'étaient pas. Ceux réservés aux sorties habillées étaient l'objet de soins plus attentifs que ceux d'usage quotidien, les taches en étant difficilement effacées par des produits d'une efficacité toute relative, avant d'être confiés, in fine et le plus tard possible, à la teinturerie seule capable de résultats convenables. Les vaisselles étaient dégraissées et lavées dans une eau chaude additionnée de cristaux de soude, et les casseroles étaient frottées au "Nab", sorte de poudre abrasive, utilisée avec une sorte de fin treillage métallique.

Tout ce qui paraît ordinaire aujourd'hui, voire évident : l'utilisation de machines à laver de toutes sortes, l'existence de salles de bains dans tous les logements, équipées de douches, de baignoires, avec eau chaude produite instantanément, les savonnettes et shampooings variés, les eaux de toilette, tout cela n'existait nulle part ou ne se trouvait à disposition que dans des appartements de très haut luxe. En tout cas pas à la campagne où le respect d'un minimum d'hygiène et de propreté s'avérait pourtant et peut-être plus qu'ailleurs indispensable. Ce n'était pas simple, d'abord à cause de ce manque de moyens que je viens d'évoquer, mais aussi parce qu'une ferme d'élevage était un lieu soumis à des contraintes de malpropreté inhérentes aux animaux eux-mêmes. Il fallait bien cependant que le lait, ce produit fragile et essentiel, objet de toutes les attentions du paysan, soit préservé de toute souillure. Comment y parvenir sinon en respectant les règles les plus nécessaires de soin dont je parle et dont j'ai voulu dire combien elles étaient difficiles à respecter ! Et pourtant elles l'étaient, à force d'attention, d'application, de travail, car tout était travail pour les gens de cette époque. Se laver les mains jusqu'au plus haut des avant-bras était une pratique pour le moins respectée par les travailleurs de retour à la maison.

Les sols dans les cuisines étaient chaque jour lavés à l'eau de javel dont les usages étaient par ailleurs multiples. Les bidons du lait eux-mêmes, si difficiles à rendre propres après usage faisaient l'objet de lavages particulièrement attentifs. Alors certes, les odeurs de la ferme étaient pour les non habitués désagréables, les sols des écuries souillés, les grosses casseroles de fonte noires comme la cuisinière et les meubles incrustés de fumée. Pourtant jamais, tant que j'y ai vécu, je n'ai connu dans mon village d'indisposition ou de maladie provoquées par un lait impur, alors qu'il était le plus souvent consommé non bouilli. On le protégeait également contre les mouches avec des rubans gluants qui les attiraient, les retenaient et les tuaient. Nous ne connaissions pas non plus les réfrigérateurs et utilisions des garde-manger installés dans la cave, petites cages garnies d'un fin treillage faites pour protéger les denrées qu'elles contenaient contre les prédateurs possibles, insectes mais aussi rats ou souris que les chats n'avaient pas encore attrapés.

Que faire aussi lorsque l'accident ou la maladie obligeait à des soins plus particuliers ? Les antibiotiques ni même le mercurochrome n'étaient encore disponibles. Alors la teinture d'iode suffisait pour les égratignures et les hématomes, le beurre ou le saindoux étalé pour les brûlures et les coupures importantes, l'éther pour nettoyer les plaies et des pansements de chiffons pour les protéger, des compresses de feuilles de chou ou de gros sel chauffé pour les grosses contusions et les douleurs d'arthrose, des cataplasmes de farine de lin pour les bronchites et autres difficultés respiratoires, des ventouses pour les fièvres, qui aspiraient la peau du dos et le sang que l'on disait mauvais, la pose de sangsues pour alléger la tension sanguine. Au pire, c'était le recours au rebouteux réputé et plus rapidement disponible. Puis au médecin porteur de mallette, aux allures de savant gorgé de connaissances. Enfin l'hôpital en cas de fracture ou de difficultés de plus grande gravité.

La médecine elle-même était démunie face à des indispositions mal identifiées ou à un manque de moyens thérapeutiques de qualité, tels qu'ils existent de nos jours.

Les accouchements avaient lieu à la maison avec la seule aide de sages-femmes. Le docteur n'était appelé qu'en cas de difficulté extrême et souvent trop tard pour la survie du bébé, quelquefois de la mère. Le cancer n'était pas clairement identifié. La terrible tuberculose tuait les plus fragiles ou les trop tardivement soignés. Que dire des problèmes cardiaques souvent fatals, de la fièvre typhoïde provoquée par l'absorption de l'eau d'une source infectée. L'hôpital lui-même était organisé selon des normes que l'on jugerait inhumaines de nos jours. J'ai eu un cousin, beau jeune homme connu pour son tonus et son humeur agréable qui, couché dans une grande salle de plusieurs lits séparés par de simples rideaux grisâtres, les poumons rongés par la sinistre maladie, sanglotait et suppliait sa mère : “Maman, je ne veux pas mourir ! Ne me laisse pas mourir !” La pauvre femme folle de douleur et d’impuissance ne savait que prendre son enfant dans ses bras comme pour l’enlever de ce monde cruel et de nouveau le replacer dans le sein maternel, dans l’impossible espoir de lui redonner cette vie qu’il était en train de perdre.

Le mieux dans cette situation était de n’être pas malade, d’autant que les honoraires des consultations médicales n’étaient pas partout couverts par des systèmes de mutuelles. Et même en ce cas les gens n’osaient pas se faire soigner pour “des bricoles”.

J’ai un jour lointain, dans les années cinquante, eu entre les mains le carnet de santé d’un ouvrier d’usine qui habitait notre village. Des feuilles de règlement en avaient été détachées par les médecins, qui les présentaient comme factures à un service spécialisé de l’entreprise qui l’employait, pour être payées. Trois feuilles en avaient été détachées et en compulsant les souches de celles qui avaient servi, j’ai su que cet homme avait consulté une fois en 1929 et une autre en 1938. La dernière, utilisée en 1951 ne fut pas honorée de cette façon, car entre-temps le retraité avait sans le savoir été inscrit à la Sécurité Sociale qui disposait d’autres moyens pour rembourser les soignants. Trois consultations en plus de cinquante ans pour toute une vie de travail pénible passée en usine. Il est vrai qu’avant guerre, il y avait si peu de médecins et tant de courage.

Le cheval incendié

Quelquefois dans la vie d'une ferme, survenaient divers événements imprévus plus difficiles à supporter et parfois tragiques.

Une nuit, c'était à la fin d'un hiver, nous fûmes tous brusquement réveillés par des coups frappés à nos portes et par des cris affolés venant du dehors. Le feu s'était déclaré dans la grange près de nos écuries et les premiers témoins appelaient à l'aide, et pour être certains de notre réveil, jetaient des pierres sur les volets où ils savaient qu'étaient situées nos chambres à coucher. La cavalcade se déclencha aussitôt dans la maison et je me précipitai dehors pour voir et comprendre ce qui se passait. Le spectacle de l'incendie était affolant tant il se développait rapidement. Il projetait des lueurs fantastiques qui illuminaient les ombres mouvantes des bâtiments et de leurs alentours. Des hommes énervés et indécis couraient de droite et de gauche ne sachant que faire en attendant les pompiers qui avaient été prévenus, mon père s'en était assuré.

On éloignait les objets proches du foyer, on essayait inutilement de jeter de l'eau avec des seaux au pied des flammes mais tous ces efforts étaient dérisoires et j'imaginais moi-même que rien ne pourrait être fait pour stopper le sinistre. Mon père et mon frère René étaient à l'étable où ils libéraient les vaches de leurs attaches et les poussaient dehors. Affolées, elles se ruaient droit devant elles, fuyant le lieu de l'incendie sans que personne tentât de les retenir au risque d'être renversé. Je pensais devoir aller les aider afin de ne pas rester les bras ballants sans rien tenter, lorsque je remarquai soudain un groupe de voisins qui s'approchant au plus près du feu hurlait je ne savais quoi. M'étant rapproché moi-même, j'appris stupéfait et anxieux à mon tour que Jean-l'oncle, équipé d'un sac trempé jeté sur sa tête et ses épaules s'était précipité, malgré tous les conseils, dans l'écurie de son dernier cheval déjà prise par les flammes.

Il tardait à en sortir et tous les témoins de son acte fou craignaient pour sa vie, quand l'animal jaillit tout à coup par la porte dans un galop ivre et violent, totalement débridé. Sa robe était noire comme du charbon, des étincelles s'envolaient de son dos, et sa crinière ainsi que sa queue semblaient avoir été remplacées par des sortes de moignons calcinés. Tête haut levée, les yeux fous, il disparut lui aussi vers l'arrière de la ferme en direction des champs. Son maître et ami sortit après lui de l'écurie en flammes, en rampant à genoux sous la fumée. On réussit à l'asperger avant de le tirer et l'aider à s'asseoir à l'écart de la chaleur. Le visage cuit, tous sourcils disparus, une oreille et le dessus des mains brûlés, il toussait, crachait et tentait de reprendre son souffle en se soulevant avec difficulté.

Dès qu'il se sentit un peu mieux il sembla vouloir se relever, et la Tante et moi essayâmes de l'aider en pensant l'emmener jusque dans la maison de sa sœur où nous pourrions le coucher. Celle-ci annonça qu'elle allait faire appeler le docteur. Mais l'oncle sans un mot s'ébroua et d'un pas vacillant se mit tout de go à se diriger à la suite de son cheval. Il faisait en arrière des gestes de dénégations aux femmes qui le retenaient et voulaient l'en dissuader.

Je me mis à sa suite et nous nous éloignâmes tous deux en direction des champs. Nous n'eûmes pas à aller loin, la bête gisait couchée sous un arbre et respirait avec difficulté. Son corps était agité de longs frissons et je crus un moment qu'elle s'était seulement assommée sur une branche basse du pommier sous lequel elle s'était affalée. L'oncle s'était agenouillé devant la tête de son cheval et interrogeait ses yeux exorbités tout en passant les doigts sur ses naseaux qui aspiraient avec effort l'air frais de la nuit. Soudain le vieil homme se laissa tomber assis à terre et tira la tête de la bête sur ses genoux. Il avait l'air lui-même épuisé. Puis il me demanda presque brutalement et en haletant d'aller chercher "le Julien Cassard" et de lui demander de venir ici avec son fusil. "Dis-lui que mon cheval est foutu, il comprendra".

J'obéis aussitôt et partis en courant l'esprit en sarabande, refusant d'accepter intérieurement ce que bien entendu j'avais fort bien compris. Je tombai sur celui que je cherchais en train de regarder l'incendie et lui délivrais mon message. Il le ponctua d'un "Bon Dieu!" qui me démontra qu'il avait effectivement saisi ce qu'on attendait de lui! Je m'aperçus alors que j'étais en larmes et me mis à sangloter en regardant un instant le spectacle hallucinant du feu en train de résister aux attaques des lances à eau. Puis, je courus rejoindre Jean-l'oncle que je retrouvai étendu, appuyé sur un coude et aspirant l'air avec effort. Comme lui je détournai mon regard quand Julien le chasseur pressa sur la détente de son fusil appuyé sur le front du cheval asphyxié.

Les journées qui suivirent furent moins moroses qu'occupées. Il fallut battre la campagne et la forêt proches pour retrouver notre troupeau égaillé dont la plupart des vaches s'étaient blessées en se déchirant sur des fils de fer barbelés. L'une d'elle fut repérée dans un fossé avec une jambe cassée et dut être abattue. Mon père put aller trois jours plus tard reconnaître et récupérer la dernière de nos bêtes retrouvée par un habitant d'un village éloigné. Toutes celles récupérées furent provisoirement installées sous le grand hangar. On dut faire le tri du foin en partie calciné et étaler celui qui était trempé, on couvrit de bâches celui qui restait après avoir enlevé les débris de tuiles explosées.

Tout cela fut mené en conscience et avec rapidité, de nombreux voisins ayant proposé leurs services. Il ne resta bientôt plus qu'à attendre l'arrivée des maçons, charpentiers et couvreurs commandés pour refaire le toit disparu. Les gendarmes déterminèrent la cause de l'incendie par la découverte d'une branche à demi calcinée jetée sur notre tas de fumier.

Ils supposèrent qu'un vagabond maladroit avait dû enflammer la paille sur laquelle il voulait sans doute dormir, puis avait vraisemblablement essayé de l'éteindre avec une tige arrachée au tilleul, mais sans y parvenir. Il avait sans nul doute préféré fuir et pour vérifier leur hypothèse, la maréchaussée déploya ses hommes dans la région proche afin de questionner tous les chemineaux qui la sillonnaient. Leur quête fut infructueuse.

Pendant tout ce temps Jean-l'oncle dut rester alité et ne put participer à l'effort général. Il fut forcé d'accepter la visite du médecin qui voulait le faire hospitaliser, ce qu'il refusa tout net. On lui couvrit la tête et les mains d'onguents contenus dans des pansements instables qu'il arrachait régulièrement, et on lui fit faire des inhalations qu'il acceptait de meilleure grâce.

Dès qu'il fut mieux il choisit de faire de longues promenades dans les prés, de temps en temps interrompues pour l'exécution de larges mouvements respiratoires avec les bras. Sa thérapie sembla efficace car en moins d'un mois il fut à nouveau sur pieds. Resté inquiet à son sujet je venais dès que j'avais un moment m'asseoir près de lui sans rien dire. Je ne pouvais savoir s'il était triste ou non car il ne parlait guère, apparemment préoccupé de son souffle et des moyens de lui rendre sa vigueur.

Un soir quand il fut presque guéri j'allai le rejoindre sur le banc devant la maison. Nous étions très couverts car il faisait froid et comme d'habitude je me gardais d'interrompre sa méditation. Tout à coup il posa la main sur mon genou et parla sans me regarder.

- Je vais acheter un autre cheval. Je sais que désormais on pourrait s'en passer puisqu'on a ce foutu tracteur, mais moi j'en ai besoin. J'ai besoin d'avoir des bêtes avec moi, tu comprends ?

J'opinai de la tête, quoique ne sachant pas bien ce qu'il voulait dire.

- Les bêtes vois-tu, ce sont nos compagnons, nous ne pouvons pas nous passer d'eux. Imaginerais-tu un monde sans animaux? Comme sans arbres! sans herbe! sans vie! Regarde autour de nous, la terre, les rivières, le ciel, l'air, tout est utile à la vie, et la vie c'est nous, nous tous, humains, animaux et plantes, tous solidaires. Certes on s'entre-dévore les uns les autres, le carnassier mange l'herbivore et l'homme mange tout, plantes et viandes. Mais c'est la nature et tout y est à sa place, c'est bien!

Il se tut si longuement que je le crus avoir bifurqué sur d'autres idées et oublié ma présence. Je ne comprenais toujours pas ce qu'il voulait signifier mais j'attendais, espérant qu'il s'exprimerait peut-être d'avantage, j'avais l'habitude de cette manière qu'il avait de penser à voix haute. Il avait retiré sa main et se tenait penché en avant, les coudes sur les genoux, songeur. Il se redressa.

- Ce qui ne me va pas c'est la souffrance. La mort soit, ça n'est pas choquant, ça va avec la vie. C'est la vie éternelle qui serait incompréhensible, sans évolution, sans mouvement, sans vie. On doit mourir, tout ce qui vit doit aller sa vie et mourir, c'est la règle. Mais pourquoi la souffrance avant la mort! Elle est injuste, anormale. Comme la méchanceté elle ne sert à rien... En 14, j'ai vu des hommes hurler ou gémir pendant des nuits entières alors qu'au bout il n'y avait que la mort, irrémédiable. Il y en a qui, encore lucides, réclamaient d'être achevés. J'ai failli en aider, ils avaient raison... Je veux bien qu'il y ait un Dieu, du moins je crois que nous sommes bien peu de chose pour qu'il n'y ait rien qui nous dépasse, mais je n'y peux rien je ne peux pas le voir bon et l'adorer. S'il est fait comme nous, je lui en veux. Je crois qu'en soi la vie est belle, y compris la mort, mais pas la souffrance. Ou alors celle dont on guérit. Mais pas la souffrance de la mort, bon Dieu, c'est déjà assez dur comme ça. Pas plus pour les chevaux que pour les hommes nom d'un chien, pas pour les chevaux !

Le froid était glacial mais je ne le sentais pas. L'oncle se tut de nouveau, je le sentais ému et je ne le regardais pas. Tout à coup il se redressa et posa à nouveau sa main sur moi. “Allons, ne restons pas là, on va y attraper la mort !” Il serra la main sur mon genou comme il le faisait lorsqu'il me voulait complice d'une de ses plaisanteries. Je n'avais pas envie de sourire, j'aurais voulu savoir lui dire mon affection.

Jean et Totor

Un bon caractère et une humeur portée à la gaîté, au rire et à la plaisanterie attirent facilement la sympathie, motif par lequel mon grand-oncle entretenait de très bonnes relations avec la majorité de ses compatriotes villageois. Il lui arrivait néanmoins de choquer certains de ces concitoyens qui trouvaient que ses piques dépassaient les bornes. Généralement les fâcheries ne duraient pas car le coupable savait se faire pardonner en atténuant après coup l'aspect moqueur de son propos. Pas toujours ! Et il avouait lui-même avoir parfois été maladroit, et avoir bêtement blessé des personnes en riant de choses qui lui avaient paru, à tort, peu importantes, alors qu'elles leur étaient sensibles. “Au fond, tout cela est la conséquence de mon bon cœur” avait-il conclu lors d'une conversation à ce propos !

- Ah !

Je ne pouvais pas en dire plus car je savais que cela n'était pas, tout en l'étant un peu, le fond de sa pensée. C'était tout le bonhomme ça, qui s'expliquait de manière attentive sur un quelconque sujet, puis semblait démolir dans sa dernière phrase tout le sérieux qu'il y avait mis jusque-là.

- Vois-tu ! Je trouve que tout ce qui est sympathique est agréable, drôle, amusant, me met en joie et me porte à plaisanter ! C'est une question de tempérament. Bien sûr il y en a toujours un à prendre la mouche pour bien peu de chose, à peine un simple mot parfois. Comme Totor, souviens-toi !

Avant l'incendie qui ravagea une partie de sa ferme, Jean-l'oncle avait la manie de plaisanter les pompiers. Il se gaussait du goût, selon lui excessif, qu'ils avaient des cérémonies, de la tendance à porter sur les épaules une part de la gloire de leurs collègues connus ou inconnus honorés pour leur courage et leurs actions parfois exceptionnelles, de leur incessante envie de félicitations, bref de se prendre au sérieux. Cette attitude lui avait valu plusieurs échanges désagréables avec certains hommes du feu et particulièrement avec le plus connu et reconnu d'entre eux, Totor !

Victor Fabre était le sapeur le plus important du village, non pas qu'il en fût le chef, mais parce qu'il occupait la fonction de conducteur mécanicien attitré, chargé de l'entretien et de la conduite du seul véhicule automobile de type premier secours dont disposait la commune, ainsi que de l'unique moto pompe qui lui était associée. Les autres engins de défense contre les incendies, les dévidoirs de tuyaux montés sur roues, les pompes à balanciers manuelles et divers autres accessoires dont les lances à eau ne l'intéressaient pas, pas du tout.

Il se trouvait que le fameux Totor était doué d'un caractère exclusif, qui le déterminait à refuser que quiconque touche à ses engins sans son accord, voire son commandement. Que craignait-il ? Qu'on les abîme ! qu'on les salisse ! Non ! Il les aimait tout simplement et en était jaloux. Il les couvait, les bichonnait, et les faisait reluire de toutes leurs éclatantes couleurs rouge et or comme s'ils lui avaient appartenu.

Ainsi, à la fin des manœuvres d'entraînement des dimanches matins mensuels, n'accompagnait-il pas ses confrères au café pour y boire le verre du réconfort. Il lui fallait encore laver et traiter son matériel mieux qu'une ménagère n'aurait su le faire de sa vaisselle. Les autres sapeurs aussi avaient eu à laver des tuyaux et à les suspendre au portique pour les sécher, mais lui prenait son temps, revisitait toutes les parties des moteurs, vérifiait qu'aucune trace d'eau ne restait à essuyer, s'inquiétait de l'état des bougies, du gonflement des pneus, etc. Quand enfin satisfait, il avait rentré ses chers engins au garage, il allait au café pour y découvrir que les autres étaient déjà repartis chez eux. Alors il buvait seul et vite son verre de vin avant de rejoindre le domicile familial.

Totor savait mieux que quiconque combien la vitesse d'intervention est primordiale pour étouffer les velléités d'un feu qui ne demanderait qu'à se propager jusqu'à devenir incendie. C'est pourquoi il agissait de manière si rapide pour effectuer ses manœuvres. Il fallait le voir lors des entraînements ! À peine écoutait-il le chef de corps dans ses préalables, car si d'autres avaient besoin d'explications, d'être formés ou améliorés sur certains aspects de leur technique, lui savait ce qu'il avait à faire sans besoin d'aucun ordre. Le but était toujours d'attaquer un feu de cageots allumés dans un renfoncement de l'esplanade municipale. Alors au signal, il sortait son véhicule en trombe, le disposait à l'endroit idoine vers la fontaine, commandait qu'on place tuyaux et crépine dans l'eau pendant qu'il lançait les moteurs des deux pompes, celle de la voiture et celle placée en remorque à l'arrière. Puis il trépignait d'impatience en attendant que les lances soient enfin arrimées au bout des tuyaux déroulés. Enfin il ouvrait les vannes, vite, toujours très vite, parfois trop quand des lances mal branchées dans la précipitation se décrochaient sous le coup de boutoir de la pression de l'eau et inondaient les maladroits. Mais comment lui en vouloir ! Son empressement entraînait les autres qui ne voulaient pas être en reste. Ceci faisait que tout le village pouvait se vanter d'avoir un corps de soldats du feu particulièrement efficace.

Lorsqu'un incendie se déclarait, en général un témoin courait chez le maire pour l'alerter ou, s'il en était plus proche, mettait en branle les cloches de l'église à partir d'un bouton-poussoir disposé à cet effet dans une niche du mur. Sinon, Totor était le premier prévenu par un téléphone mis spécialement à sa disposition dans ce but. Alors il fonçait, enfilait sa tenue toujours prête, enfourchait son vélo pour aller à toute vitesse jusqu'au garage municipal, en ouvrir les portes et partir aussitôt, vite, sans même attendre ses éventuels assistants s'ils étaient en retard. Le mieux pour eux était de le rejoindre directement sur place, à bicyclette. En approchant du lieu enflammé il mettait en action sa bruyante trompe à pin-pon ! pour faire s'écarter les curieux, puis répétait les mêmes gestes que pendant les manœuvres. C'était tout juste s'il jetait un coup d'œil sur le feu, il n'en avait pas le temps car il lui fallait aller vite, toujours plus vite, trouver le point d'alimentation en eau le plus proche, un abreuvoir ou une fontaine, en approcher la pompe, abouter le tuyau et sa crépine, puis brancher le premier tuyau d'attaque.

Puis il attendait les autres en fulminant, puis dès que présents il les bousculait, les houspillait afin qu'ils déroulent leurs tuyaux à relier à sa machine. Dès qu'il avait pu envoyer la pression, enfin, il se détendait, la suite n'était pas de son ressort. Il ne s'intéressait pas à la mise en action des grandes mécaniques à balancier, pas plus qu'à l'attaque du foyer, son rôle était uniquement de surveiller ses machines. Bien qu'il leur accordât une entière confiance, il leur tournait autour, les écoutait, les palpait, les encourageait même de la voix, doucement, en confidence. En réalité, avant qu'ils nous en fassent la démonstration chez nous dans l'incendie de nos écuries et d'une partie de la grange, nos sapeurs n'avaient pas très souvent le bonheur de démontrer leur talent. Sauf en une occasion mémorable !

Ce fameux soir donc, la cloche du village sonne l'appel au feu. Totor fonce, arrive au garage municipal, rencontre un témoin qui le renseigne sur le lieu du drame et s'empresse, vite, toujours plus vite. Il arrive sur les lieux en plein champ, c'est une meule de foin qui brûle à proximité d'un auvent pour les vaches en pâture. À peine a-t-il le temps d'arriver que Totor cherche un point d'eau. Zut ! Il n'y a que la rivière éloignée de près de deux cents mètres. Qu'importe ! Il fonce à nouveau, vite, très vite, effectue sa manœuvre de mise en place puis court vers les porteurs de tuyaux arrivés dans l'intervalle, pour les guider, les bousculer, les houspiller. La manœuvre est longue, et compte tenu de la distance de l'eau on juge qu'il n'y aura pas assez de tuyaux. Cela n'intéresse pas Totor. On aura prévenu des renforts qui arriveront du chef-lieu de canton et il importe d'être prêt à les accueillir pour la suite des opérations. Tout le monde s'empresse. Quand tout à coup… ! À la stupeur générale, les moteurs sont arrêtés. Par qui ? Par quoi ? Totor manque s'en étrangler ! Il fonce vers ses machines et s'enquiert, en colère. "Qui a fait ça ? Qui a fait ça ?"

C'était le chef du corps des sapeurs pompiers, son chef, qui avait brusquement tourné les clés de contact. Le paysan propriétaire arrivé sur le lieu des manœuvres lui avait simplement demandé pourquoi ils voulaient éteindre le feu qu'il avait lui-même allumé pour se débarrasser d'un tas de foin mal séché et à moitié moisi dont il n'aurait pas l'usage. Le meneur de troupe anti-incendie s'était senti mortifié du zèle imbécile de ses hommes et surtout de celui de son conducteur mécanicien. Furieux, il avait sans le prévenir interrompu la manœuvre de la manière la plus brutale.

Devant la surprise générale il esquiva toute responsabilité en demandant à ses hommes “ce qu’ils foutaient là à s’occuper de ce feu que personne ne leur avait demandé d’éteindre. Allez, rangez-moi tout ça, on rentre !” Tous les regards se tournèrent vers Totor, qui aurait pu arguer que la cloche d’alerte l’avait appelé et qu’un témoin, un gosse du village un peu niais, l’avait renseigné. Mais il ne dit rien, enleva lentement son casque pour s’essuyer le front couvert de sueur, puis sans un mot s’en alla seul à travers la plaine pour retourner à son domicile, abandonnant ses machines souillées. Et sa fonction aussi ! malgré l’affirmation de sa compétence et les appels à sa compréhension qui lui furent plusieurs fois réitérées par le chef de corps des pompiers et par le Maire !

Il rumina sa honte durant plusieurs mois. Et se fâcha tout rouge avec mon oncle qui, à quelque temps de là, avait fait une allusion sournoise au regard “incendiaire” qu’il lui aurait jeté. Les choses en étaient là quand un jour lointain un gosse essoufflé d’avoir couru vint prévenir le démissionnaire un dimanche matin pendant qu’il était au café, que la voiture d’incendie était en panne et qu’on lui demandait de venir voir ce qu’il pouvait faire. Il refusa tout net. Tous les villageois présents le lui reprochèrent et le fustigèrent de garder si longtemps une rancune pour un banal incident au fond sans gravité. Devant cet afflux de prières il se laissa fléchir et consentit à aller voir. Et de fil en aiguille il retrouva la place qui était la sienne au sein de son groupe de collègues. Il n’en était qu’un contre lequel il gardait une rancune tenace, et c’était “ce vieux clown de Jean Fossard ! Cet idiot qui se croit plus malin que les autres et toujours à se moquer des gens !”

Quelque temps plus tard, dans l’incendie de notre ferme, Totor fit sans barguigner et avec compétence ce qu’il avait à faire, mais si Jean-l’oncle ne le vit pas, on le lui apprit. Dès qu’il fut mieux il exprima son désir de faire la paix avec Totor qu'il voulait remercier. Après s'être fait prier celui-ci arriva un jour chez nous avec mon père et alla voir le malade dans son lit. Jean-l'oncle sut montrer combien il était penaud et sut dire les mots de regret sincère qu'il fallait.

- Tu sais Totor, quand je plaisante ce n'est pas pour me moquer, c'est simplement pour rire. Des fois je suis maladroit je sais ! Mais en tout cas je sais ce qu'on te doit à toi et à tes copains et je ne l'oublierai pas. Dès que je suis debout j'offre le mousseux !

- Promesse d'ivrogne ! lui fut-il répondu brusquement sans sourire. C'était une allusion directe à une affaire de gifle donnée par la tante à son homme éméché et qui avait fait rire tout le village…

Dans la bouche du sérieux Totor, c'était inattendu. Interloqué, Jean-l'oncle resta une seconde interdit, puis il comprit et se mit à rire. Alors le pompier aussi se mit à rire. Ainsi redevinrent-ils les meilleurs amis du monde. Jamais plus depuis ce jour, mon grand-oncle le paysan ne s'avisa de faire aucune plaisanterie mettant en cause les hommes du feu. Il alla même jusqu'à les applaudir lors de leur défilé du quatorze juillet suivant.

LE CHEVAL INCENDIÉ - III -

La Libération

Aux premiers mois de l'occupation, le général de Gaulle était une figure mythique qui avait la faveur du plus grand nombre y compris de ceux qui admettaient la collaboration, certains étant persuadés qu'il y avait connivence entre le maréchal resté en place en France pour garder le territoire national et le général exilé, occupé à concentrer les forces françaises libres et à pousser les Anglo-Américains à nous libérer.

Évidemment je ne participais pas à ces évaluations, ces hésitations et ces appréciations des adultes, mais je crois en avoir bien retenu l'esprit. Il est vrai qu'on en parla souvent plus tard, devant moi et avec moi, mais ce dont je me rappelle le mieux ce sont ces soirées passées devant le poste de TSF où, assis en demi-cercle, nous écoutions Radio Londres et l'émission des "Français parlent aux Français". J'étais pour ma part émerveillé par la poésie qui émanait des "messages personnels" diffusés à l'intention des résistants en attente d'instructions émanant d'Angleterre. Il s'agissait d'indications codées, n'ayant de signification que pour ceux à qui elles étaient destinées, et articulées d'une voix troublée par des émissions parasites allemandes. Elles restaient cependant fort audibles, le brouillage sur trois notes ne faisant en réalité qu'ajouter au mystère et pour moi au charme de ces phrases évidemment sibyllines dont je ne me souviens pas mais qui ressemblaient à : “La lune rousse écartera les nuages au début de la nuit noire” - “La pluie cessera de tomber sur le champ des étoiles” - “Le lac comme la mer seront sans vagues ce soir” - “Le grand rémouleur affûtera ses trois lames avant l’aube” - “Les dragons verts passeront en diagonale et le jaune tournera la tête”. C’était un jeu passionnant que tous et pas seulement les enfants écoutaient impressionnés sans évidemment n’y rien comprendre.

Un drame particulier, triste et dérisoire arriva à quelques jeunes hommes enthousiastes qui voulurent s’associer directement aux activités de libération et y perdirent leurs vies.

Après les débarquements alliés, il devint vite évident que ces derniers allaient vaincre et chasser nos occupants. Malheureusement les armées de libération marquèrent une pause dans leur avancée vers l’Alsace, et s’arrêtèrent durant de longues semaines à quelques kilomètres de notre région L’attente était pour tous difficilement supportable. Les quelques Allemands en place étaient nerveux et sortaient facilement leurs revolvers des étuis pour exiger sans vergogne et voler tout ce qui pouvait leur servir, notamment en matière alimentaire.

Des jeunes gens du pays imaginèrent alors de rejoindre les résistants dans le camp où ils les savaient installés. Bien accueillis, on leur mit un ruban bleu blanc rouge de reconnaissance autour du bras et on songea à les former et à les utiliser. Mais il était trop tard et surtout ils étaient trop nombreux pour qu’on puisse tous les équiper, les garder et les nourrir. On les renvoya donc chez eux et ils rejoignirent leurs pénates après avoir mis leur brassard dans leur poche. Quelques-uns uns furent arrêtés par des patrouilles allemandes et, trouvés en possession de ce signe trop évident de leur appartenance aux groupes de leurs ennemis jurés, les emmenèrent en forêt pour les fusiller aussitôt. Ces morts sans gloire attristèrent profondément le pays et ajoutèrent au sentiment de haine désormais éprouvé par tous à l'égard des "boches assassins".

La Libération n'en fut pas moins pour nous comme pour tous les Français un moment de soulagement profond et de bonheur intense, sauf sans doute pour les vrais ou faux collaborateurs pourchassés par des juges auto et non légitimés. Cette période heureusement courte reste dans mon souvenir comme faite de moments peu dignes où la vulgarité des règlements de comptes personnels entachait le plaisir et la fierté de la liberté retrouvée. On parlait de jugements sommaires et d'exécutions, mais le plus désagréable parce que le plus visible ce fut, en ville, l'exhibition de ces femmes coupables d'amours germanophiles qu'on avait tondues et que des énergumènes insultaient et promenaient pour les soumettre à une vindicte que le public ne manifestait guère.

Ce fut plus heureusement ensuite et durant plusieurs semaines et mois, une période de liesse qui poussait les gens dehors pour aller réconforter les soldats des armées victorieuses en transit sur notre sol et se lier d'amitié avec eux. Ces derniers couchaient sous d'épaisses et chaudes tentes mais passaient tous leurs instants de liberté avec les villageois, soit chez eux, soit au café, sous prétexte de consommation mais plus certainement pour le plaisir de partager leur bonne humeur, pour bavarder et rire et même danser au cours de bals improvisés et animés par un accordéoniste local tout heureux d'un succès auquel il ne s'attendait pas.

La neige était tombée en abondance, il faisait froid et les paysans abusaient de la goutte locale qu'ils buvaient et offraient sans restriction à leurs nouveaux amis, motif à maintenir leur enthousiasme au meilleur niveau. Je ne sais pas ce que fut l'ardeur des admirations féminines pour ces grands, beaux et vaillants militaires, j'étais trop jeune et encore trop extérieur à ces choses, mais nous les enfants courions partout, en spectateurs captivés et en admirateurs inconditionnels des

Noirs américains aux sourires éclatants, à la voix métallique et à la démarche décontractée, qui nous offraient les plaquettes de chewing-gum qu'ils tiraient de leurs "rations", avec les cigarettes blondes et les boîtes de beans qu'ils distribuaient avec la même générosité à nos parents.

Cette Libération, que nous avions tant fêtée n'avait été que partielle, car les combats avaient continué en Alsace et bientôt sur le sol allemand. Les familles des déportés, des prisonniers de guerre et des travailleurs forcés du S.T.O. durent encore durant de longs mois rester plongées dans l'anxiété, incertitude renforcée par le manque d'information et la coupure totale avec leurs parents restés "de l'autre côté".

Ce fut bien plus tard qu'arriva la Libération définitive, celle qui vit revenir des camps ces hommes perdus, restés pendant cinq longues années derrière les barbelés des stalags et oflags pour les uns, miraculeusement échappés des atroces crémations de vivants perpétrées dans les camps de concentration par les bourreaux nazis pour les autres, sans oublier ceux retirés de l'enfer des usines d'outre-Rhin de fabrication de l'armement ennemi, tout autant humiliant qu'obligatoire. À leur retour on les attendait heureux et ils apparurent pour la plupart tristes, hébétés, comme gênés d'avoir été les plus vaincus, qui n'avaient pas eu comme ceux restés en France occupée, ce petit rachat de la victoire passée sur le pays et à laquelle ils s'étaient sentis associés. Cette fierté n'était pas pour eux qui avaient toujours été passifs par obligation, ligotés, bâillonnés, humiliés jusqu'au bout, qui n'avaient fait qu'attendre qu'on leur enlève leurs chaînes. Ils semblaient ne pas comprendre pourquoi en dehors de leurs proches on voulait leur faire fête. Ils écoutaient poliment les discours d'accueil sans rien dire et sans sourire, le regard vraisemblablement encore plongé en arrière, vers ceux qu'ils avaient laissés, les camarades morts, les fusillés et les suppliciés. Les reportages d'actualités cinématographiques qui nous montraient la sortie des camps de concentration de ces squelettes humains recouverts d'un tissu rayé, marquèrent profondément les spectateurs qui restèrent figés en les découvrant.

Moi je ne voyais que leurs yeux sans lumière, vides d'avoir si longtemps oublié ce que pouvait être l'espérance. Il leur fallut du temps pour la redécouvrir, mais comment n'auraient-ils pas comme tous, été emportés par le flot d'optimisme qui s'était mis à inonder le monde ! Enfin la vie normale allait reprendre forme, elle avait déjà commencé, dans les usines, dans les villes et les campagnes, dans le travail et dans la fête. Dans la politique aussi, car tous ces événements désormais passés pouvaient justifier la reprise des joutes oratoires d'antan ainsi que les diverses sortes de commémorations, rappels au souvenir et autres manifestations officielles, qui donnent du grain à moudre et des discours à faire pour ceux qui en font profession.

Ainsi, petit à petit, la vie du pays avait repris son cours normal, voire banal. C'est-à-dire que si les restrictions et quelques autres difficultés résiduelles du temps d'occupation durèrent encore quelques années, le travail sérieux recommença à faire marcher les affaires. Aux champs les choses furent un peu plus longues à changer, mais un jour le premier tracteur de l'après-guerre fit vrombir son moteur dans la traversée du village. Assis sur son banc Jean-l'oncle le bucolique le regarda passer sans sourciller, méfiant, mais sans encore pouvoir imaginer toutes les conséquences à venir de cet apparent mini-événement. Puis il se leva en soupirant et rentra à la maison. Cela se passait en 1950, exactement au milieu du XXe siècle.

J'avais toujours connu son ressentiment à l'encontre des engins motorisés, mais jamais je n'aurais pu imaginer que cette marotte pouvait le marquer si profondément. C'est plus de vingt ans plus tard qu'il me rappela incidemment ce fameux jour que j'avais oublié. Je vivais loin de la ferme depuis des années et j'étais venu passer quelques jours auprès des miens avec ma femme et mes enfants. Mon père, l'oncle et moi, étions sortis faire une petite promenade dans les champs, histoire de bavarder tranquillement. Mes deux parents m'interrogeaient sur ma vie et mes occupations parisiennes. Je leur répondais en leur parlant naturellement de mon travail dans ses divers aspects. Je devais y mettre beaucoup de cœur car j'étais effectivement très satisfait de mes diverses activités. Sans m'en rendre compte je leur expliquais des choses touchant à la vie des entreprises modernes que je croyais simples, sans percevoir combien elles pouvaient leur être étrangères. Je le sentis tout à coup dans leur attention silencieuse, sans question ni appréciation et je crus utile de m'excuser de mon jargon. Jean-l'oncle s'était arrêté et se tenait tête baissée comme il le faisait lorsqu'il réfléchissait posément. Puis, brusquement il m'avait rappelé ce jour de notre lointain passé.

- Je connaissais les autos, les machines électriques, les usines et tout ce qu'on y fabriquait mais ça ne me concernait pas. Puis le jour où j'ai vu ce tracteur monter dans les champs, j'ai senti que rien ne serait plus pareil, que le monde deviendrait quelque chose que je ne puisse pas imaginer mais dont j'étais certain que ce serait très différent. Je ne savais pas en quoi, je n'aurais pas su l'expliquer ! Je comprends aujourd'hui que c'était le début de la fin d'une très vieille et très, très longue histoire, l'histoire des paysans d'avant dont nous avons été les tout derniers. Tu sais ! Un peu comme dans ce film que nous regardions à la télé l'autre soir, qui racontait les derniers Indiens d'Amérique pendant la conquête de l'Ouest.

- Tu le sais bien ! Il y aura toujours des paysans. D'ailleurs il y a toujours des Indiens en Amérique.

- Oui ! Mais ce ne sont plus des Peaux rouges, plus ceux qui montaient à cru pour chasser les bisons. Pareil pour nous, il y a toujours des paysans, mais sans chevaux ce ne sont plus les mêmes. Maintenant ça ne me fait plus rien, on ne peut pas vivre avec des regrets ! Et je suis bien content que tu aies trouvé ta place dans ce nouveau monde.

J'avais murmuré je ne sais quoi, puis après un moment il avait ajouté :

- Je crois cependant que vous ne serez plus jamais vraiment libres. Trop loin de la nature. Il y a aussi trop de gens qui font trop de règles, trop de lois, trop d'interdictions sous prétexte de protections, qui veulent décider de tout pour vous. Je ne sais pas bien dire comment je ressens cela ! Il faudrait un exemple. Tiens ! Ils ont enfermé un bout de cour et le préau de ton école derrière un grillage, parce qu'un gosse était un jour tombé dans la fontaine.

Célébrations

Notre commune était dotée d'un corps de sapeurs pompiers mais aussi, ce qui était rare dans une commune si peu peuplée, d'une harmonie municipale. Les uns et les autres furent privés de leurs occupations de représentation durant presque toute la durée de l'occupation. La musique donna bien quelques rares concerts, mais les pompiers n'eurent jamais l'occasion de faire défiler leurs rutilants uniformes.

Après l'Armistice, on redécouvrit soudain combien l'assemblage de ces deux groupes pouvait donner tout son poids et son prestige aux cérémonies officielles. On put à nouveau les solliciter pour l'organisation de ces manifestations et particulièrement aux dates anniversaires, des quatorze juillet et onze novembre notamment. Ils se rendaient en rang et au pas, au son d'une marche militaire, jusqu'à notre monument aux morts. Quand la fanfare allait ainsi tout au long de la grande rue en jouant un air martial, chacun des musiciens portant casquette galonnée et pour certains, vestes et/ou de pantalons d'uniforme, elle était suivie du groupe des sapeurs pompiers beaucoup mieux vêtus. Eux portaient une véritable tenue avec casque de cuivre luisant, veste et bottes de cuir noir ciré, pantalon à liseré et large ceinture noire et rouge. Comme dans cette fonction ils remplaçaient les militaires normalement utilisés pour ce genre d'affaire, ils imitaient ces derniers en effectuant les mêmes exercices rituels : l'alignement, le repos et le garde-à-vous, le en avant "arche", la marche au pas et le salut militaire. Derrière eux s'étirait un peloton plus disparate d'anciens combattants portant des drapeaux, puis la population. Arrivés à l'endroit requis, ils se disposaient et s'alignaient autour de la statue du soldat de pierre immobilisé pour l'éternité dans la pose de l'un de ceux qu'il représentait, recevant en plein cœur la balle allemande qui l'avait tué.

Sur le socle étaient gravés les noms de nos poilus tombés sur le front des combats. La musique jouait "la Marseillaise", les pompiers prenaient les successives poses adéquates et en final le maire déposait une gerbe au pied de la stèle devant tous les hommes figés dans un garde-à-vous impeccable. Il y avait un ou des discours plus ou moins bien lus et prononcés, mais le moment le plus important était celui où le clairon accompagné d'un roulement de tambour lançait l'émouvante sonnerie aux morts.

Dans les années d'immédiate après guerre de 14-18, alors que le monument qui devait être inauguré en grande pompe quelques années plus tard n'était pas encore en place, mon grand-oncle et ses amis avaient naturellement participé aux cérémonies qui témoignaient de leur compassion pour leurs anciens camarades disparus. De la même façon, surtout dans les premières années, un nombreux public comprenant des veuves et des orphelins était présent pour commémorer le sacrifice des époux, des pères et des camarades tués pendant les combats. La répétition avait au fil des ans atténué la fidélité de beaucoup des moins concernés et Jean-l'oncle lui-même ne se déplaçait plus pour assister à une cérémonie du souvenir qui selon lui s'était dévoyée. “C'est devenu un simulacre, expliquait-il, où des vaniteux se donnent le beau rôle en distribuant des médailles comme on donne des bons points à l'école. À quoi ça rime, vingt ou trente ans après ! À faire plaisir aux animateurs d'associations dites patriotiques qui les réclament pour leurs membres, lesquels c'est vrai, représentent un apport électoral à ne pas négliger. Qu'ils le fassent sans moi !”

Ce que le vieux râleur ne disait pas, c'est qu'il avait lui, déjà eu son lot de décorations qu'il ne portait jamais. Mamène ne l'approuvait pas qui, elle, était toujours présente à chaque répétition de ces rites certes un peu usés. Elle lui reprochait mollement son attitude, mais je ne suis pas certain qu'elle n'ait pas été du même avis, tout au moins en constatant le zèle parfois excessif de certains. Elle n'aurait jamais consenti à s'exprimer si nettement sur une position aussi résolument négative.

Le groupe musical était normalement constitué, d'une part des joueurs de clairons et tambours, plus ou moins autodidactes, et de l'autre ceux qui avaient véritablement appris un peu de solfège et à souffler dans un instrument à bec, comme la clarinette, le saxophone ou le hautbois. L'homme qui les dirigeait était un ancien pianiste qui avait joué dans des formations réputées et qui, depuis bien avant sa mise en retraite, enseignait les bases du jeu de certains instruments divers. Il ne savait pas jouer de tout mais était un bon pédagogue qui formait chez lui quelques jeunes gens à la mandoline ou à la flûte. Dans sa fonction de chef de musique il avait sous sa houlette quelques artistes plus confirmés qu'il faisait répéter en groupe pour tenter de réunir l'ensemble disparate des villageois amoureux de musique en un ensemble homogène, non pas un orchestre, mais au moins une fanfare. Il était assisté d'un ancien militaire qu'il avait chargé d'entraîner les joueurs de clairons, de tambours et celui chargé de la grosse caisse surhaussée de cymbales. Un certain nombre d'airs, de préférence altiers, étaient inscrits à leur répertoire et les membres recrutés étaient tenus de les travailler chez eux avant de revenir régulièrement participer à ses répétitions générales. Cette organisation souffrait d'approximations, par manque d'assiduité des uns, les plus occupés, mais aussi, pourquoi ne pas le dire, par simple manque de talent de certains autres. La maigreur de son effectif potentiel était d'ailleurs la principale lacune dont se plaignait le chef, obligé d'intégrer dans son groupe certains éléments au jeu approximatif. Le résultat qu'il obtenait de sa troupe en défilés et plus encore en concerts lors de fêtes estivales, était néanmoins d'une qualité appréciée par le public local.

Le dévoué monsieur Bérard jouissait au village d'un très grand respect car chacun savait ce qu'on lui devait, à lui comme à tous ces animateurs anonymes qui avaient su donner l'amour de la musique à bien des jeunes gens qui, sans eux, ne l'auraient jamais découverte. Certes leur enseignement ne pouvait qu'être rudimentaire mais parmi leurs élèves les plus doués et les plus volontaires, combien avaient su travailler pour devenir des solistes d'un talent affirmé. Pour en revenir à notre Harmonie, il faut cependant avouer que certaines oreilles plus subtiles décelaient parfois quelques sons surprenants lors de l'exécution de leurs aubades publiques, mais ils étaient tout de suite avalés par la suite du morceau.

Un dimanche après-midi d'été où la musique donnait un concert en plein air devant un public assis sur des chaises pliantes, monsieur Bérard avait tenu à signaler la présence d'un de ses prédécesseurs parmi les spectateurs. Il avait demandé des applaudissements pour le très vieil homme et l'ovation avait été telle que ce dernier avait jugé bon de se lever pour saluer. Encouragé par le succès de son ancien, le chef lui avait ensuite demandé de venir diriger un morceau à sa place. Après maintes agitations des bras et dénégations, l'ancien était enfin monté sur la petite estrade qui faisait face aux musiciens. Il n'avait plus dirigé depuis de nombreuses années et avait pris le temps de sortir ses lunettes pour attentivement consulter la partition de “Sambre et Meuse” qu'on lui avait placée sous les yeux. Puis il avait frappé sur le pupitre avec beaucoup d'autorité, levé la baguette pour obtenir l'attention de l'orchestre et, après un petit espace de temps, il avait attaqué. Un, deux et hop ! C'était parti et bien parti : le chef battait la mesure, les musiciens jouaient en rythme et chacun s'émerveillait de voir comment le vieillard avait gardé la main. À la fin du morceau cependant, l'orchestre s'arrêta de jouer comme un seul homme et comme il était normal de le faire après la dernière note. Seul le vieux chef, le nez sur sa partition, continuait à encore jouer des bras et à agiter sa baguette. Le silence l'avait surpris et il s'était arrêté penaud après quelques mesures silencieuses et complémentaires. Son inattention avait fait sourire mais aussi décuplé son succès et il fut ovationné. Tourné vers le public pour saluer, il avait haussé les épaules pour s'excuser de sa distraction et avait eu le geste élégant de montrer les musiciens pour leur dédier les applaudissements.

La transition

Peut-être avait-elle eu peur d'une rebuffade, car lorsqu'elle m'annonça sa décision de m'envoyer à l'église, ma mère avait pris un ton brusque, presque de défi. En réalité personne jusque-là n'avait cherché à m'influencer en matière de religion et ces questions me passaient largement au-dessus de la tête. Quelquefois Mamène m'avait entretenu du message d'amour du Christ et de son immense générosité, mais sans insister et en restant dans le domaine admis par toutes les églises. Ma mère avait été plus floue, qui monologuait à propos d'un Père éternel qui vivait au ciel entouré d'anges blonds et avait envoyé son fils Jésus sur terre pour sauver les hommes ! Personne ne pipa donc et je dus prendre sur mes jeudis pour aller apprendre les bases de la religion chrétienne catholique et romaine chez une vieille fille, qu'entre catéchumènes nous pensions amoureuse du curé qui lui rendait visite chaque fois qu'il venait au village. La bouche encombrée par un dentier mal ajusté, elle parlait de manière à peine audible de choses incompréhensibles et s'irritait de l'indiscipline constante de jeunes rigolards amusés par ses tics. Je faisais cependant un modeste effort d'écoute pour plaire à ma mère, mais cela restait pénible. Je devais de surcroît, vêtu avec un minimum de recherche, aller chaque dimanche matin assister à la messe dans l'église de la petite ville voisine.

Je m'échappais souvent de cette corvée pour aller en cachette rejoindre mes copains protestants à la sortie du culte, avec lesquels nous jouions au basket, au foot ou au ping-pong. Leur jeune pasteur en veste et pantalon me semblait tellement plus accessible que les curés engoncés dans leurs soutanes et autres accessoires sacerdotaux. Apparemment il savait, lui, ne pas excessivement ennuyer ses paroissiens en les obligeant à sacrifier à ces rites ampoulés à base de signes de croix, de génuflexions et autres gestes auxquels je ne comprenais rien et dont notre monitrice ne nous avait jamais expliqué le sens. Mamène m'avait quelquefois emmené en simple visite au temple et j'en avais aimé le dépouillement, comparé aux ors et objets rituels innombrables dont l'église catholique me paraissait encombrée. Elle ne m'avait cependant jamais fait assister à une cérémonie de culte et tout ce que je savais des manifestations protestantes était cette manière qu'adoptait parfois le jeune pasteur en faisant marquer une pause à ses jeunes amis pour le temps d'une courte prière, que tous écoutaient en se tenant comme lui tête inclinée et mains simplement jointes ou superposées devant le corps. La seule chose à m'intéresser dans ma nouvelle obligation était la lecture de l'histoire sainte, remplie de contes à dormir debout. Je ne comprenais pas grand-chose aux motifs des Juifs d'antan comme cet échange d'un plat de lentilles entre un aîné et son cadet (quelle affaire pour si peu !) ou Noé emportant en bateau des couples de tous les êtres vivants de la terre pendant que les autres étaient tous abandonnés à la noyade, etc. Et puis j'adorais les récits de miracles faits par Jésus pour des causes toujours charitables. Pourquoi y avait-il donc deux églises pour s'intéresser au même Dieu ? "Tu comprendras plus tard !" répondait ma mère à toutes mes interrogations. Et c'est sans rien y comprendre que j'ai fait et ma confirmation, et ma petite communion, et enfin ma communion solennelle. À partir de là on me laissa tranquille et pour ne déplaire ni à ma mère ni à ma grand-mère je choisis de ne plus fréquenter aucune église.

Cela s'était passé juste avant cette période trouble qui avait bloqué notre région en attente du début de la campagne d'Alsace, laquelle allait chasser les Allemands de la dernière partie du sol de France. Après la reprise des combats, dont le front nous avait dépassés, j'avais repris le cours d'une vie scolaire normale, mais durant mes soirées et mes jours de congé, j'allais plus que jamais à la rencontre de mes copains pour nous mêler, dans la mesure du possible, à ce déchaînement festif qui avait embrasé le pays. Il y avait beaucoup de militaires en attente, des Français FFI, qui, dans les cafés équipés d'un vieux phono, organisaient des bals spontanés et y amenaient des filles. Certains chaloupaient avec leur PM conservé en bandoulière. Mais il y avait encore plus d'Américains, dont ceux du Génie qui jetaient des ponts pré-assemblés, dits ponts Bailey (orthographe non garantie), sur nos canaux et rivières quand les anciens avaient été détruits ;

ou qui rétablissaient la surface de nos routes sans cesse défoncées par le passage à pleine vitesse de leurs tanks à lourdes chenilles et autres engins tout aussi impressionnants de puissance qui montaient au front. Ils disposaient de jeeps découvertes, de camions G.M.C. conduits par ces Noirs immenses et souriants, et surtout d'engins de terrassement et de levage, des pelles mécaniques terrifiantes, des grues immenses et d'autres machines qui nous sidéraient.

Dès qu'ils étaient libres, le soir, ils venaient se réchauffer et boire la goutte chez les paysans. En échange, ils nous distribuaient tout ce que contenaient leurs caisses de rations, des cigarettes blondes, des haricots en boîte, et bien entendu ces tablettes de ce chewing-gum qu'eux-mêmes mâchaient à longueur de journée. Nous courions vers ces cafés dancings spontanés et nous tentions de trouver avec qui danser nous-mêmes. Mais nous allions plus volontiers vers ces grands enfants noirs, athlétiques et toniques, aux immenses dents blanches sans cesse découvertes par leurs rires éclatants. Certains étaient déjà capables de baragouiner un peu de notre langue, à nous qui ne pouvions en savoir aucun de la leur, car à l'école sous régime allemand l'apprentissage de l'anglais nous avait été interdit. Cette folie passa rapidement pour cause de départ de la plus grande partie de toutes ces troupes à la poursuite des armées ennemies en déroute. Le pli de la gaîté et de la fête était cependant pris et il dura encore bien longtemps avant de se calmer.

À cette époque j'aurais aimé me lâcher plus, comme certains de mes camarades plus âgés, mais un motif particulier me retenait et me rendait moins hardi, surtout auprès des personnes de l'autre sexe. Un travail de couture exceptionnel avait mobilisé Mamène pour cause de ma soudaine et rapide croissance dont elle fut la première à s'apercevoir. Je n'avais rien remarqué moi-même lorsqu'elle s'avisa que le dernier pull-over qu'elle m'avait tricoté devenait anormalement court. Ellc avait encore assez de laine pour en aussitôt prolonger les manches mais elle ne put rien faire pour en augmenter la largeur, si bien qu'on l'aurait dit confectionné pour un primate à longs membres.

Elle entreprit également d'enlever les boutons de mes chemises, que je ne parvenais plus à fermer aux poignets, et d'ajouter de larges bandes de tissu de couleurs approchées aux extrémités de mes autres vêtements. Ces galons, en général trop voyants, exhibaient aux yeux du monde le phénomène de mue que j'étais en train de subir et dont je pris aussi conscience en remarquant moins le rétrécissement de mes effets que celui des êtres vivant autour de moi. Je regardais désormais mes copains les plus grands face à face alors qu'il y avait peu de temps encore je devais lever la tête pour leur parler. Mamène était devenue si petite ! De pataud joufflu à l'air ahuri j'étais devenu allongé comme un jour sans pain avec un corps bizarrement articulé, un visage tout aussi étrangement étiré, et sujet de temps en temps à de courtes crises de fièvre succédant à des langueurs inhabituelles.

Ma difficulté vestimentaire me préoccupa cependant plus que mon changement d'apparence physique et le pire m'apparaissait quand j'enfilais mon costume du dimanche et me regardais devant l'armoire à glace. Car il n'avait pas été dans ce cas prévu, par crainte d'excès d'inélégance (!), de coudre une bande de tissu supplémentaire là où il en manquait. On s'était contenté de déplier les ourlets et de les recoudre au plus bas, ce qui s'avéra non seulement insuffisant mais encore plus inesthétique. Car malgré tous les efforts de repassage, les anciens plis restaient marqués. Je tentais de remédier au manque encore trop visible de longueur de drap en essayant, soit le repli des poignets sous les manches de la veste, soit l'enfoncement des mains dans les poches du pantalon afin de le pousser à cacher mes chaussettes, il fallait choisir. J'expérimentais aussi le port de bretelles très détendues mais mon fond de culotte se mettait alors à pendre de façon lamentable. Cela tombait mal, car comment plaire quand on est vêtu de manière aussi inélégante !

Malgré ce désagrément le soir du premier Nouvel an d'après Libération, allait cette fois m'apporter la plus belle des étrennes dont je pouvais rêver. L'amour ! L'amour tel qu'on le rêve à cet âge. L'amour sublime, pur, idéal. Et chaste ! Celui auquel on aspire sans oser l'espérer.

Jusque-là, il ne pouvait guère se nouer avec les filles, des relations d'amitié identiques à celles que nous partagions entre garçons. Nos goûts n'étaient pas semblables et même nos attirances n'étaient pas ressenties de la même façon par les très jeunes adolescents et adolescentes. À l'âge des culottes courtes il nous arrivait certes de jouer sans arrière-pensée à la balançoire, à la marelle, à la balle ou à pigeon vole. Mais ces jeux nous semblaient dérisoires et notre présence auprès de telle ou telle fille aux yeux doux était presque toujours fortifiée par une arrière-pensée d'intimités particulières, de baisers volés avec ce que cela implique de calcul et de pression.

Je ne veux pas dire que d'autres attirances plus sentimentales, d'harmonies de caractères et de goûts mutuels, n'enrichissaient pas notre démarche, mais celle-ci se situait essentiellement dans l'immédiat, sans perspective plus lointaine et plus définitive que celle de la séduction au sens le plus primaire et le plus direct. Les filles à l'inverse nous résistaient sur ce plan et nous donnaient l'impression d'une recherche plus tendre et surtout plus molle, avec promenades main dans la main, bouquets offerts, sourires d'extase comme celles des saintes des images pieuses. Et puis elles semblaient vouloir attirer les garçons pour se les garder pour elles seules, en privilégiant en esprit la formation de couple fermé, isolé des autres filles nécessairement jalouses et surtout des copains. Dès l'école primaire, ce sont elles qui nous tentaient pour jouer à la famille, à la dînette, à la fiancée, à la mariée, au papa et à la maman. Ce dernier jeu nous donnait des possibilités de tentatives déraisonnables et toujours insuffisantes. Dans tous les cas, les contemplations yeux dans les yeux et plus si possible étaient pour nous des moments éphémères qui ne pouvaient nous empêcher de retrouver bientôt nos activités d'aventuriers et d'explorateurs, nos plaies et nos bosses, sans que ne nous traversât jamais l'envie de rester encoconné dans un doux tête-à-tête immobile, rêvé pour nous retenir.

Cette fois donc, j'avais découvert avec surprise la beauté et la fraîcheur d'une de mes anciennes camarades d'école d'un cours inférieur qui, de gamine rieuse sans autre attrait qu'un doux visage aux yeux candides était en train de devenir sous mes yeux émerveillés une jeune fille d'une grâce éblouissante. Je n'avais pas quinze ans, elle en avait à peine treize quand je me mis à la regarder d'une autre manière avec les yeux de ce que je ne peux qu'appeler l'amour le plus profond et le plus sincère. Comme la plupart des très jeunes filles, elle ne se mêlait pas aux sorties des garçons attirés par les animations du temps et j'avais peu l'occasion de l'approcher, sauf le soir aux abords de la laiterie où un regroupement de jeunesse avait lieu, au motif de rencontres entre camarades garçons et filles du village.

Un soir de fin d'année, à la nuit tombée, tous les jeunes qui étaient là s'embrassèrent les uns et les autres pour se souhaiter une bonne année nouvelle. Il fallait un tel événement pour nous autoriser ce geste inhabituel. Ayant pris mon courage à deux mains, après avoir baisé l'objet de mon admiration sur les deux joues, je lui écrasai soudain et très maladroitement la bouche de mes lèvres. Puis, l'esprit en pleine confusion et incertitude, stupéfait de ma propre audace, je la regardai les yeux arrondis, attendant une réaction que j'aurais été bien incapable de prévoir. Elle leva les yeux sur la loque

que j'étais alors et me sourit avec une telle douceur que les larmes de la félicité m'en vinrent aux yeux. Je la pris par la main pour nous écarter et nous fondre dans la nuit où nous pûmes entreprendre l'apprentissage de baisers plus appliqués et plus doux. Elle m'aimait depuis toujours, affirma-t-elle et savait avec certitude qu'elle n'aimerait jamais que moi. J'étais donc promis avant l'âge, engagé pour la vie et cela cette fois m'enchantait, tant elle avait de charme et de candeur enthousiaste. J'étais éperdu de bonheur.

Mais elle appartenait à une famille de mennonites aux mœurs sévères qui la maintenaient à la maison, et je ne pouvais que très difficilement la rencontrer en cachette le soir et pour de trop courts instants. Passé l'hiver les nuits tardent à venir et les soirées devenaient trop claires pour cacher nos rencontres qui de furtives devinrent rares. Et puis, je respectais peut-être excessivement sa volonté de ne pas m'autoriser à la caresser comme j'en étais parfois férocement tenté. Et puis j'avais les copains et nos projets communs que je ne pouvais trop délaisser. Et puis, je m'étais laissé entraîner à faire du sport qui occupait beaucoup de mes soirées. Et puis, et puis, je ne pus la voir que de si loin que je finis par ne plus la voir du tout. Elle m'envoyait des émissaires pour me proposer des rendez-vous courts et compliqués. Quand je me précipitais pour l'étreindre, elle ne voulait que me parler vite, m'embrasser furtivement et entendre quelques rapides mots doux entrecoupés de mes regrets de la voir repartir si tôt. Je lui en voulais et je me mis définitivement à la bouder.

Je l'ai très peu revue, nos vies étaient sans doute trop différentes et après bien des années passées, en réalité tout au long de ma vie, il m'est souvent arrivé de repenser à elle, de revoir son doux visage auréolé de ses tresses blondes enroulées, son frais sourire et surtout ce regard lumineux empli de toute l'extase et la confiance du monde qui me transportait. J'en ressens chaque fois comme un pincement douloureux au cœur, comme une sorte de remords. Non pas celui de l'avoir abandonnée, mais celui de m'être conduit de manière légère, égoïste et inconséquente, de lui avoir fait du mal, un mal qu'elle ne méritait pas, moins qu'aucune autre.

Mais cela appartient au domaine des choses que l'on ne peut se faire pardonner. Elle est restée au pays, s'est mariée tardivement et a continué, elle, à pratiquer le métier de ses parents. Je ne l'ai que très rarement croisée depuis, mais par bonheur et cela bêtement me soulage, elle a toujours conservé, à mes yeux, sa beauté et son charme confondants.

L'adolescence

Après ma quinzième année, autour de moi tout a changé : plus d'interdits venant d'une administration répressive, plus de retenues venant de parents prudents. Au contraire tout apparaît offert, ouvert, autorisé, permis et j'en suis surpris. Je ne me rendais pas exactement compte de la façon dont nous étions contraints sous l'occupation et, enchanté du contraste, je profite autant que je le peux de cette liberté plus étendue. J'ai des amis, je sors les samedis soirs, je vais au cinéma, je m'amuse. Mais je travaille aussi à la ferme malgré ma scolarité exigeante. Peu l'hiver, on peut se passer de moi, mais plus l'été où, en dehors de mes escapades, je donne la main à tout ce qui m'est demandé. Cela me paraît bien normal, il y a tant à faire…

Mais le plus grand changement vient de ce que je ne suis plus tout à fait un enfant. Je le ressens à mille signes en dehors de cette exigence qui m'est faite de participer aux activités fermières. Sans que cela m'intéresse particulièrement, j'écoute les informations et je participe parfois sans être ignoré comme auparavant aux conversations traitant des faits de société et de la politique. Je lis beaucoup, c'est une passion et je confronte les réflexions qu'elles m'inspirent avec ceux de mes copains qui partagent le même goût.

J'ai plus d'échanges avec Jean-l'oncle aussi, qui est attentif à ce que je pense, qui me livre ses propres pensées et qui, sans déclaration, devient progressivement pour moi une sorte de mentor, une référence. Ce qui m'attire dans sa proximité est cependant moins son discours que sa formidable présence, sa curiosité permanente et sa patience, son émerveillement des choses de la vie et sa chaleur affective. Je me souviens encore de ce qu'il m'avait un jour livré de sa philosophie personnelle à ce sujet. “Le plus grand cadeau que nous a donné la nature est la sensibilité, cette capacité à ressentir des émotions, joie ou chagrin mêlés. Ce sont elles qui conduisent notre vie, qui nous inspirent et guident nos choix. Ce n'est pas l'intelligence qui fait le caractère, qui détermine la qualité humaine, c'est le cœur. Et de toutes les aspirations, la plus grande est l'amour, l'amour dans toutes ses formes, qui va de la simple sympathie, à l'amitié, à l'affection, à la passion. Personnellement je cherche toujours à cultiver cette force intérieure inestimable qui est source de ce qu'il y a de meilleur en nous et nous conduit à éprouver les plus grandes joies. Je m'y attache parce que je sais combien la beauté et la bonté sont éphémères. La vie est ainsi faite qu'on a plus d'occasions de tristesses que de bonheurs, mais je sais que la première vient seule, en dehors de toute volonté, alors que la seconde exige un effort. Il faut croire en la qualité humaine et au plaisir que l'on peut trouver dans l'échange affectif avec les autres.”

Mon grand-oncle aurait détesté que j'emploie ce mot de philosophie à propos de ses réflexions et son analyse était effectivement toujours délivrée au fil des conversations, sans préparation ni ostentation, sans qu'il vise à lui donner plus d'importance, plus de poids que nécessaire, ni à m'influencer.

Il faut croire cependant que cela devait me paraître si juste, si impressionnant que je garde en mémoire non seulement l'idée mais aussi le cadre et les circonstances pendant lesquelles elles étaient formulées. Quoique ! L'esprit d'indépendance et d'impertinence qui s'affirmait en moi durant cette période de mon adolescence me conduisait parfois à le trouver un peu rabâcheur, surtout quand il revenait trop souvent à mon goût sur le vieux dada de son imprégnation à la nature et à l'adoration sans faille qu'il lui vouait.

Comme ce jour où nous étions tous deux assis dans l'herbe au bord d'un champ qui surplombait la rivière ! Jean adorait être ainsi à se reposer après un temps de dur labeur et sans compter son temps, contempler le paysage étalé devant lui, à le fouiller, y chercher des traces de passages d'animaux, y soupeser l'état de l'air, y apprécier l'état d'avancement de la végétation, et mille indices divers qui le ravissaient, apparemment sans raison, pour le plaisir. Je n'avais pas autant que lui ce sens de la lenteur nécessaire à une bonne observation et comme nous étions depuis un long moment silencieux, j'éprouvais le besoin de le faire remarquer.

- Il fait bon, hein !

Le vieil homme avait doucement souri en se tournant vers moi sans répondre, pour me faire comprendre qu'il n'était pas dupe et qu'à travers ma remarque inutile il avait compris mon impatience. Il se contenta de me mettre la main sur le genou.

- Vois-tu ! Sous nos yeux tout paraît immobile, à part les feuilles et les herbes qui frissonnent sous l'effet du vent. En réalité, regarde bien, tout vit, tout vibre, tout bouge à l'intérieur. La sève monte à l'arbre, le renard attend tapi dans l'ombre, l'oiseau dort d'un seul œil, l'insecte poursuit sa quête. C'est ça la vie… Que veut la nature vivante ? Pour les animaux, les plantes ou les humains, elle a pour règle fondamentale sa continuation permanente, par renouvellement incessant. L'arbre et l'herbe produisent le fruit ou la graine qui en croissant deviendront les plantes qui les remplaceront. L'animal et l'homme assurent leur descendance, éprouvent ce besoin irrépressible que seuls les dénaturés n'ont pas, c'est-à-dire leur continuation de génération en génération. Pourquoi ? Dans quel but ? Depuis quand ? Jusqu'à quand ?... Qui peut savoir ?... J'en conclus que la raison fondamentale de l'existence est d'assurer cette incessante perpétuation sans qu'on puisse en comprendre la finalité. Tout le reste n'est qu'accessoire.

"La plupart des humains songent à mener une vie exaltante, à satisfaire des désirs plus ou moins nobles ou plus simplement matériels. Peu importe au fond car tout cela sera forcément éphémère. Cette situation que nous fait la nature ne comble pas l'homme, en particulier son besoin de se croire voué à un destin. Il aimerait élever sa personnalité sensible, entraîner ses sentiments vers un idéal imaginé comme but ultime de l'existence, de son existence. N'est-ce pas cette recherche, cette volonté de s'attribuer une importance plus remarquable qui a donné naissance aux religions, lesquelles toutes, pour autant que je sache, incluent l'affirmation d'une vie prolongée au-delà de la mort. Malheureusement rien, je souligne rien, n'a jamais pu vérifier la réalité d'une si haute espérance. Seule la foi !... Naître, grandir, assurer sa propre survie, copuler, couver, transmettre le flambeau et mourir est la seule chose assurée. Le reste n'est que passe-temps. Sauf peut-être s'appliquer à améliorer les conditions de vie des siens et des autres. Combattre la faim, le froid, la souffrance. On ne peut rester indifférent à la souffrance humaine ni insensible au choc de la mort, et j'enrage comme tout le monde quand une injustice profonde est commise !

"Je n'ai aucune leçon à donner à quiconque. Je sais bien comment la communication naturelle entre personnes passe d'abord par des échanges légers, non fondamentaux. On bavarde, on papote à propos de tout et de rien et c'est un moyen de dire sa considération ou sa sympathie. Mais j'ai la tête ainsi faite qui me conduit de temps en temps à essayer d'approfondir les choses et à échanger des idées plus importantes."

Jean n'a sans doute pas utilisé les mots que je viens d'écrire, ni formulé ces phrases sous la même forme. Il y a sans doute mis un soupçon de cette malice qui était dans sa façon d'être, cette manière à la fois convaincue et légère qui était la sienne, ce zeste de sourire que certains prenaient pour du cynisme et qui n'était qu'une simple expression de modestie. Moi, je le redis, j'adorais cette façon qu'il avait de réfléchir à voix haute. Et même si je trouvais parfois qu'il radotait, son propos me paraissait toujours fort et cohérent. Et puis j'écoutais bien ! Et il en profitait.

Mais il me faut en contrepoint de ce côté réfléchi, souligner son goût irrépressible pour le rire, et donc pour la farce. Un jour de ces années-là où je l'accompagnais en promeneur dans ses pérégrinations cultivatrices, il m'en fit une démonstration bien dans son style. Il faut se souvenir que mon grand-oncle affectait de ne pas aimer les véhicules automobiles et particulièrement les camions qui, en les remplaçant, supplanteraient les chevaux de trait et cela le désolait. En cette occasion donc, je fus le témoin passif d'une fausse dispute qui l'opposa à un "camionneur", comme il nomma avec un air de faux mépris le conducteur du véhicule avec lequel il avait eu, disait-il, "des échanges". Celui-ci venait par la traversée du village pour effectuer une livraison lorsqu'il fut stoppé dans un resserrement de la rue par deux voitures hippomobiles arrêtées côte à côte. C'était deux paysans, Jean-l'oncle et l'Albert Fuser qui, en se croisant, avaient éprouvé le besoin d'échanger quelques mots. Selon l'habitude ils s'étaient pour cela tout bonnement immobilisés, tête bêche, au beau milieu de la chaussée qu'ils occupaient dans toute sa largeur. Le chauffeur du ronronnant véhicule attendit quelques instants qu'on voulût bien lui laisser le passage, mais comme personne ne semblait avoir remarqué sa présence il risqua un discret appel de klaxon. Paraissant ne pas avoir été entendu, il envoya peu après un autre son de corne plus long et vigoureux. Le paysan qui lui faisait face sembla vouloir se mettre en route, mais celui qui lui tournait le dos, mon grand-oncle, assis sur son plancher de bois derrière son cheval, eut un mouvement d'épaule pour regarder en arrière ce qui pouvait bien provoquer ce boucan. Ayant vu et semblé ne pas comprendre, il recommanda à son comparse de l'attendre un instant puis mit lourdement pied à terre. Ensuite il alla tranquillement se planter vers la portière du camion et s'informa aimablement tout en commençant à se rouler une cigarette.

- Qu'est-ce qu'y a mon gars ?

Lorsqu'il voulait s'amuser, le moqueur s'appliquait à forcer sur son accent, à se donner l'air un peu balourd et à user d'un langage excessivement simplifié. L'ennui était, et ce fut le cas, que tout le monde ne savait pas apprécier ce genre de bouffonnerie.

- Ben rien ! fit l'autre, interloqué Je voudrais passer.

- Ah ! Tu voudrais qu'on dégage la route, c'est ça !

- Ben ! Je dois livrer à la boulangerie.

- D'accord ! Je finis de parler à mon collègue et on s'en va. Juste une minute.

Et se retournant vers l'Albert qui riait sous cape, il entreprit de l'entretenir de quelque question locale. Mais ça ne faisait pas l'affaire du chauffeur bloqué qui se mit bientôt à râler, penché à sa portière.

- Mais allez donc discuter ailleurs, vous êtes casse-pattes à la fin.

- Hein ! Ah !

Pour bien se faire entendre et surmonter le bruit du moteur, le farceur était revenu sur ses pas.

- Fallait le dire que t'étais si pressé ! Fallait le dire mon gars, c'est pas la peine de te fâcher.

- C'est que je n'ai pas que ça à faire, moi.

Tout en amorçant un mouvement de retour vers sa voiture, le casse-pieds observa.

- Je vois ! Je tiens tout de même à te rassurer mon gars. L'André Lamitre, il a encore assez de farine jusqu'à c'soir ou même demain.

Puis, après quelques pas il revint à nouveau en arrière.

- Et dis-moi, ta farine, elle vient d'où ?

- Qu'est-ce que ça peut vous foutre ? Vous commencez à m'emmerder.

- Eh bien, en voilà un malpoli !

L'oncle achevait à peine la confection de sa cigarette qu'il alluma posément. L'homme descendit de son siège d'un air menaçant.

- Allez, hop ! On dégage. Ou je me fâche.

- On dégagera quand on veut. On n'a pas fini de causer.

- Tout de suite je vous dis.

L'homme, un grand maigre en maillot de corps bleu et coiffé d'un béret, avançait poings fermés et se planta devant l'oncle à le toucher.

- Bon ! Ça va, ça va, on y va. C'est qu'y frapperait un vieillard, c'te brute !

Jean-l'oncle fit encore une fois mine de retourner à sa voiture alors que son collègue Albert avait déjà commencé à avancer. Mais il se ravisa et revint vers le jeune homme en train de remonter dans sa cabine.

- Encore un mot ! C'est normal qu'y pue comme ça ton camion ? C'est une infection.

- Et votre fumier, il ne pue pas peut-être ! Et puis ça suffit, je ne vais pas passer ma vie à me laisser emmerder par, par…

- Dis-le. Par des ploucs. Mais tu sais les ploucs, ils te disent bien des choses aussi.

Mais l'homme avait embrayé et s'était mis à avancer doucement pour pousser par l'arrière la charrette avec le cheval.

- Ah le salaud! fit l'oncle en se précipitant pour reprendre ses rênes. Hue Milou, hue! Oh! Le sale con, avec ce gosse sur la voiture qu'il pourrait renverser. La brute, le grossier, pas de respect.

Marchant à côté de sa voiture en tenant les guides, il faisait mine d'inciter son cheval à avancer d'un pas soutenu tout en le maintenant toujours au milieu de la route. Le camion dut ainsi nous suivre jusqu'à la boulangerie avec son conducteur furibond qui donnait de grands coups d'accélérateur à vide pour nous effrayer. Mon air réjoui n'était pas fait pour le calmer.

Le lendemain, l'André, le boulanger, questionna son vieux camarade.

- Mais qu'est-ce que tu lui as fait à ce type, pour le mettre dans un état pareil? Il a failli crever les sacs en me les jetant sur le diable. Je n'ai même pas pu le retenir pour boire un verre.

- Rien! J'aimais pas son camion.

À quelque temps de là, en passant devant la boulangerie, il aperçut ledit camion arrêté l'arrière tourné vers la porte du couloir menant au fournil. Il s'approcha et lança un salut vigoureux et joyeux aux deux hommes en train de décharger. L'homme au béret dans son fourgon eut un regard en biais vers l'oncle avant de bougonner un vague bonjour. Il approchait ses sacs jusqu'au bord du plateau de son engin et les tendait au boulanger qui les faisait glisser sur son diable avant de les emporter dans le fond de son atelier. Le farceur aida à prendre le dernier sac puis proposa.

- Dis André ! Tu ne nous offrirais pas une petite goutte pour le coup de main ?

Le livreur était interloqué et le boulanger riait de bon cœur.

- Ben mon salaud ! T'es pas gêné toi. Allez, venez !

Les trois protagonistes entrèrent pour boire et bavarder. La réconciliation était tacite mais le farceur ne put s'empêcher de revenir sur son idée de puanteur.

- Avoue qu'y pue ton camion, y a pas à dire.

- C'ui-là pas tellement ! Qu'est-ce que vous auriez dit du gazogène que j'avais avant !

Ils dissertèrent un moment sur les mérites comparés des transports par camion ou par voitures hippomobiles et l'oncle dut admettre la plus grande efficacité de l'engin mécanique sur le plan de la performance. Puis ils bifurquèrent sur d'autres moyens de transport. L'oncle exprima son goût pour le chemin de fer.

- Ça marche à la vapeur, c'est naturel. Ça reste à sa place et ça ne va pas empuantir l'atmosphère dans tous les coins. Je l'ai pris quelquefois et j'aimais bien regarder défiler les paysages, sauf que peut-être on allait un peu trop vite pour assez bien voir, etc.

Finalement ils se quittèrent bons amis, bien que le chauffeur n'eût voulu boire que du vin et un seul verre.

- Je ne tiens pas trop l'alcool, j'ai pas de honte à le dire. Aussi je me méfie, j'ai pas envie de m'envoyer dans le fossé.

Les loisirs

Comparés aux possibilités offertes désormais, les loisirs étaient relativement rares chez ces gens surchargés de travail.

Au printemps et en été, les soirées commençaient si tard que chacun ne songeait qu'à aller se coucher pour récupérer avant l'entame d'un autre jour promis à autant de labeur. Il y avait cependant des répits dans les intervalles entre les divers travaux de récolte et à la fin de ces journées moins actives tous allaient après le repas s'asseoir, dans la lumière du jour finissant, sur le banc de pierre devant la maison.

Les adultes papotaient pendant que les plus jeunes remplissaient des boîtes entières de hannetons interceptés en plein vol ou essayaient de capturer des chauves-souris en lançant leurs noirs bérets en l'air. Elles étaient censées s'y précipiter et chuter au sol avant d'avoir pu s'en échapper. (Je n'ai jamais vu aucun de ces chiroptères être ainsi attrapé comme des farceurs prétendaient pouvoir y réussir !) Même dans ces moments de détente les femmes continuaient à s'activer en tricotant d'instinct où en reprisant quelque vêtement déchiré. L'hiver des jours plus courts, aux soirées tôt venues, on restait évidemment à l'intérieur de la maison chaude et sous les lampes on lisait ou jouait ou écoutait la radio. Pendant l'occupation tous avaient été chaque soir penchés vers le poste de TSF pour entendre chanter l'air moqueur de la radio française de Londres : “Radio Paris ment, Radio Paris ment, Radio Paris est allemand !” C'est beaucoup plus détendus qu'on écoutait désormais les informations, mais aussi les nouveaux chanteurs à la mode comme Georges Guétary, Edith Piaf ou Yves Montand. Parfois, en fin de semaine des voisins venaient jouer aux cartes.

Il existait, au village comme partout, deux de ces lieux de détente privilégiés que sont les cafés. Les clients y étaient rares dans la journée, plus nombreux en soirée, mais plus sûrement les samedis soirs. On y buvait de la bière ou du vin, mais on y allait surtout pour la compagnie. On y bavardait, souvent avec conviction, on y tapait le carton dans une atmosphère bruyante et enfumée, et les dimanches d'été on s'installait sur la terrasse et jouait aux quilles. (Ce jeu était, dans sa forme rustique, celui qui allait plus tard nous revenir d'Amérique complètement modernisé sous la forme du bowling). À l'époque, un jeune garçon était sollicité pour faire le rebouleur, chargé de replacer les quilles et de renvoyer les boules par une goulette de planches en V, en attente d'un prochain tir. Ces auxiliaires étaient souvent remplacés, afin que plusieurs d'entre eux puissent bénéficier du pourboire attribué à chacun en récompense. Pour certains ce jeu, toujours intéressé par des mises de petites sommes, était une véritable passion qui les poussait parfois à le pratiquer jusque dans la nuit à la lumière de faibles ampoules plantées sur des piquets en bordure du jeu.

Dans notre pays, les fêtes civiles et religieuses étaient scrupuleusement respectées, ce qui veut dire qu'en ces jours-là le travail était assuré au minimum indispensable. Noël était la plus traditionnelle qui réunissait les familles autour du sapin et des enfants. Comme tous les gamins je me suis longtemps juré de veiller pour surprendre l'arrivée du bon père Noël afin d'être certain qu'il ne m'oublierait pas ! Ce qui aurait été bien injuste tant je m'étais efforcé d'être sage durant les huit jours précédents. Chaque fois je finissais par m'endormir et il aura fallu qu'un jour René se moque de moi pour apprendre que le barbu blanc n'existait pas en réalité. Selon ce qu'il m'avait dit les cadeaux nous étaient offerts par nos parents qui les tenaient cachés en attendant la fameuse nuit. Ce qui m'entraîna l'année suivante à faire l'inventaire de toutes les cachettes possibles pour vérifier son affirmation. Je n'ai jamais rien trouvé et le bon naïf que j'étais, continua à douter et à tenter de veiller quelques années encore. Le repas du grand jour anniversaire était particulièrement soigné et la dinde trônait sur les tables entourée de marrons et des inévitables patates grillées, quelquefois des délicieuses nouilles faites à la main par la Tante. Les hommes souvent, malgré la vigilance de leurs épouses ou mères, sauf les plus sérieux comme mon père, s'enivraient à trop boire.

Le nouvel an était plus tourné vers l'extérieur. Nos musiciens municipaux venaient jouer leurs aubades pour réveiller les plus paresseux et chaque famille était tenue de les récompenser en leur offrant quelques bouteilles ou quelques sous. Dans la journée les grands et les petits recherchaient les rencontres afin d'offrir leurs vœux de bonne nouvelle année en faisant la bise, surtout aux plus jolies filles. Quelquefois les adultes échangeaient des cadeaux. Pâques était une fête spécifiquement religieuse et plus calme, moins marquée dans les familles. Le quatorze juillet était la fête des bals et des flonflons et le onze novembre celle des commémorations autour du monument aux morts.

Mais la journée qui, depuis longtemps, avait pour moi et pour mes copains la préférence, était la fête annuelle du village qui aux beaux jours, nous amenait les forains avec leurs fabuleux manèges et justifiait l'invitation de parents ou amis pour un banquet, c'est-à-dire un repas plus copieux et plus varié qu'à l'ordinaire. Le repas de douze à quinze personnes qui nous réunissait dans notre salle à manger où l'on avait mis les rallonges et des nappes blanches aux tables était particulièrement soigné, les conversations allaient bon train, et bien avant la fin des agapes les enfants piaffaient déjà d'impatience, pressés d'aller escalader les chevaux de bois ou élancer les balançoires dont ils avaient depuis l'avant-veille surveillé l'installation. Mais le maintien des adultes au festin se prolongeait interminablement et insupportablement jusqu'après les desserts, jusqu'au café et au pousse-café, l'inévitable goutte, que les invités dégustaient lentement avant de donner un avis éclairé sur la qualité du breuvage, immanquablement délicieux. Étaient tout aussi nécessairement servis les “gâteaux de fête” simples tartes recouvertes de crème fraîche caramélisée par la cuisson. La Tante en avait pâtissé une bonne dizaine afin d'être sûre de ne pas en manquer, en réalité parce que cela aussi était une habitude venue du fond des temps. Une fois leur surface durcie on les empilait sur un plat posé sur le grand buffet et les recouvrait d'un linge blanc immaculé. On en consommerait encore pour le goûter, puis s'il en restait et il en restait toujours, aux petits déjeuners des jours suivants jusqu'au dimanche à venir, si possible jusqu'au "retour", qui est un recommencement de la fête mais sans la même exaltation, seulement consacré à la reprise des jeux forains.

Vers les quinze heures au mieux on partait enfin en groupe étiré jusqu'au lieu magique où les jeunes impatients pouvaient enfin s'en donner à cœur joie. Les mères et les grands-mères surveillaient les plus petits, raides d'angoisse heureuse, accrochés aux barres de laiton torsadées des chevaux de bois qui les emportaient à des hauteurs pour eux vertigineuses. De plus grands avaient envahi les bateaux balançoires qu'à grands coups de reins ils élançaient vers le ciel à la grande frayeur des filles qu'ils avaient entraînées à les suivre. Des plus âgés encore se laissaient emporter par les cricris, ces sortes de sièges métalliques suspendus à des chaînes que la force centrifuge du manège tournant écartait jusqu'au-dessus des têtes des spectateurs restés au sol.

Les garçons tentaient en s'élançant d'attraper le siège placé devant le leur et d'emmêler leurs chaînes pour ajouter au tournis. Les filles criaient de fausse frayeur et leurs agresseurs riaient de plaisir comme la foule de ceux qui les contemplaient. Revenus sur terre les uns ou les autres couraient jusqu'à la baraque du marchand de nougats et autres friandises, à qui on pouvait aussi acheter des pistolets à amorces ou à bouchons avec lesquels les plus jeunes pouvaient plus véridiquement jouer aux cow-boys ou aux bandits. Certains encore mesuraient leur adresse au jeu de massacre, puis seulement après la fin de la guerre au tir à la carabine, pendant que d'autres s'engouffraient au bal où ils entraînaient leurs cavalières dans des valses, tangos, javas ou fox-trot rythmés au son de l'accordéon. Les entrants étaient tamponnés sur le revers de la main après s'être acquittés du paiement exigé, afin de pouvoir sortir et revenir danser à leur guise entre deux balades aux stands et manèges, en exhibant cette contremarque personnalisée.

Non loin de là, assis à la terrasse du café proche, les vieux contemplaient le spectacle rare d'une telle animation, avant que l'un ou l'autre ne soit appelé à retourner prendre son tour aux quilles, où il espérait pouvoir gagner, grâce à sa force et sa précision, la "cagnotte" gonflée par les mises retenues sur les parties précédentes. Les villageois faisaient souvent l'aller-retour entre le lieu de la fête et leur domicile, pour faire goûter les enfants pourtant déjà gavés de sucreries ou pour entraîner boire un café et grignoter un bout de tarte, des parents ou amis rencontrés là et venus d'ailleurs pour l'occasion. Ces déplacements ajoutaient à l'impression de mouvement et de foule qui agitait le village.

Enfants, laissés libres de nos mouvements, nous courions d'un manège à un autre, nous nous gavions de berlingots et pratiquions aussi notre jeu favori qui était d'effrayer les gens que nous côtoyions en les surprenant par nos coups de pétards. Lorsqu'ils voulaient nous invectiver nous étions déjà loin en train de pouffer, ravis de nos exploits. Plus tard j'allais devenir un danseur forcené qui passait la plus grande partie de sa soirée et une partie de la nuit au "bal monté" ainsi nommé parce qu'il était comme un manège, monté et installé pour le seul temps de la fête. C'était une piste rectangulaire de bois mal ciré posée sur supports équilibrés et enfermée dans une palissade de planches surmontée d'une bâche. À une extrémité s'ouvrait l'unique et étroite porte d'entrée et à l'autre se dressait une petite estrade sur laquelle se tenait un maigre orchestre de trois ou quatre musiciens. D'abord et toujours l'accordéon et la batterie, accompagnés parfois d'une clarinette ou d'un banjo, d'autres fois d'un saxophone ou d'une guitare. De longues planches mobiles fixées sur le pourtour de la palissade formaient des abattants et servaient de sièges. Les danseuses y déposaient leurs "affaires", sacs et petites laines à mettre en quittant le bal, et s'y asseyaient entre deux danses. En cas de très grande affluence les hommes restaient galamment debout. Mon apparente lourdeur ne m'empêchait pas d'évoluer avec rythme et souplesse. Alice m'avait appris les rudiments et les filles de mon âge que j'invitais à m'accompagner sur la piste n'en savaient pas toutes plus que moi. Nous nous perfectionnions ensemble.

Je me souviens encore comment l'ambiance de la fête évoluait au fil des heures. Cela commençait un peu mollement et gagnait progressivement en intensité. Les plus jeunes étaient déchaînés et les mères occupées à se saluer, se congratuler et bavarder comme si elles n'avaient que cette occasion pour le faire, finissaient par relâcher leur surveillance. Une petite fatigue s'installait quand les gens repartaient chez eux, pas tous, pour le repas du soir, avant que la fête ne reparte de plus belle à la nuit tombante et s'effiloche vers les premières heures de la nuit où seul le bal continuait à trépider sous son maigre éclairage. Certains des hommes plus âgés ne prenaient pas la peine de rentrer chez eux le soir, trop pris par leurs jeux. Ils grignotaient quelques saucisses et un peu de fromage avec du pain et s'abreuvaient entre deux parties. Pour certains ils se retrouvaient le soir ou au milieu de la nuit complètement saouls ou selon l'expression plus généralement employée, ronds comme des bourriques.

Une certaine année, j'avais onze ou douze ans, Mamène eut la malencontreuse idée de m'interroger pour connaître la somme que j'avais dépensée lors de la fête. Elle énuméra et calcula : j'avais reçu tant de francs de Jean-l'oncle, tant de mon père ou ma mère, tant d'un oncle ou d'une tante invités, tant d'elle-même. Et puis j'avais aussi gagné quelques sous en effectuant quelquefois le rebouleur. Donc, et selon ce que put établir avec exactitude ma comptable, le montant total de mes gains avait été de cinquante-sept francs, identique à celui de mes dépenses. À ma grande surprise la somme fut jugée énorme et sa dépense sans retenue, scandaleuse. Sachant la dureté des temps et la difficulté qu'il y avait à gagner de l'argent, j'aurais normalement dû faire preuve d'un minimum de retenue et économiser pour jouir longtemps de moyens financiers suffisants pour satisfaire mes besoins ordinaires en friandises et menus objets divers. Sans bien comprendre sur le fond, il me semblait n'avoir rien fait d'excessif, je m'étais néanmoins senti profondément honteux car même ma mère ne me marqua pas l'indulgence dont elle me faisait généralement bénéficier lorsque mon attitude était contestée et critiquée.

Peu de spectacles étaient présentés au village. Bien entendu nous avions un club de football et nous allions voir ses joueurs pousser le ballon. Chaque année, nous avions également droit à une démonstration de gymnastique organisée par les animateurs d'un club voisin. Les agrès étaient installés dans un pré et des cordes fixaient les limites de l'arène dévolue aux démonstrations. On y applaudissait des champions capables de se tenir en équilibre sur les mains entre des barres parallèles, de faire “le soleil” à la barre fixe, de se porter les uns les autres pour former de vertigineuses pyramides humaines. Quelques-uns étaient même capables de faire des sauts périlleux. C'était magique, mais ce qui cependant épatait le plus le public, c'était le saut à la perche, qui permettait à des garçons habiles de franchir des élastiques tendues jusqu'à des sommets incroyables, parfois jusqu'à trois mètres de hauteur. Mais pour profiter de loisirs plus modernes, il fallait aller en ville, pour admirer Tarzan ou Laurel et Hardy au cinéma.

Affaires paternelles et sociales

Je n'ai pas connu grand-chose des activités extra professionnelles de mon père, presque toutes abandonnées après la Guerre, hormis celle de conseiller municipal et de premier adjoint au maire de la commune. Selon ce que j'en percevais, il était un des éléments modérateurs de cette assemblée, laissant au premier magistrat, son ami Justin Villars, le soin d'en être le moteur. Ce dernier était sans cesse préoccupé de captage et d'adduction d'eau potable, d'installation de canalisations d'évacuation d'eaux de ruissellement ou d'eaux usées, d'extension et entretien de la voirie et de toutes choses utiles à la collectivité.

Mon père s'intéressait et agissait dans le domaine de ce qu'on appellerait aujourd'hui les affaires sociales, toujours en quête de retrouver du travail à un ouvrier licencié, fournir un logement à une famille expulsée, dégoter des vêtements pour les enfants de parents démunis, arranger mille sortes d'affaires de voisinage, et bien d'autres choses encore, parfois très particulières et délicates.

Il était aidé et mobilisait quelques personnes, des dames le plus souvent, pour l'aider dans ses bonnes actions. L'une d'elle, la Génie Brouquin, une vieille fille au corps rebondi toujours secoué de tremblements gélatineux dus à son incessante agitation, était des plus actives et surtout des plus imaginatives. Elle entraînait parfois mon père dans des réalisations dont seul il n'aurait jamais eu l'idée.

Un soir, à la fin d'une journée de labour, un modeste paysan du village, l'Antoine Louchard, vint nous rejoindre jusque dans notre champ. Il paraissait tracassé et désirait visiblement s'en ouvrir à mon père, mais il ne savait comment exposer son dilemme. Après les saluts d'usages il avait d'abord hésité en laissant son regard errer de droite et de gauche. Devant l'air interrogatif de mon père et après que je me fus discrètement éloigné, un peu, il finit par se lancer.

- Voilà, je ne sais pas quoi faire. C'est la Génie qui veut me marier !

- La Génie ? Si je m'attendais…

- Ah ! tu vois !

- C'est une gentille femme, la Génie, elle ferait une bonne épouse.

- Non ! ce n'est pas ça, pas avec elle. – Le préoccupé ne put s'empêcher de sourire. - Elle s'est mise en tête de me marier à une autre, une veuve d'Allondans que je ne connais même pas. Elle dit que ce serait bien pour moi et pour la mère. Tu sais ma mère, elle ne peut plus faire grand-chose avec ses douleurs. La soupe, un peu de ménage et encore moins de lessives. Je ne lui en veux pas. On s'arrange.

- Vous vous arrangez pour le moment, mais ça ne pourra pas aller en s'améliorant. Te marier avec une honnête femme travailleuse pourrait être une bonne chose. Il faut voir.

- Tu crois ?

- Pourquoi pas ? On t'a dit pourquoi elle veut se remarier ?

L'Antoine ne paraissait pas convaincu. Il restait renfrogné et tournait son chapeau entre ses mains. Mon père attendait et en relevant la tête de côté, le fiancé potentiel reprit :

- C'est qu'il y a un truc !

- Quel truc Antoine ? Allez parle, si tu es venu ici c'est bien pour me parler, alors vas-y, je t'écoute.

- Ben ! la Génie m'a dit que… Oh merde ! Elle dit que je suis pas propre, sale comme un peigne, et que je devrais faire un effort pour me tenir mieux. Sinon macache, personne ne voudrait de moi.

Il parlait à voix basse en tournant parfois son regard en ma direction, pour s'assurer que je n'écoutais pas ces délicates confidences. Je m'activais à charger les palonniers et les chaînes sur la voiture pour bien montrer mon désintérêt pour cette conversation, mais je savais déjà ce que j'aurais à raconter aux copains.

- Je vois. C'est vrai que les femmes aiment bien la propreté. On ne peut pas leur reprocher puisque c'est elles qui nettoient la maison et font les lessives. Alors pourquoi pas. En quoi ça te gênerait !

- Oui, mais elle veut que je me lave, que j'aille aux douches d'Audincourt, que j'achète des vêtements neufs et que je me fasse aussi couper les cheveux. Tu te rends compte !

Antoine effectivement était, sur le plan de sa mise, d'un négligé excessif. Il se rasait à peine une ou deux fois la semaine, changeait de linge quand il y avait fête, dormait disait-on, dans un lit sans draps, et changeait brusquement d'aspect environ deux ou trois fois par an. Lorsque ses cheveux qu'il avait drus et bouclés lui couvraient la tête d'une toison épaisse, il les coupait avec l'aide de sa mère en utilisant des ciseaux et une vieille tondeuse. Il reprenait alors son chapeau délaissé depuis que sa tête chevelue était devenue trop large et s'en couvrait pour cacher sa nouvelle et provisoire calvitie. Il tenait une modeste ferme également peu ragoûtante où il élevait deux vaches et une importante basse-cour. On disait que parfois ses pondeuses étaient tentées de venir déféquer jusque sur son édredon et que c'était la raison pour laquelle la fenêtre de sa chambre restait presque constamment fermée... et donc non aérée.

- Et puis... Oh ! Bon Dieu !... ajouta-t-il. Que si ça se faisait, il faudrait peut-être que je couche avec elle et qu'au moins que je lui fasse des gentillesses, comme la bise le matin et d'autres choses comme ça ! C'est la Génie qui l'a dit. J'ai cru qu'elle se moquait de moi. Tu vois ça d'ici !

- Mais c'est naturel, ça. Tu es drôle, Antoine. Et puis ne me raconte pas d'histoires, tu viens me voir parce qu'au fond tu en as envie, sinon tu ne serais pas là. Bon ! maintenant il fait nuit et on doit rentrer. Allez, descends avec nous. Et laisse faire les choses au moins jusqu'à ce que tu l'aies vue, cette femme. Rien ne t'engage !

- Tu crois ?

Une telle affaire ne pouvait qu'échouer. Comme disait une commère du village : "On n'a jamais vu un cochon devenir chat !" Et pourtant cela s'est fait, avec l'intermédiaire de la Génie bien entendu, mais aussi avec l'aide de mon père qui a emmené l'Antoine en ville pour acheter des vêtements, se faire couper les cheveux et aller se doucher. Il a aussi été le témoin du mariage avec sa complice initiatrice et a emmené tous les contractants au restaurant pour donner un peu de solennité à l'événement. De l'avis de tous ce fut une réussite, non sans difficulté durant les premiers mois. L'ex-veuve était certes active mais de type autoritaire. Elle réussit à plier l'Antoine à ses désirs de propreté, ce qui était en soi sidérant. Elle lui avait fait clôturer une grande partie de son pré pour y contenir ses poules, l'avait entraîné à nettoyer la maison avec elle, et surtout obtenu qu'il change de linge régulièrement. Il semblait ne pas rechigner excessivement à ces exigences et tous les sceptiques se demandaient comment cela était possible. On échafauda et imagina quelles probables compensations le faisaient se tenir ainsi que son épouse l'exigeait ! La plupart suggéraient que les dites contreparties se donnaient au lit, mais à entendre l'Antoine lui-même qui laissait dire les mauvaises langues, sa femme était une cuisinière hors pair. Il était certainement vrai que les éternelles soupes, ou les brouets de gruaux ou de raves sans goût de sa mère, ne pouvaient être comparés aux délices d'une cuisine simplement bien préparée. L'Antoine s'était aussi spécialisé dans la production d'œufs que sa femme allait vendre aux marchés trois fois par semaine. Il travaillait toujours autant mais s'était mis à prendre un embonpoint surprenant pour un homme qui avait toujours été “sec comme un coup de trique”. Et comme le disait Jean-l'oncle quand on lui parlait de cette réussite : “Ben, vous voyez, moi, l'Antoine, je ne le sens plus du tout comme avant !”

LE CHEVAL INCENDIÉ - IV -

Gilbert

Gilbert, mon meilleur ami de la communale, vivait dans une famille mal articulée depuis que sa mère devenue veuve et démunie était revenue vivre auprès de ses parents paysans. Outre les grands-parents, la maisonnée comprenait deux frères célibataires à qui disait-on, leur mère avait interdit le mariage, car elle ne désirait pas nourrir de bouches inutiles, des brus paresseuses, alors qu'elle comme son mari sans héritages avaient des dettes à rembourser. Elle faisait travailler tout son monde avec acharnement. Trop de vaches, trop de champs et la jeune mère réinsérée dut s'atteler à la tâche immense qui aurait normalement dû revenir aux épouses.

La grand-mère vieille et fatiguée n'avait plus la capacité de beaucoup l'aider. Gilou eut pour sa part à subir les excès d'autorité et les vexations d'un de ses oncles charretier, homme fruste, bourru, grossier, ivrogne invétéré et chef de famille virtuel, qui se croyait chargé de l'éducation de son neveu. L'autre oncle, infirme, était plus compréhensif avec l'enfant mais l'excès de travail qu'il devait accomplir malgré son handicap pour s'occuper du troupeau, lui faisait l'humeur maussade et se tenir un peu écarté des affaires familiales.

Le grand-père âgé semblait avoir abandonné toute initiative et restait indifférent aux réactions de son aîné. Les femmes, la vieille mère et sa fille surchargée n'osaient pas s'insurger et protéger leur petit-fils et fils. La mère prit cependant un jour d'orage verbal violent la décision courageuse d'exiler son fils chez de lointains cousins où il serait placé en apprentissage.

Il fut mon plus proche confident que je devais parfois soutenir lorsqu'il plongeait dans des accès de mélancolie probablement dus à sa tristesse de jeune orphelin, renforcée par les interventions de son bourreau. Je me tenais cependant à l'écart et n'allais le rejoindre chez lui qu'après m'être assuré que son oncle Fernand n'y était pas. Il m'avait une fois fait le reproche d'empêcher Gilbert de faire ses devoirs et je ne voulais pas risquer d'être de nouveau rabroué. J'ai évidemment regretté le départ de mon ami pour son installation lointaine. Il profita parfaitement de sa formation car il devint quelques années plus tard un artisan menuisier indépendant très apprécié.

L'oncle charretier de Gilbert cumulait son emploi de paysan avec celui de livreur de sable et de gravier. Cela lui permettait d'employer ses chevaux à plein temps. Durant les périodes des travaux de culture, occupés au labour ou autres tâches paysannes, il restreignait ses livraisons pour les reprendre ensuite pendant le temps de ses inactivités champêtres. Alors il partait charger à la sablière ses deux voitures spéciales de planches amovibles qu'il pouvait retirer pour le déchargement. En soulevant et enlevant les ridelles des côtés, le sable ou le gravier s'écoulait sur les bords de l'étroite planche horizontale du fond qu'il suffisait ensuite de basculer pour faire chuter le reste du matériau livré. Par tous temps, dans le froid et sous la pluie, parfois sous la neige et durant les jours de gel, il allait au long des routes avec ses deux voitures, l'une suivant l'autre, tirées par ses deux chevaux au pas régulier. Vêtu d'une veste canadienne en toile imperméable très épaisse, coiffé d'un feutre à bords rabattus où s'écoulait la pluie, on pouvait le voir arpenter les routes du canton en marchant en tête de son convoi aligné. Il grommelait et sacrait sans cesse en proférant par réflexe acquis des injures à l'adresse de ses bêtes sans même jamais vérifier l'effet que ces sollicitations produisaient sur elles. Celles-ci restaient en général sur la droite de la route, bien qu'approximativement et il semblait ne pas en avoir cure car il arrivait qu'il soit réveillé par les appels de klaxon d'un automobiliste bloqué par le convoi déporté, ou qu'elles écornent un mur dans un virage pris trop à l'intérieur, ou encore qu'une roue plonge sur un bord de talus du bas-côté en laissant filer la moitié du chargement.

Les deux chevaux stoppaient d'eux-mêmes leur avancée dès qu'ils arrivaient au pied d'une côte où ils savaient qu'il fallait "doubler", c'est-à-dire placer deux chevaux par voiture pour pouvoir la hisser. Le plus souvent l'homme plongé dans ses pensées obscures ne s'apercevait qu'assez tard qu'il n'était plus suivi. Alors en se retournant et en voyant ses équipages stoppés sans son ordre à trente ou quarante mètres derrière lui, voire beaucoup plus, il se mettait à les injurier de plus belle en revenant vers eux. Dans sa colère il lui prenait parfois l'envie de frapper le premier cheval et il lui collait alors un coup de poing sur les naseaux ou un coup de pied au ventre avant de se mettre à exécuter ce qui fallait de toute façon faire : dételer le second cheval pour le placer en tête du premier convoi en fixant des chaînes au brancard derrière lui, de façon à ce qu'il puisse aider à tirer la première voiture devant son compagnon attelé.

Arrivés en haut de la montée il fallait dételer les deux bêtes et les ramener en bas pour recommencer la manœuvre avec la seconde voiture restée en attente. Puis, les deux engins étant hissés, il ne restait plus qu'à replacer les attelages dans leur position classique, un cheval par voiture, avant de reprendre le lent cheminement jusqu'au lieu plus ou moins lointain de livraison. Les pauses étaient néanmoins fréquentes car l'homme ne manquait pas de faire halte et boire dans tous les cafés placés sur sa route. Son habitude à tant consommer, surtout du vin et des eaux-de-vie, était à ses yeux justifiée par la dureté de son travail et les conditions climatiques souvent difficiles qu'il devait endurer. C'était une force de la nature qui semblait ignorer la maladie ou la fatigue et jamais arrêté dans ses activités. Les jours de repos dominical il buvait encore pour le simple plaisir et dépassait alors les doses des autres jours. Ivre, il cherchait chicane à tout un chacun. Heureusement trop maladroit pour se battre et le sachant, il se contentait de proférer des menaces grossières que personne ne prenait au sérieux. Il passait ses rancunes accumulées sur ses animaux mais aussi sur son souffre-douleur préféré, son neveu et mon ami Gilbert. Il n'osait pas le gifler mais il lui tirait les cheveux, lui bottait les fesses et le poussait parfois violemment dans le dos au risque de le faire chuter.

Un jour, je fus le témoin d'une scène pénible qui marqua la première révolte du garçon. Celui-ci rentrait en retard de l'école où il avait été en retenue alors que j'étais déjà en train de goûter en l'attendant, prudemment assis à distance sur un muret d'où je pouvais apercevoir une partie de leur ferme. Je le vis arriver par l'arrière du grand bâtiment appuyé sur une courte colline qui le surmontait et je me dressai pour aller à sa rencontre. Mais je stoppai aussitôt mon élan car dans le même temps un énorme chargement de foin arrivait, tracté depuis le bas par les deux chevaux conduits par son oncle. Celui-ci suait et tenait son chapeau d'une main pendant que de l'autre il tirait sur la bride du premier cheval, “le Loriot”, en l'injuriant comme d'habitude. Celui-ci appuyait de toutes ses forces sur ses traits en avançant pendant que l'autre animal dans les brancards, “le Mousse”, forçait avec autant d'énergie. Ils suivaient le chemin montant, semi-circulaire, qui permettait d'arriver au niveau de l'arrière de leur grange, au débouché de l'endroit où se tenait Gilbert. N'importe qui aurait vu que le maladroit conducteur avait entamé le large virage trop serré vers l'intérieur. Les branches des noisetiers du talus accrochaient le foin et freinaient l'équipage. Plutôt que de rectifier sa manœuvre comme il l'aurait fallu, l'homme furibond continuait à se pendre sur les rênes du premier cheval en reculant pour le tirer pendant que la voiture commençait à se bloquer.

Lorsque le Loriot en glissant tomba sur les genoux, je me raidis soudain, craignant que la lourde voiture ne reculât et entraînât les deux chevaux en arrière. Heureusement, le Grand-père qui suivait l'équipage comprit aussitôt ce qui risquait d'arriver. Rapidement il ramassa une grosse pierre qui traînait et la cala sous une roue. Le cheval de tête était affolé prêt à se cabrer et je l'imaginais roulant les yeux de tous les côtés derrière ses œillères. Entre les brancards le Mousse soufflait comme un bœuf et retenait tout le chargement à lui seul. Il fallait réagir et vite. J'aurais voulu courir les aider, mais qu'aurais-je pu faire ? Je restais figé dans l'incertitude.

Mais le vieil homme sans désemparer prit l'initiative en appelant mon copain, comme moi pétrifié, pour lui commander durement de prendre le second cheval par la bride près du mors et de le pousser vers le bord extérieur du chemin jusqu'au-dessus du dévers, pendant qu'il indiquait à son fils d'en faire autant avec le Loriot. Gilbert jeta son sac d'école et se précipita pour agir comme cela lui était demandé. Puis, ayant piqué une fourche dans le chargement pour aider à le dégager, le vieux hurla "hue" en poussant de toutes ses forces, plusieurs fois, pendant que Gilou et son oncle encourageaient les chevaux en les tirant par la bride.

Tout ça très vite, car le vieil homme savait qu'il ne fallait pas rester trop longtemps dans cette position précaire. D'abord rien ne bougea, au contraire, la machine recula en entraînant la pierre par des à-coups de lente glissade, jusqu'à ce que, par la volonté du maître de manœuvre et la force des bêtes qui appuyaient de tout leur poids sur les traits, la voiture doucement hésita et commença à repartir, avant que d'un coup enfin elle s'arrache, échappant à son piège. Les branches de noisetiers, libérées, se redressèrent en sifflant et en arrachant un peu du foin qu'elles avaient agrippé. En quatre pas la haute voiture fut en haut du crépon et disparut à ma vue. J'étais à la fois enthousiaste et soulagé pour ces chevaux que j'admirais.

Je n'osais pas rejoindre Gilou resté auprès de ses deux parents mais comme je m'y attendais, je vis réapparaître les protagonistes de l'incident après quelques minutes, sans le grand-père vraisemblablement resté en haut pour préparer le déchargement de la voiturée. La brute menait le gros Mousse par la bride et Gilbert suivait en conduisant leur Loriot pour les ramener à l'écurie. Je ne l'entendais pas mais je devinais au mouvement de ses lèvres les grognements et les insultes du mauvais charretier vexé. Selon son habitude et contre toute raison il allait s'en prendre à son gros Mousse et le battre comme il ne l'avait jamais fait.

D'abord plusieurs grands coups de poing sur les naseaux qui firent reculer l'animal et le faire s'empêtrer dans des planches et des échelles déposées sous le hangar derrière lui. Profitant de ce qu'il était coincé l'homme se plaça de côté pour lui envoyer à la suite de grands coups de pied dans le ventre. Puis, sans désemparer, le bourreau prit une fourche pour le frapper avec le manche, jusqu'à un dernier coup sur le chanfrein, particulièrement douloureux, qui fit bondir et s'enfuir le cheval martyrisé dans un galop maladroit, manquant de peu de renverser son bourreau. C'est à ce moment que Gilbert jusque-là immobile et courbé comme s'il ressentait sur son propre corps les coups donnés à la bête, lâcha le cheval qu'il tenait et fonça sur son oncle pour lui arracher la fourche des mains. Il hurlait comme un forcené avec des larmes dans la voix et secouait la fourche qu'il avait attrapée à deux mains.

Surpris et soudain hébété la brute lâcha son outil que l'enfant jeta au loin avant de courir vers l'animal affolé, bloqué dans un renfoncement de la cour. Ses yeux roulaient de terreur et il sembla même craindre l'enfant qui avançait vers lui. Ce dernier comprit la nécessité d'agir avec douceur, de rester d'abord sans s'approcher en lui parlant avant de pouvoir enfin le prendre par la bride et le caresser doucement sur l'encolure et les naseaux. Puis il entraîna l'animal encore tremblant vers l'écurie en se plaçant devant lui avec un air déterminé. L'oncle maintenant calmé, l'air las et un peu ahuri, détacha et enleva le collier et le harnais de la bête avant de la laisser pénétrer dans son logement.

L'homme parti, je retrouvais Gilou dans l'écurie, assis le cul dans la mangeoire et pleurant doucement en tenant la tête de son ami entre ses bras. Il lui murmurait des mots de compassion presque inaudibles et je restais en arrière à les contempler tristement avant que mon copain ne se décide à se sécher les yeux et à venir vers moi. Il baissa la tête sur ma poitrine en criant sa révolte.

- Tu as vu ! Tu as vu ! Le salaud, la brute ! Si j'étais grand il ne ferait pas ça, je te le jure. Jamais ! Je le tuerais.

Il s'était remis à sangloter et j'éprouvais comme Gilbert ce sentiment de révolte renforcé par celui d'impuissance contre la méchanceté pure, permise à un adulte indigne et contre laquelle un enfant de notre âge ne pouvait rien. Lorsqu'il fut un peu calmé Gilbert voulut aller chercher un peu d'avoine dans la réserve, annexe de l'écurie, pour la donner au pauvre cheval battu. Il fallut un bon moment à ce dernier pour qu'il consente à happer l'offrande dans la main de son protecteur. Après mon départ, Gilbert resta seul à l'écurie, auprès des chevaux et de son Mousse qu'il ne voulait pas quitter. Il m'apprit le lendemain comment sa mère avait dû venir le chercher là pour le conduire à table. Il m'expliqua aussi que le grand-père était sorti de son mutisme habituel pour tancer son fils et lui promettre de lui flanquer une bonne raclée s'il continuait à "embêter ce gosse et à bourreauder ses chevaux". Il l'avait traité de pochard et même s'il ne lui avait fallu que peu de mots pour dire ce qu'il avait sur le cœur, c'était net et ne pouvait entraîner aucune riposte. Gilbert m'affirma ravi qu'il n'y en avait pas eu, puis il ajouta :

- Tu sais le grand-père, je crois qu'au fond, même s'il ne dit rien, il n'est pas méchant. Hier, quand je suis sorti de table il m'a rattrapé par l'épaule et il m'a mis la main sur la tête en me regardant avec un air gentil. J'ai cru qu'il allait m'embrasser, mais il a seulement laissé sa main retomber en glissant le long de ma joue avant de me pousser doucement vers le canapé où je me mets pour apprendre mes leçons. Sans rien dire !

Après quelques secondes de réflexion il ajouta :

- Peut-être qu'il m'aime bien quand même, mon grand-père !

Ce "quand même" révélateur m'émut et m'attacha encore plus mon jeune camarade. Il nous quitta bientôt et nous ne le revîmes que rarement, à l'occasion de ses parcimonieux congés d'apprenti. J'allais moi le retrouver plus tard, beaucoup plus tard, chez lui, lorsqu'il allait être installé dans un village moins éloigné. Sa mère s'était remariée et je me suis toujours demandé comment elle avait pu échapper à l'emprise autoritaire de son frère et à son maintien permanent au travail pour rencontrer un homme qui put lui faire sa cour.

Après le décès des grands-parents, les deux oncles frères avaient un moment vécu ensemble, mal, jusqu'à la mort de l'infirme. Sur la recommandation d'un sien cousin curé, l'homme des chevaux avait ensuite pu s'installer dans une maison de retraite tenue par des bonnes sœurs à la sévérité plus démonstrative qu'efficace. Car il avait la réputation de pouvoir disposer sans permission du vin qu'il se faisait livrer discrètement par des visiteurs et cacher par des complices internes conciliants chez qui il allait le boire.

Les copains

En grandissant, en particulier avec Gilbert tant qu'il fut présent, nous nous étions liés à des garçons dont certains plus âgés qui nous avaient été amenés par Pierre, mon voisin et aîné que j'admirais et épiais déjà avec envie durant mes années protégées. Il s'arrêtait parfois en passant devant chez nous pour bavarder gentiment avec mon frère, mes parents, puis de plus en plus avec moi. À mes yeux d'enfant il avait d'abord été “un grand”, à l'allure libre et détachée, qui partait en vadrouille au village ou ailleurs quand et comme bon lui semblait.

J'espérais pouvoir jouir de la même liberté un jour et j'y parvins naturellement, sans étonnement et sans effort quelque temps plus tard, tant notre petit agglomérat de fermes et d'habitations diverses apparaissait être à ses habitants comme une sorte d'extension de la maison familiale, où chacun pouvait s'y déplacer selon son bon vouloir. Pierre avait deux ans de plus que moi et était déjà collégien depuis deux années lorsque j'allai fréquenter le même établissement que le sien et ainsi devenir pour lui un compagnon de route et bientôt un de ses bons amis. Pierre et moi étions deux anciens élèves de la communale, deux privilégiés, qui avions été envoyés en sixième après avoir passé et obtenu leur “certif.”, le fameux et si important certificat d'études primaires des temps anciens. Nos autres camarades avaient, eux, abandonné toute scolarité pour entrer en apprentissage ou aider désormais à plein temps leurs parents fermiers.

La fréquentation quotidienne du Collège éloigné de sept ou huit kilomètres de notre lieu de résidence nous obligeait tous deux à effectuer un important effort cycliste en surcroît de notre travail scolaire. La bicyclette était à cette époque le moyen de transport partout usité pour les déplacements de courte distance. La difficulté de ce genre de locomotion résidait moins dans la sollicitation musculaire qu'il impliquait, surtout en notre itinéraire de collines, que dans l'inconfort qu'il entraînait en période d'intempéries. Les vêtures nécessaires par jours de pluie, de vent ou de froidure, les manteaux, cirés ou pèlerines, les bérets, casquettes ou capuchons, les chaussures montantes ou bottines, les manchons de poignées de guidons ou autres moufles, outre qu'elles ne nous protégeaient que de façon souvent insuffisante, avaient de surcroît l'inconvénient de l'encombrement et accessoirement de l'inélégance. Nous rentrions souvent ensemble, toujours sans attendre la sortie des cours, tant les loisirs citadins étaient rares durant les temps d'occupation mais aussi parce que la ville elle-même, toujours fréquentée par des Allemands arrogants, nous était de toute manière antipathique. Plutôt que d'aller y retrouver nos camarades condisciples préférés pendant nos jours ou périodes de congé, nous les avions attirés chez nous. La plupart habitaient dans des bourgs ou d'autres villages proches du nôtre, et les premiers à nous rejoindre avaient été les amis de Pierre qui devinrent les miens, avant que moi-même j'engage à participer à nos jeux d'autres garçons de mon âge.

Que faisions-nous en ces temps toujours troublés ? Dans le temps de la communale mes jeunes camarades et moi avions été mousquetaires armés d'épées en branches de noisetiers, gendarmes équipés de pistolets en bois et voleurs aux visages cachés sous des foulards, cow-boys brandissant des colts de fils de fer, indiens emplumés sur le sentier de la guerre, encombrés d'arcs, de flèches, de tomahawks, de poignards et de boucliers de carton. Ultérieurement, grâce à Pierre nous allions oublier ces gamineries pour nous consacrer à des activités plus concrètes, telles que la chasse aux grenouilles, la pêche au goujon en rivière, à l'ablette au canal et au poisson-chat en étang. L'été nous courions nous baigner dans les mêmes lieux que ceux de pêche, quelquefois dans des eaux stagnantes vaseuses encombrées d'algues. C'était très pratique pour les bagarres, car cette végétation et cette boue nous fournissaient des armes à profusion qui, lancées sur un visage ou une poitrine éclataient en des traces noirâtres du meilleur effet. À la fin de nos hostilités il restait à foncer dans l'eau courante de la rivière proche pour nous rincer et rentrer propres à la maison.

L'hiver nous glissions sur les chemins gelés du village. Ce dernier genre de plaisir était pratiqué de préférence en séances semi-nocturnes, après le repas du soir, sous l'éclairage complice de la pleine lune. Nous formions alors des trains de plusieurs luges accrochées les unes aux autres qui nous emportaient à dix ou quinze. À l'avant un conducteur à plat ventre sur son engin, avec les deux pieds pris dans le suivant, dirigeait l'équipage qui serpentait à sa suite. Notre parcours favori présentait un danger particulier car, commencé en amont du village, il coupait à angle droit et sans visibilité la route principale d'où pouvait toujours surgir un véhicule, peut-être automobile, et nous barrer le passage avec toutes les conséquences néfastes que nous pouvions imaginer.

Pour éviter ce genre de mauvaise rencontre, une sentinelle était à chaque fois postée à l'endroit du croisement et devait nous alerter lorsqu'une telle arrivée intempestive se manifestait quand nous débouchions à trente ou cinquante mètres devant lui. Alors en riant et criant comme des fous nous décrochions nos pieds qui tenaient les luges solidaires, et chaque partie d'équipage libéré se débrouillait ensuite seul pour arrêter sa machine en freinant des pieds. C'était un moment particulièrement apprécié, surtout quand des maladroits glissaient jusqu'à la limite de la route et manquaient de passer sous les roues du camion qui traversait le passage. Pour être certains d'avoir assez de glace sur notre parcours nous allions en cachette une heure avant les festivités pour y verser des seaux d'une eau qui allait geler pour notre plus grand plaisir. En cachette, pour ne pas avoir à nous faire injurier et menacer par des ménagères qui le lendemain risqueraient de trébucher et chuter sur ces sols incertains.

Plus tard nous allions nous lancer dans des exercices plus sportifs malheureusement pratiqués sans aide ni contrôle d'adultes ou d'aînés capables de nous faire maîtriser certaines bases techniques. Ainsi nos parties de foot étaient-elles exagérément interrompues par des contestations et disputes. Alors nous étions passés à la boxe, mais une fois établie la hiérarchie des capacités pugilistiques des uns et des autres, les combats cessèrent faute de candidats. Ensuite nous avions essayé le jiu-jitsu dont notre mentor avait découvert les mystères dans un bouquin traduit du japonais et qui révélait des façons de faire tellement plus efficaces que les simples croche-pieds utilisés sous les préaux pour nous envoyer valdinguer. L'haltérophilie nous intéressa durant un temps, pratiquée à l'aide d'essieux de wagonnets empruntés dans une sablière proche. Elle avait non seulement pour objectif de démontrer notre force mais encore celle, espérée, de développer nos muscles et en conséquence notre apparence physique.

Plus tard encore et plus durablement, inspirés des pratiques scoutes importées par deux de ces copains immigrés, nous avions décidé de nous lancer dans les explorations des sites plus éloignés en s'essayant aux marches à la boussole, à la spéléologie dans toutes les grottes mal connues de la région, à la chasse au trésor avec prises de fanions qui nous entraînaient dans des bagarres épiques dont tous ne sortaient pas indemnes, soit à la pratique du camping sauvage plus ou moins mal acceptée et autorisée par certains parents qui craignaient on ne savait quoi. Les dangers que nous ne savions pas imaginer étaient pourtant réels, notamment dans certaines escalades ou expéditions souterraines non préparées. Mais nous avons toujours eu la chance de nous en tirer au prix de quelques bobos vite réparés. Je me souviens cependant d'un retour long et difficile avec l'un d'entre nous, porté sur un brancard improvisé, qu'il avait fallu extraire d'un gouffre sombre mais heureusement peu profond dans lequel il avait chuté et s'était fait une forte entorse du genou.

Un autre danger que nous n'avions même pas su imaginer aurait pu être induit lors de nos sorties en camping, par la rencontre inopinée de patrouilles allemandes qui auraient éventuellement pu nous prendre pour des groupes de résistants. Ceci se passait en effet dans les années de plus grande nervosité des occupants et c'est un adulte qui s'en était un jour inquiété et nous avait engagés à restreindre nos éloignements. Nous n'avions jamais croisé de patrouilles allemandes dans les lieux sauvages où nous étions allés.

Dès que l'un de nous se sentait en manque de présence il partait à la recherche d'un compagnon qu'il savait toujours découvrir ici ou là, déjà accompagné d'un ou de plusieurs autres ayant pratiqué la même démarche. Nous étions presque toujours au moins trois, sinon quatre ou cinq, voire six ou sept ou huit et avions nos lieux les plus fréquents de rendez-vous, préférés selon l'humeur en vogue et le moment du jour.

S'il n'en avait pas le geste et l'esprit aussi pondérés, Pierre tenait de son père son génie de la conception mécanique et son adresse d'exécution. À quatorze ou quinze ans il savait déjà menuiser, forger, coudre la toile comme le cuir et fabriquer lui-même quelques objets de nos jeux. Il avait conçu un harnais pour son chien qui pouvait ainsi tirer et remonter le train de quelques luges sur la pente glacée que nous venions de dévaler. Avec de la toile de bâche oubliée dans un fossé par des soldats en déroute durant la débâcle, il avait coupé et cousu à l'aide d'une vieille machine à coudre d'une parente couturière, des tentes parfaitement imperméables quoiqu'un peu lourdes à transporter. Cela tenait au poids de la toile, augmenté de celui des peintures d'inspiration indienne, paysages de loups dans les neiges de l'Alaska et d'ours chassés par des têtes emplumées dans les forêts canadiennes, qu'il avait bien entendu réalisées lui-même. Quand nous allions camper près d'un bois voisin, il fallait transporter chaque tente suspendue à ses piquets de bois posés sur les épaules de deux d'entre nous.

Un jour, sans doute inspirés par la lecture des exploits de nos jeunes cousins régionaux du livre “La guerre des boutons”, nous avions bêtement projeté d'attaquer les garçons du village voisin. Sans connaître aucun de nos ennemis spontanément déclarés, nous avions eu à leur encontre cet instinctif réflexe de xénophobie primaire : ils étaient autres et donc nourris de mauvaises intentions à notre égard. Pour les affronter, nous avions pensé à des arcs, à des frondes, qui permettent de lancer, plutôt qu'à des épées ou poignards qui impliquaient une proximité que nous ne pouvions envisager qu'en allant les provoquer chez eux et y courir trop de risques. En final Pierre, toujours lui, imagina et réalisa une sorte de bombarde qui devait permettre l'envoi de grosses pierres sur une distance suffisante pour nous éviter de pénétrer sur leur territoire. Je fus mis quelque temps à l'écart du projet pour avoir suggéré qu'il serait peut-être plus chevaleresque de d'abord leur déclarer officiellement la guerre.

L'organe principal de l'engin, un énorme lance-pierres baptisé catapulte, était formé de quatre gros élastiques de quarante centimètres de longueur et de section carrée d'un demi centimètre. À l'une de leurs extrémités étaient ficelés les quatre angles d'une grosse poche de cuir. Les autres extrémités étaient également fixées par de la grosse ficelle à deux énormes piquets destinés à être enfoncés dans le sol sur le lieu choisi de l'implantation de cette arme redoutable, capable d'expédier de gros cailloux à près de cent mètres de distance. Il fallut de nombreux essais et diverses améliorations pour arriver à la confection d'un engin parfaitement au point.

La principale difficulté résidait dans l'effort de tension à produire pour atteindre un niveau de performance suffisant. La solution consista à disposer de trois tireurs, un lanceur qui s'arc-bouterait en tenant la pierre dans la poche de cuir pendant que les deux autres le tireraient en arrière en l'agrippant par la taille. Il fallait bien entendu coordonner précisément l'instant du lâcher des mains de l'homme de tête. Mais tout ceci ne pouvait être efficace que si les piquets étaient assez solides pour résister à la tension obtenue. Ils l'étaient mal et s'arrachaient immanquablement du sol humide malgré la profondeur de leur enfoncement. On remédia encore à cet inconvénient en plaçant deux auxiliaires étendus sur le dos avec les pieds appuyés sur les dits piquets. Le septième homme, libre de toute action directe était chargé de diriger la manœuvre, fonction qui revenait de droit à celui qui l'avait conçue, Pierre.

L'artillerie étant au point il restait aux artilleurs à aller au bout de leur projet. Ce qui fut fait. Le jour choisi, un jeudi en début d'après-midi, nous installâmes notre arme de guerre sur le sommet d'une courte colline qui dominait les toits des fermes du village voisin. L'objectif visé était l'espace libre le plus proche, vers une fontaine, où un groupe d'ennemis ne pouvait qu'apparaître à un moment ou à un autre. On planta la catapulte, on plaça les munitions près des serveurs, on mit les officiants en place et Pierre assis sur le côté fit mine de regarder dans des jumelles pour guetter l'irruption des assiégés et commander le bombardement. Le temps passait et personne n'apparaissant, Pierre décida l'envoi d'un coup de semonce. La manœuvre fut parfaite mais la distance de tir avait sans nul doute été mal évaluée, car le caillou alla chuter sur les tuiles de couverture d'une grange proche, avant de rouler et tomber hors du toit et de notre vue. Ce faisant, il provoqua une cascade de bruits qui alerta en effet un attaqué, en l'occurrence un paysan qui fourche en mains se dégagea pour venir voir quoi et qui pouvait bien fracasser son toit. Nous ayant aperçus et compris à notre attitude que nous étions les coupables, il se mit à nous injurier et sembla prendre son élan pour monter vers nous par un chemin tournant. Ce n'était pas la réaction que nous attendions, surtout que d'autres personnes apparurent qui nous contemplèrent avec plus d'étonnement que de crainte.

Elles avaient raison, nos envies belliqueuses avaient cédé dès la première menace du râleur enfourché et nous prîmes à peine le temps de récupérer notre catapulte avant de filer comme des lapins, en riant dès que nous nous sentîmes hors de portée de notre contre-attaquant. Le plus drôle de l'affaire fut notre fierté d'avoir accompli cet exploit en réalité peu glorieux. Dans les mois qui suivirent plusieurs d'entre nous se firent de bons copains parmi les ados inconnus du village suspecté et devenus depuis des amis de rencontres.

Que raconter encore ! Nous avons partagé tant de moments intenses et précieux. Il n'est pas possible de tout dire mais avant d'en terminer avec la fin de notre prime adolescence vécue jusqu'à la Libération, Pierre allait sur ses seize ans et j'en avais treize, je veux encore raconter une de ces aventures dont je garde un souvenir réjoui.

Elle était liée à nos envies de camping. Nous avions jugé nécessaire d'améliorer nos moyens en achetant des équipements qui nous manquaient. Mais comment acheter sans argent sinon en se débrouillant pour en gagner ! Et comment en gagner ! En travaillant ! À la campagne on ne paie pas les jeunes pour leur travail. Après mûre réflexion le mieux nous sembla être de monter un spectacle payant pour amateurs potentiels, a priori les gens de notre village, parents et voisins. Nous pensions qu'une foule alléchée laisserait beaucoup d'argent aux guichets et il suffisait de savoir quoi présenter.

Nous avions trouvé des sketches de patronage que nous pouvions interpréter et nous nous étions préparés en répétant le soir dans le grenier d'un camarade mis à notre disposition par ses parents. Notre préparation nous parut convenable mais nous butions sur la mise en scène d'une part et plus encore sur les moyens de trouver une salle apte à recevoir notre public, comme sur tous les aspects d'organisation matérielle d'une représentation. Consulté, Le père du précieux Pierre, ancien comédien dans sa troupe de paroisse, accepta de nous aider. Il rectifia nos fautes et améliora notre jeu sur divers aspects puis se mit à nous chercher une salle convenable. Comme on le verra le lieu ne fut pas anodin !

Il y avait bien dans la partie décentrée du village, une ancienne salle désaffectée où l'on passait des films au temps du muet. L'endroit encombré, sombre et poussiéreux, servait de remise depuis longtemps mais devant l'écran jauni se dressait un plancher de scène où dans les entractes devaient à l'époque se produire quelques artistes locaux. La salle appartenait au tenancier du café mitoyen et son propriétaire voulut bien nous la laisser gracieusement, à condition de prendre en charge sa remise en état.

Ce fut un véritable branle-bas de dépoussiérage et de rangement mené dans l'enthousiasme. Quel bonheur avons-nous éprouvé lorsque nous avons pu vérifier le bon fonctionnement de l'électricité et du rideau de scène qui coulissait idéalement ! Il restait à fixer la date de la représentation et le papa de Pierre se dérangea jusqu'à la sous-préfecture et à la Kommandantur pour nous obtenir les autorisations nécessaires. Nous avions également imaginé qu'une tombola tirée à l'entracte ne pourrait que nous apporter un complément financier intéressant. Pour cela il fallait des lots, les parents sollicités les donnèrent, de toute façon ça ne serait qu'un effet de troc interne entre villageois. Il fallait néanmoins des billets et ce fut plus délicat. Mais rien ne pouvait arrêter notre meneur qui grava un tampon d'occasion dans du caoutchouc, avec un motif à base de tête de mort entouré d'un trèfle notre symbole. Et la fête eut lieu… mais pas tout à fait comme prévu.

Notre commune était, dans sa périphérie lointaine, occupée par un quartier de cités où demeuraient les ouvriers d'une usine implantée dans le bourg voisin. La fameuse salle se trouvait elle-même à une extrémité du village en direction de ce lieu excentré. Un de ses habitants que nous connaissions mal eut vent de ce qui se préparait et ameuta ses amis, en majorité Italiens et Polonais, qui venaient rarement au village et seulement pour des questions administratives. Il faut se souvenir que cela se passait durant l'occupation pendant laquelle les représentations de toutes sortes étaient rares. Le fameux soir arrivé nous fûmes vite débordés. Il n'y avait pas assez de place ni assez de billets pour tous les spectateurs, habitants du village et inconnus des cités associés. Qu'importe ! On trouva des bancs, on se mit à quelques-uns à fabriquer des billets avec des feuilles de cahier découpées, sur lesquelles on inscrivait des numéros dont on s'aperçut au moment du tirage qu'ils étaient parfois en double, voire en triple. Mais les paysans ravis pour leurs rejetons eurent le bon réflexe de céder leurs lots gagnés aux porteurs de billets jumeaux.

Le spectacle put se dérouler comme prévu dans une ambiance incroyable. Je ne suis pas sûr que ce fut d'une grande qualité mais l'enthousiasme fut immense de la part de spectateurs depuis si longtemps privés de sorties et d'amusements. Ils criaient, applaudissaient, tapaient des pieds et nous interpellaient pour nous encourager. Même nos gaffes étaient accueillies par des éclats de rire complices. Nous avons gagné là plus d'argent que nous en espérions et avons pu nous procurer plus de matériel que ce que nous rêvions d'acquérir.

Tous ces instants divers, ces petites tranches de vie, avec leur profond ancrage amical, peuvent aujourd'hui sembler puérils, mais ils ont nourri et fait chanter mon adolescence. Ils sont une grande part de ce qui m'attache à mon passé rustique et me rappellent cette impression de liberté dont nous jouissions. Ils tranchent tant avec cet autre sentiment du recours aux facilités artificielles offertes par notre monde moderne, lesquelles à mes yeux impliquent une sorte de suivisme, de recours comme obligatoire aux moyens offerts par le marché, une sorte d'enfermement.

Je suis toujours impatient et mal à l'aise dans les queues devant les musées ou les salles de spectacle, celles des remontées mécaniques des stations de ski surpeuplées en "saison", celles des caisses des supermarchés, des snacks et des selfs où en réalité tout vous est préparé et présenté. Je m'insurge souvent contre cette pression des médias et des hommes en vue qui me pousse, m'oblige, à m'intéresser sans cesse à tout un fatras d'événements excessivement détaillés, analysés, serinés ; la politique, les élections, la mode, les performances sportives, la publicité, les spectacles, les faits divers du monde entier, etc. Je peste contre cette anesthésie douce de ma volonté qui me fait machinalement m'asseoir devant mon écran de télévision pour y voir et ingurgiter ce que je n'ai ni voulu ni choisi. Je conçois et admets combien la sécurité du "public" nécessite de mise en place de garde-fous, susceptibles de les protéger contre les imprudences et les risques de toutes sortes. Mais entouré de parapets, de barrières, de filets, de glissières, de lignes blanches, pleines ou pointillées, de panneaux d'interdiction et de signaux de danger, je ne peux quelquefois me retenir de les ressentir comme des sortes d'entraves, une atteinte à ma liberté de discernement, un moule commun qui m'enferme contre mon gré, un carcan qui nous uniformise, nous dépersonnalise.

Certes nous avions des obligations d'obéissance, de respect des adultes, surtout des plus âgés, d'effort scolaire et de participation aux tâches qui nous étaient commandées. Nos manquements étaient diversement réprimés par des parents plus ou moins sévères et les châtiments corporels étaient très largement admis, qui impliquaient pour ceux qui en étaient victimes une forte hésitation à répéter leurs "bêtises". Oui, nous avons subi ces "humiliations" jugées aujourd'hui insupportables et nous n'en sommes pas restés traumatisés pour autant. Car, que d'indulgence pour notre façon d'utiliser notre temps libre et d'organiser nos déplacements ! Nous disposions à notre guise et presque sans surveillance d'un espace territorial immense et varié. Combien faibles étaient nos moyens matériels, mais combien étaient diverses nos possibilités et capacités d'initiative ! Nous avons usé au mieux et cet environnement et de ce climat particulier qui me semble avoir forgé en nous des hommes aux caractères marqués, responsables de leurs actes et capables de s'assumer par eux-mêmes, sans tout attendre des marchands et de ceux qui ont autorité. Ce qui peut paraître bizarre aujourd'hui est qu'on ne nous considérait adultes qu'à vingt et un ans, puisque jusque-là nous ne pouvions être qu'élèves ou apprentis, en état de formation et d'éducation jusqu'au service militaire. Cela ne nous limitait pas dans la conception et l'utilisation de notre liberté, mais nous empêchait de prétendre mettre en cause l'organisation des règles sociales gérées par nos aînés.

Autre chose me reste de ce temps de compagnonnage qui entraîne les jeunes adolescents à une intimité de relations physiques et mentales qu'on ne retrouve pas chez les adultes encombrés de réticences. Dans leur plus jeune âge le contact corporel est naturel chez eux, qui n'éprouvent aucune gêne à s'appuyer épaule contre épaule, se tenir par le cou, se porter sur le dos, lutter en se tenant à pleins bras, se tirer, se pousser, se donner des bourrades. Rien d'ambigu dans ces façons de se frotter les uns aux autres comme de jeunes animaux, elles sont celles de la simple complicité dans l'activité ludique partagée entre copains de cet âge. Elles ont leur reflet au plan des relations verbales. On se parle sans affectation, on se dit ce qu'on veut, ce qu'on croit, ce qu'on aime. On échafaude, on rêve, on peste ou s'insulte, on manifeste des accords ou des oppositions. On est ensemble, vraiment ensemble. On est amis, on est frères. Cette si forte et si intense proximité a généré une profondeur de connaissance mutuelle et une complémentarité des caractères qui se sont à jamais enracinées et que je n'ai jamais retrouvées avec d'autres.

Aujourd'hui encore, malgré le temps passé et l'éloignement, je garde le sentiment, la certitude, de mieux connaître mes amis de jeunesse les plus proches que n'importe quelles autres personnes que j'ai pu rencontrer par la suite, hormis ma femme et mes enfants, encore que ces relations soient avec ces derniers différentes, marquées de plus d'affectivité déclarée. Elles ne l'étaient pas entre nous et jamais n'aurions-nous pensé à nous dire notre amitié. Elle était naturelle et indélébile, et cela suffisait.

Petit à petit, au fil des années, un noyau de ceux ayant le plus d'affinités entre eux allait former un groupe de fidèles indéfectibles confirmé à l'âge des premiers rasages, lorsque presque déjà hommes, vint le temps des sorties en ville, des apprentissages des danses dans les bals de fêtes ou les foyers municipaux, de la traque des filles et des tentatives de séduction, de l'intérêt pour le cinéma et pour la musique apportée par la radio, plus tard par les disques. Quelques-uns se mirent à la guitare, et le jazz nous enthousiasma sans nous détacher de notre goût pour la chanson populaire interprétée par les Trenet, les Piaf ou autres débutants comme le grand Yves Montant; ni pour les flonflons des accordéons rythmant les valses et les tangos des dancings.

Le collège

L'ancien accaparement de ma mère, les limitations et interdictions de déplacements imposées durant l'Occupation des années 40, puis la précarité des moyens de transport en province durant les premiers mois d'après la Libération, furent autant de motifs de confinement et de mon maintien quasi permanent durant l'enfance dans le cocon familial et local. Mais ensuite, notre liberté retrouvée étendit le champ de mes déplacements et fréquentations et me permit de m'installer dans une plus grande indépendance vis-à-vis de la famille. Après une courte période d'accoutumance je me mis à fréquenter d'autres condisciples et à connaître notre ville sous-préfecture autrement qu'à l'occasion de rares et rapides incursions limitées aux achats dans quelques commerces précis. Sans totalement délaisser mes premiers compagnons je flânais de plus en plus volontiers en ville avec d'autres et ces éloignements qui ne m'étaient guère autorisés jusque-là devinrent plus fréquents à partir de l'entrée dans ma seizième année, grâce aussi à mon insistance et à l'usure progressive de l'autorité parentale.

Que faisions-nous après la sortie des cours ? Rien de particulier, sinon arpenter les trottoirs en nous bousculant au hasard des rues et des placettes ou nous entasser dans un fond de salle de café tolérant et chauffé pour y discuter et plaisanter à propos de tout et de rien, seulement satisfaits d'être ensemble. Nous trompions quelquefois notre ennui en organisant de loin en loin quelques farces de potaches, mais un souci plus sérieux finit par nous écarter de ces vétilles : les filles ! La mixité n'existait pas dans les établissements scolaires de cette époque et cette séparation se prolongeait hors les murs des collèges, la morale publique faisant se tourner des regards soupçonneux vers les groupes mêlés de jeunes gens des deux sexes bavardant et riant ensemble. Aux filles de défendre leur réputation, à nous de les approcher, voire de les harceler, c'était le jeu.

De la même manière, sans avoir eu comme mon grand-oncle à décider de visiter le monde par mes seuls moyens, mon horizon s'élargit également à l'occasion de voyages éloignés dont je n'avais pas eu l'habitude dans mon enfance. À quinze ans, pour la seconde fois, la première effectuée avec l'accompagnement de mes parents fut très courte et frustrante, j'allais répondre seul à l'invitation de ma tante parisienne, sœur de mon père et mère d'une unique fille, et enfin connaître la capitale. Ma jolie et mutine cousine Agnès se chargea de me guider dans la visite des merveilles de la fabuleuse cité. J'étais émerveillé par la beauté, la variété et l'immensité de la ville et étonné, en même temps qu'enthousiasmé par le rythme de vie de ses habitants. Agnès s'amusait follement de mes surprises et, moqueuse, me traitait gentiment de gamin et de petit provincial. Elle me tenait la main par dérision et cherchait par mille taquineries à m'énerver et à me charmer tout à la fois.

C'est à seize ans seulement que je vis pour la première fois la mer, à Marseille et dans ses environs, où un professeur organisateur de voyages nous avait emmenés, quelques autres élèves et moi. Ce fut un autre éblouissement. Le soleil, le bleu soutenu du ciel, les couleurs et les odeurs exaltées, l'eau profonde et claire dansant au bord des rochers, la vision des côtes découpées depuis une hauteur, les voiliers au loin comme des papillons, et puis la cité grouillante, les marchés bruyants, les joueurs de boules qui s'interpellaient avec leur accent fait pour la plaisanterie, et encore ce sentiment de détente permanent. Nous nagions dans la mer antique, jouions sur le sable brûlant, bavardions sur le port avec les pêcheurs aux pieds nus, interpellions des estivantes rieuses et légères, apprenions à connaître les poissons méditerranéens aux formes étranges, les plantes des collines aux mille senteurs. Tout m'attirait et me rendait fou de curiosité et d'enchantement. Était-ce d'avoir été si longtemps éloigné de ces beautés qui me rendait ainsi avide de voir et à chaque nouvelle découverte d'être aussi émerveillé ! Je n'étais nullement gêné d'avoir sans cesse l'air de découvrir le monde "comme un enfant nouveau-né", avait ri Agnès sans que je m'en fâche. Au contraire, je jouissais pleinement du plaisir de mes découvertes. Et comme au quotidien j'étudiais sans peine, avais de bons amis, m'intéressais aux filles qui en général toléraient bien ma compagnie, usais mon trop-plein d'énergie en faisant du sport, je me sentais bien dans ma peau.

À force de chercher à rencontrer de jeunes personnes aux charmes attirants, nous nous étions avisés qu'en dehors des lieux de foules comme les fêtes foraines, les bals ou les sorties de salles de spectacle, les endroits les plus aptes aux possibilités de contacts étaient les abords et parfois les aires de certaines joutes sportives. C'est ainsi que nous devînmes d'abord spectateurs assidus à suivre les évolutions d'athlètes des deux sexes, de nageurs et nageuses, de basketteurs et basketteuses, puis par un enchaînement naturel de nos poursuites, à nous lancer nous-mêmes dans la pratique sportive. Antoine avait depuis longtemps pris l'initiative et nous entraîna à le suivre. Il s'était déterminé pour l'athlétisme car un camarade lui avait vanté la qualité de la section spécialisée du grand Club de la ville où il s'était fait inscrire. Sa vivacité avait d'emblée fait merveille tant il était vif et rapide. Il avait tout d'un poulain et j'aurais aimé être à la fois aussi élancé et explosif que lui. Mais bien qu'ayant, l'âge venu, acquis comme lui une taille un peu au-dessus de la moyenne je n'étais cependant pas bâti en matériaux aussi légers pour pouvoir prétendre à une efficacité identique, ni même suffisante, pour la course ou le saut. On me découvrit cependant un honnête talent de lanceur, de poids et de disque. Malheureusement ce ne sont pas les aires de lancer qui retiennent le plus l'attention des gazelles coéquipières ou des spectatrices des tribunes. Jacques le longiligne fit partie de ce petit groupe d'adeptes et fut orienté vers les courses de demi-fond. Son assiduité aurait mérité des résultats plus flatteurs, mais il fut néanmoins un compétiteur honnête qui mettait la plus grande ardeur à représenter notre Club dans les divers meetings de la région. Notre entraîneur était réputé pour sa qualité et notre doux ami écoutait toujours religieusement ses conseils dans tous les domaines des spécialités athlétiques et pas seulement celle qu'il s'était choisie. Il nous disait son admiration pour cet homme à vrai dire un peu sorcier dont il était spontanément devenu un assistant qu'il aidait de mille manières en surveillant et aidant nos camarades.

Malgré tout, Antoine et moi trouvions ce sport trop ingrat, particulièrement après la fin de l'été où l'agrément des compétitions est stoppé dans l'attente du prochain printemps. À part les crossmen, les coureurs de vitesse comme les sauteurs où les lanceurs n'avaient d'autre activité que de s'entraîner durant les grises et froides soirées d'hiver en attendant la reprise des meetings de la nouvelle saison. Notre enthousiasme à tous deux était loin d'égaler celui de Jacques et nous l'avions abandonné à ses efforts au profit d'autres. Ce fut Antoine qui, le premier encore, bifurqua et s'orienta dans un domaine à ses yeux plus attrayant, le basket-ball, car il est loisible de pratiquer ce jeu durant toute l'année. En effet la section de basket disposait d'une salle certes étroite, vétuste et mal éclairée mais qui offrait la possibilité de s'entraîner deux fois par semaine. Très vite inclus dans l'équipe junior du club, il jouait certains dimanches sur le terrain de jeu extérieur contre des adversaires d'un championnat régional et

Jacques et moi allions l'applaudir. Son équipe gagnait souvent ses matches et à notre grand plaisir Antoine s'avérait être un des partenaires le plus efficace de son équipe. Il avait un coup d'œil infaillible qui lui faisait animer le jeu en assurant des passes rapides à ses partenaires les mieux placés pour bondir et aller marquer au panier au désarroi de leurs adversaires déroutés par leur entente et leur vivacité.

Parmi mes anciens camarades de la communale restés mes copains, Paul issu du monde ouvrier était inséparable de René le paysan qu'il aidait souvent à s'acquitter de certaines tâches domestiques qui lui étaient confiées. Son objectif avait pour simple objet de libérer son comparse au plus tôt pour élargir leurs temps de loisirs. Il y gagnait de surcroît des cadeaux de pommes de terre et d'œufs que la paysanne lui donnait en récompense pour sa famille. En dehors de ses capacités au dribble et au tacle de footeux amateur, il ne s'efforçait à démontrer aucun autre talent particulier, hormis cependant celui d'être un bon camarade doué d'une gouaille particulière, à lui transmise par son père contestataire et râleur impénitent. Son fils nous insuffla une méfiance incertaine des patrons d'industries. Il serait ouvrier comme son père et aussi hargneux que lui. J'eus bien plus tard avec lui des discussions passionnées pour tenter de lui démontrer l'esprit de bonne humanité que j'observais dans ma façon de diriger ma propre affaire. Sans rien savoir de mon activité il le contestait a priori. Je finissais toujours par m'emporter devant tant de mauvaise foi et il riait alors en me lançant des bourrades amicales qui signifiaient qu'il m'avait bien eu.

Bien qu'il fût le moins grand et le moins musclé d'entre nous, Paul avait également tendance, non pas à chercher à se battre, mais à se placer à l'avant dans l'attitude d'un protecteur lorsque l'un de nous se trouvait invectivé de manière menaçante. Son intervention n'était pas destinée à calmer l'agresseur, et son ton n'était pas celui d'un véritable conciliateur, bien au contraire, et il lui arrivait d'être le premier à être bousculé ou frappé. Il s'y attendait et savait presque toujours éviter le premier coup pour réagir immédiatement en se pliant et en se mettant en boule avec les deux poings en avant qui frappaient en rafale comme une mitrailleuse. Le plus ordinairement cela finissait en bagarres générales courtes et larvées. Notre nombre impressionnait, et lorsqu'on avait compris comment le mitrailleur avait tout un groupe de copains pour l'assister, on préférait s'esbigner. Il se plaça ainsi un jour en défenseur d'un de nos amis artisan du village qui avait été insulté devant lui. Bien entendu, il n'omit pas de nous entraîner dans sa machination.

Le langage campagnard comtois est parfois, souvent même, assez vigoureux. On n'hésite pas à jurer ou sacrer lorsque les choses ne vont pas comme on le voudrait. Et dans les conflits entre personnes on n'hésite pas, de préférence pour les moins courageux lorsque l'adversaire est absent, à le couvrir de noms d'oiseaux plus ou moins emplumés. On pourrait le traiter simplement d'imbécile, d'abruti, de salaud, voire de con, mais on aime bien, pour renforcer l'insulte, faire référence aux souillures que par définition le paysan connaît bien, tels qu'ordure, pourri ou “fumier” !

Nous avions au village un paysan assez porté à l'agression facile, le plus souvent verbale, mais parfois physique. Il était craint, car c'était un gaillard grand et fort qui n'hésitait jamais à menacer un contradicteur, fût-ce pour des broutilles. Un soir de samedi, au café, (que faisions-nous là !) Il entra en coup de vent dans l'étroit lieu de rencontres et se dirigea directement sans avoir salué, vers une table où trois amis étaient en conversation. Il s'adressa à l'un d'eux, monsieur Guido le cordonnier, un ancien immigré italien installé au village, pour lui exprimer violemment son mécontentement.

Bavard impénitent, monsieur Guido chantait des roucoulades en travaillant dans son échoppe quand il était seul, mais aimait surtout retenir sa pratique pour le plaisir de lui faire la conversation après avoir parlé affaire. Il lui assénait alors ses vues et ses opinions tranchées dans tous les domaines possibles. Il était capable de commenter les méthodes d'élevage de bovins à un paysan qui par définition en savait plus que lui, comme d'expliquer une recette à une cuisinière aguerrie. Les plus jeunes adoraient l'été se tenir devant la fenêtre ouverte de son échoppe pendant qu'il leur expliquait les bases techniques du football pratiqué par la "Scudéria" championne du monde ou celles de la pêche en mer ou en rivière. Ils ne l'écoutaient pas seulement pour ses démonstrations fortement convaincues, mais aussi pour son accent ensoleillé. Visiblement gêné et cela nous amusait, il ne pouvait pas toujours se comporter comme se le doit un vrai latin en effectuant la gestuelle nécessaire pour se bien faire comprendre, car clouer une semelle oblige à tenir les instruments de sa fonction en mains, ce qui n'empêchait rien, mais aussi de temps en temps à tenir quelques petites pointes pincées entre les lèvres, ce qui gênait un peu. Il s'en arrangeait en faisant de nombreuses pauses. Alors bouche libérée, le marteau ou le ciseau virevoltaient pour appuyer ses dires et ses intonations. Quelquefois il évoquait son pays avec émotion et l'un de nous lui avait un jour demandé sans malice pourquoi il vivait ici, en France. "Ma ! avait-il répondu, c'est la politique ! Et puis c'est beau la France, si !" On en était resté là ; que pouvions-nous savoir de la politique !

Le grand Charles vociféra : "Salaud ! On te donne des godasses à réparer et trois jours après je me retrouve pieds nus dans mon champ. T'es un voleur !"

Le petit Italien prit une mine contrite pour répondre :

- J'avais dit à ton fils quand il a apporté qu'ils étaient foutus, que je pouvais rien faire. Il est revenu un quart d'heure après pour dire que tu avais dit que je devais essayer de faire quoi je pouvais.

- Et c'est tout ce que tu as pu faire mon salaud et me faire payer le prix fort en plus. Je te le dis t'es un voleur et je veux que tu me rendes mes sous.

- C'est pas juste, j'ai fait comme j'ai pu. Ma ! c'était difficile. J'ai passé beaucoup de temps. Il ne fallait pas les mettre pour aller labourer.

- T'es vraiment un pourri malhonnête. Rends-moi mes sous, je te dis !

En disant cela le gaillard présentait sa grosse pogne à demi ouverte sous le nez des trois attablés. Monsieur Guido était pâle. Les deux autres attentifs. Le bistrot était silencieux, toutes les têtes étant tournées vers le lieu de la dispute. Après quelques secondes mais sans se presser, en se tenant très droit, le cordonnier chercha dans sa poche de veston, sortit un porte-monnaie et en tira quelques pièces qu'il mit dans la paume du furieux.

- Je rends ! Mais il ne faudra plus me demander de réparer des chaussures pour vous.

- Ouais ! Fumier ! Tous des voleurs. Fumier de Rital, va !

Sans s'attarder d'avantage, sans prendre le temps de boire un verre et toujours sans saluer, la brute disparut à grands pas. Après son départ le brouhaha des voix reprit, renforcé et exclamatif. Tous les présents étaient choqués. On parlait à l'insulté, certains approuvant son attitude qu'on jugeait digne. Certains lui reprochant cependant d'avoir rendu l'argent à ce salopard, connu pour être "près de ses sous". Monsieur Guido ne s'attarda pas, il était ému, mal à l'aise et ne pouvait ou ne voulait pas répondre aux encouragements ou aux critiques. Quant à mes camarades présents avec moi, nous étions tous désolés pour notre ami italien. Au moment de partir, et quoique l'incident fût apparemment oublié, Paul nous confia une idée qui venait de germer dans son esprit fécond en matière de manifestations protestataires.

Il n'eut aucune peine à nous convaincre de passer à l'acte pour venger notre sympathique petit cordonnier.

Le lendemain matin, c'était un dimanche, quelle ne fut pas la surprise du grand Charles en voulant sortir de chez lui, de se trouver bloqué par son propre tas de fumier qui s'était, en grande partie tout au moins, déplacé jusque devant sa porte. Il avait fini de traire, il accédait à l'étable par des portes intérieures qui lui évitaient de sortir pour s'y rendre, et après avoir probablement déjeuné dans sa cuisine il voulait justement aller nettoyer le local bovin quand il se trouva en face de la malodorante colline de paille souillée. "Oh les salauds !" lança-t-il à tout hasard avant de s'aviser que comme une cerise sur un gâteau, une vieille godasse en coiffait le sommet, laquelle dépouille lui sembla le narguer particulièrement. Il sut dès lors d'où venait la farce, l'insulte dans son esprit.

Saisi d'une froide colère il s'empressa d'abord de remettre son fumier à sa place avant que trop de monde ne passe devant chez lui et ne rient de l'affaire. Cela lui prit plus d'une bonne heure et lui valut une bonne suée malgré l'air frisquet de ce matin d'hiver finissant. Puis s'étant "débarbouillé", il entreprit de traverser le village à grandes enjambées pour se rendre chez celui qu'il considérait désormais comme son ennemi déclaré, afin de lui faire voir de quel bois il se chauffait et de lui faire cracher le nom de ses complices. Car on ne transporte pas une telle quantité de fumier sans faire de bruit, à moins que les voyous n'agissent dans un parfait silence, avec des moyeux de brouettes certainement bien graissés afin de les empêcher de couiner.

Il y avait de la lumière dans l'échoppe, le cordonnier ayant probablement à terminer une réparation attendue en urgence de la part d'une cliente prise de court. La brute ouvrit violemment la porte. Le cordonnier le regarda avec l'air surpris. Nous étions quelques-uns autour de lui pour lui tenir compagnie. Cela nous arrivait rarement, pour ne pas dire jamais, mais ce jour-là nous y étions tous, toute notre bande de copains entassés dans l'étroit local, interposés entre le maître des lieux et son assaillant. Monsieur Guido allait en réalité de surprise en surprise. La première avait été la demande pressante qui lui fut faite par un gamin d'avoir à recoudre au plus tôt la semelle abîmée d'une chaussure de dame qui en avait besoin pour aller à l'église, ce qui l'amena dans son atelier. La seconde fut de nous voir débarquer à six ou sept pour venir le saluer en l'encourageant à raconter ses histoires, ce qui l'empêchait de pouvoir terminer vite ce qu'il avait à faire. La troisième fut bien entendu l'irruption du menaçant. Celui-ci dut bloquer son élan en se retrouvant devant un mur de dos qui lui bouchaient le passage. Les dos d'ailleurs s'effacèrent par un mouvement tournant de tous les protagonistes installés. Ça n'effraya pas le rugueux Charles qui se mit à nous invectiver : “Ah, c'est vous, bande de petits dégueulasses, c'est vous, hein ! Et bien je vous le dis moi, ça ne se passera pas comme ça.”

Le plus léger d'entre nous, Paul, prit la parole sur ce ton froid qu'en général nous redoutions tous.

- Dégueulasses ! Parce qu'on rend visite à un ami ? Pourquoi ne pas nous traiter tous de fumiers pendant que tu y es ! Tu es drôlement gonflé ! On va te faire bouffer ton fumier, si tu continues à nous insulter !

L'agresseur agressé était courageux et il leva la main pour frapper. Il n'y eut pas d'effet de surprise et il se retrouva avec un bras bloqué derrière le dos en essayant vainement de se libérer pendant que Paul continuait son discours.

- Ah ! Un mot encore. Il faut te dire qu'ici nous sommes tous italiens et que si tu rencontres monsieur Guido, seul, ou l'un de nous, seul, ne te mets pas dans la tête d'essayer de le traiter comme hier soir, fumier !

La manière dont la brute fut jetée dehors fut très énergique, assez sans doute pour lui faire comprendre que des jeunes gens dont quelques-uns étaient devenus aussi grands que lui, pouvaient lui résister. Cela le stupéfia et le fit sans doute réfléchir car l'affaire en resta là. Le signor Guido fit semblant de nous désapprouver. Il reste que tous au village ne firent que rire, sous cape, de l'affaire qui fut évidemment largement ébruitée, mais aucun n'eut cependant le courage d'en parler à la victime, ni même d'y faire une simple et discrète allusion. Il n'est pas bon de tenter le diable, lequel diable fit quelque temps la gueule avant de revenir prendre sa place au café quand il voulut se remettre à fréquenter comme par avant ses concitoyens.

Et le village reprit le cours de sa vie tranquille.

Le changement d'âge

Par le hasard d'une suggestion qui me fut faite par un de ceux que je côtoyais au stade, je fus un jour initié à un nouveau sport, le judo, qui m'ouvrit un espace d'activités physiques qui me plut et qui par chance convenait particulièrement à mon tempérament. Au fil du temps et des entraînements, ayant acquis un bagage technique suffisant, je me révélais être un combattant pour le moins convenable, mais pas assez “gagneur” ! “Tu as une âme d'esthète” m'avait une fois dit avec une moue un entraîneur. Il avait vraisemblablement raison, la victoire à n'importe quel prix ne m'intéressait pas. J'avais néanmoins atteint une petite notoriété qui me valut divers avantages, et notamment auprès des filles, ce qui au fond avait été mon objectif premier.

Cette orientation de quelques-uns d'entre nous vers des activités sportives, nous avait quelque peu éloignés de notre groupe d'amis anciens non attirés par les joutes physiques. En réalité, l'intensité de ces relations avait déjà et très naturellement commencé à se distendre, non pas pour causes d'abandons, mais par modification et encombrement de nos emplois du temps respectifs. Ceux qui étaient entrés au travail salarié n'étaient plus autant disponibles en semaine et se firent plus rares. Puis il y eut des amitiés plus constantes nouées avec des filles que l'un ou l'autre se mettait à "fréquenter !" assez assidûment pour que les copains en soient d'autant délaissés. Ce fut un temps mon cas, partiellement, car j'avais le plaisir de les retrouver au bal où j'allais avec Flora, qui fut mon premier vrai flirt. Et il y eut surtout les premiers départs au service militaire des plus âgés, que l'on ne retrouvait que durant leurs maigres permissions. Leurs départs ne nous surprirent ni ne nous ennuyèrent, ils seraient un jour de retour et il nous suffisait de les attendre pour les retrouver tels que nous les connaissions.

Ce ne fut pas aussi simple et pour ma part, dès nos premières et courtes retrouvailles, était-ce de ne plus les voir régulièrement, je les trouvais changés, à chaque retour plus mûrs, plus adultes, parlant d'autres choses que de "nos affaires" autrefois communes. Ils émettaient des appréciations souvent critiques, et un peu d'amertume perçait dans leurs récits ou leurs jugements sur ce monde nouveau de l'armée, de la foule de leurs nouveaux compagnons aux façons différentes, de leurs chefs aux manières excessivement autoritaires, dans lequel ils étaient entrés et que j'ignorais. Je crois surtout qu'ils s'y ennuyaient et que l'enfermement en caserne se prolongeait dans celui de l'espace étroit des villes de garnison où ils étaient basés. J'en avais conclu que notre campagne leur manquait. Jean-Pierre avait paru le plus satisfait car, envoyé en occupation en Allemagne, il avait été affecté à un groupe motocycliste et cela lui avait énormément plu. Il nous parlait avec enthousiasme des fameuses machines Harley-Davidson américaines qu'il avait chevauchées.

Au final, aucun de mes vieux camarades campagnards ne savait pas encore que non seulement le temps de notre jeunesse était désormais passé, mais que nous ne retrouverions jamais ce sentiment de liberté que nous éprouvions lors de nos balades au village, de nos escapades champêtres, de nos sorties en groupe vers les lieux de jeux et de festivités qui nous attiraient. Les premiers à partir ainsi furent mes trois vieux copains du village. René, Paul et surtout Pierre. Je me souviens de ma surprise et parfois de ma déception à retrouver ces mutants sans enthousiasme qui me semblaient en quelque sorte nous avoir trahis. Puis il y eut plus tard des fiançailles puis des mariages, et les fiancées ou les épousées n'éprouvaient pas forcément la même amitié pour les copains de leurs partenaires et s'arrangeaient parfois pour éviter ou espacer leurs rencontres.

Durant l'hiver précédant le passage de mon bachot, il y eut à la maison une discussion à propos de mon avenir. Lorsqu'on m'interrogea sur mes goûts en matière d'orientation je compris que la question avait déjà été débattue en famille. Je ne savais pas ! Je n'avais aucune idée ! En réalité j'y avais pensé, mais pas d'une manière approfondie puisqu'à mon sens je devais naturellement être conduit d'une manière ou d'une autre, un jour lointain, à reprendre et continuer l'exploitation familiale, bien que sous une forme que j'imaginais différente, mais sans savoir en quoi. Or, on me tenait un langage inattendu, on me poussait, on me suggérait des voies évaluées comme plus prestigieuses, puisque mes aptitudes révélées par mes notes scolaires m'y autorisaient. À aucun moment, ni mon père, ni aucun de ceux qui m'entouraient n'évoqua ce qui pourtant me paraissait le plus plausible, le plus évident. D'abord surpris et indécis je ne savais que répondre, puis, petit à petit, mon incertitude se dilua et se transforma en un simple étonnement. Je n'osais pas formuler la question qui maintenant me brûlait les lèvres. Je regardais Jean-l'oncle qui souriait béatement, comme si tout cela ne le concernait pas. Mon désarroi devait être nettement perceptible car on finit par me regarder sans plus rien dire. On attendait visiblement ma réaction. Après un long silence Je me lançais.

- Qui continuera après vous plus tard ? Qui reprendra la ferme ?

- Ce n'est pas le problème ! coupa brusquement mon père.

Je ne comprenais pas. Il avait parlé sur un ton si abrupt ! Ma réponse fut aussi agressive qu'étonnée. "Ça veut dire quoi, pas le problème ?"

- L'agriculture n'est pas une voie pour toi, tu peux beaucoup mieux que ça.

J'étais stupéfait par ce qu'il disait et plus encore par sa manière de le faire, qui me paraissait particulièrement insupportable. Il me renvoyait en quelque sorte les arguments qu'il n'avait pas voulu admettre pour lui-même étant jeune, lorsque placé dans la même situation il s'était destiné à l'agriculture comme à une vocation. Je restais figé, silencieux, l'esprit en déroute, pensant à mon frère René qui nous avait quittés et à toutes ces choses de ma vie qui étaient ici, chez nous, où j'avais toujours vécu. Quoi ! Que me voulait-on ? Qu'aurais-je dû répondre ? Que savais-je des métiers ? Peut-on réellement choisir son métier ? J'étais décontenancé de découvrir que la réponse à cette dernière question pouvait être positive. Mamène me regardait sous ses lunettes en faisant semblant de coudre, ma mère tenait la tête penchée avec un air douloureux, mon père avait son regard tourné vers une fenêtre, gêné sans doute de son mouvement de véhémence. Je me sentis soulagé avant même qu'il se soit exprimé, quand Jean-l'oncle prit enfin la parole. Ce répit n'allait durer que le temps d'un éclair et le ciel allait me tomber sur la tête.

- C'est fini tout ça, Michel ! L'agriculture traditionnelle c'est fini. Le monde a changé. Il n'est plus comme avant et il n'aura plus besoin de gens comme nous. Enfin pas de la même façon ou pas les mêmes… Je suis heureux que tu aies pensé à nous continuer, mais ton père a raison, tu ne dois pas envisager de rester avec nous pour poursuivre notre vieux métier, surtout que tu as la chance de pouvoir faire ce qui te plaira le mieux, tous ne le peuvent pas. Alors choisis bien. Ce n'est pas à nous de te dire quoi, mais il y a des tas de gens qui peuvent t'aider et te conseiller, comme tes professeurs ou d'autres que ton père connaît. Moi je pourrais demander à Chalot ou à mon ami monsieur Blanchard de te recevoir pour te guider. Ils savent bien ce qu'est que le monde du travail puisqu'ils ont occupé des postes importants dans des usines…

Je lui coupai brusquement la parole :

- Pourquoi fini ? Qu'est-ce que ça veut dire "fini" ? Si personne ne reprend derrière vous, que deviendront l'exploitation, la ferme, les animaux ? Qui soignera les champs ? Et vous que deviendrez-vous ? Et où irais-je moi pour être mieux qu'ici ?

J'étais ému et la gorge serrée. Je m'exprimais machinalement tout en essayant de trouver les mots de ce que je voulais exprimer. Et tout naturellement je me mis à penser aux leçons et aux vieilles phobies si souvent répétées par mon grand-oncle.

"La famille ! Il n'y a rien au-dessus de la famille – rien n'est si bon pour les êtres que d'être ensemble réunis en famille, les vieux, les jeunes et les plus jeunes. - Il faudra bien aussi qu'il y ait toujours des paysans, des gens qui comme tu m'as toujours dit devront produire la nourriture des hommes - Aucune manne céleste ne pourra remplacer ce qu'on obtient de la terre - C'est un honneur, le plus grand, que d'être les nourriciers - Si d'autres ont le prestige de leurs uniformes de leurs robes ou de leurs écharpes nous avons, nous, celui d'être les plus nécessaires - Et puis ce sont les nôtres, ceux qui sont venus avant nous, qui ont installé les paysages - Nous sommes de la famille des "naturellistes ou des paysagistes", comme tu l'as formulé un jour. Car s'il y a la nature qui est essentielle, il y a nous pour l'aider, l'arranger et la faire belle. Les collines de belles prairies c'est nous, les fleurs, les vergers, c'est nous, les sentiers dans les forêts et les bords des ruisseaux c'est nous. Pas un pouce carré de la terre de ce pays où l'un des nôtres n'ait mis la main ! Et je devrais balayer ça d'une chiquenaude, ne même pas envisager de, de... !"

Je m'arrêtai brusquement en me rendant compte que je criais presque, en récitant à mon vieux tuteur les petites phrases qu'il m'avait auparavant distillées et que j'avais parfois écoutées comme des radotages, alors qu'elles me paraissaient tout à coup justes et exaltantes. Et quoi ! C'était lui maintenant qui affirmait que tout cela était dépassé, n'était plus rien ! Que voulait-il dire ? Était-il sérieux ? Bien entendu René ou moi avions pu songer à faire autre chose, au moins pour quelque temps. Mais dans mon esprit ça n'impliquait nullement cette, cette chose, cette mort des fermes, de notre ferme, cette fin des cultures. Certes je m'étais quelquefois imaginé ailleurs découvrant le monde et y jouant un rôle avantageux. Plutôt chercheur ou découvreur de nouvelles formes d'activités. Mais presque toujours, dans ces quelques rêves enfantins, je me voyais comme une sorte de savant agriculteur, qui défrichait des étendues vierges, mettait en exploitation des domaines immenses pour y obtenir des récoltes saines et abondantes. Grâce à mes efforts des troupeaux paissaient dans d'immenses étendues d'herbe grasse et je voyageais à travers le monde pour rencontrer des collègues d'autres pays afin de partager avec eux les fruits de nos expériences. C'était puéril, certes, mais leur attitude à eux était idiote. J'éprouvais le sentiment d'entendre une sorte de mauvaise blague, d'une trahison. On ne pouvait pas me parler ainsi, m'écarter ; ou alors il fallait s'expliquer.

Je ne sais plus comment cette discussion s'était poursuivie, j'étais énervé, l'esprit embrouillé, fâché contre les miens et contre moi-même comme je ne l'avais jamais été et je suis parti bouder pendant toute une journée en me promenant dans notre campagne. Je la trouvais plus accueillante que jamais, calme, apaisante. C'est Mamène qui le lendemain a tenté de me raisonner.

- Ne sois pas injuste avec Jean, c'est un cabochard mais il n'a jamais trompé personne. Tu vois notre famille ! Sans lui que serait-elle ? Bien sûr il y a les autres, ta mère, ton père, la tante, mais il y a surtout eu sa volonté à lui, je peux dire sa foi en nous, qui nous a liés. Et puis il t'aime beaucoup, tu le sais bien. Alors écoute ce qu'il te dit, et si tu ne comprends pas tout de suite, écoute encore, ouvre-toi à lui. Il s'est mal exprimé, tu ne l'as pas laissé parler, mais il connaît ses raisons. Et il a du courage car il est convaincu que désormais ce sont des sortes d'ingénieurs qui dirigeront une autre forme d'agriculture d'un autre âge, mais plus les petits fermiers. Il sait que les tracteurs ont gagné, que l'avènement du modernisme est inéluctable, qu'on ne peut pas résister à l'emploi de nouvelles méthodes, à la consommation des nouveaux produits qui apparaissent sur un marché de plus en plus florissant. Moi je ne sais pas, mais c'est ton père qui parle ainsi. Bien sûr Jean reste en retrait de tout ça, il garde ses vieilles méfiances. D'après lui ça ne veut pas dire que ce sera mieux, mais que ce sera différent et en tout cas plus rentable. Enfin c'est ce qu'il pense. Il a toujours bien senti les évolutions Jean, il sait de quoi il parle.

Mon avenir, donc ! Alors agronome ! Mais partir pour des années étudier loin de chez nous, à l'école nationale qui formait ces ingénieurs en Algérie ! Pourquoi pas ! J'y avais songé bien sûr, mais pas dans une perspective d'abandon de notre ferme et de notre chez nous, de mon chez moi. Surtout pas de séparation, je voulais les garder tous avec moi, ma mère et mon père, Jean-l'oncle et Mamène. Bien sûr René était parti mais comme mon grand-oncle l'avait fait avant lui avant de revenir réunir tout son monde autour de lui ! C'était simpliste, je le savais, mais sans doute n'étais-je pas prêt à affronter l'inconnu.

Au fil des jours suivants, après avoir retrouvé un peu de sérénité et avoir inutilement questionné mes camarades sur leurs propres intentions, aucun n'avait d'idée précise, je n'arrivais pas moi-même à me fixer sur quoi que ce soit de manière un tant soit peu concrète. J'étais dans une phase de pensée totalement négative et, pour en sortir, je décidai de m'affermir dans deux positions.

Un, je n'irai pas en faculté. D'abord parce que la dépense serait trop lourde à supporter pour la famille. On ne me disait rien de l'état de nos finances mais je savais que les revenus laitiers étaient en régression, mon père parlait à tout bout de champ du prix du lait qui semblait être au centre des discussions syndicales. Et j'avais pu deviner les sacrifices qui avaient dû être consentis pour la formation d'Alice. Je ne gagnais pas d'argent mais je n'en dépensais guère, on ne payait pour moi que la demi-pension de mes repas de cantine. Pour le reste j'étais logé et nourri à la maison. On y travaillait pour moi, mais je ne rechignais pas à aider quand cela était utile, dans la mesure de mon temps disponible. J'y prenais même un certain plaisir car je savais comment cette usure progressive du corps, au fil des heures passées à exécuter une tâche dure, longue et monotone, me calmait et me donnait une forme de nonchalance associée à une manière d'acuité, de maîtrise calme de pensées dégagées de toutes urgences, distanciées.

Deux, n'ayant pu me déterminer pour aucune voie précise, je poursuivrai après le bac, si j'y réussissais, des études préparatoires à l'entrée dans des écoles techniques. Je ne savais pas lesquelles mais peu importait, cela me permettrait d'attendre pour me déterminer. Et puis j'étais bien à la maison, pourquoi m'éloigner sans savoir où aller ! J'annonçais un jour ma décision à table, la seule deuxième partie. Tout le monde fut enchanté, et je renouais des relations avec Jean-l'oncle qui dans l'intervalle étaient restées très tièdes, mais longtemps encore nous n'eûmes plus de conversation sur ces questions dont nous débattions si souvent auparavant. Il aura fallu encore quelques semaines avant qu'à nouveau celles-ci reprennent les chemins anciens de nos réflexions sur l'état et l'avenir du monde. Ce qui me laissa longtemps troublé à son propos était son attitude restée tonique et optimiste conservée du moins apparemment, malgré sa perception de la transformation par lui-même annoncée de “son” monde, c'est-à-dire en clair, de la disparition de tout ce qui avait fondé sa propre vie.

C'est après le passage sans histoire de mon bachot et après le début de mes démarches pour entamer des études de math sup' qu'allait se produire cet événement très douloureux qui allait bouleverser tous mes projets, la mort de ma mère. On supposa après coup qu'elle avait soigné ses difficultés articulaires d'une manière imprudente, ingurgitant des médicaments aux effets secondaires néfastes, sans assez se soucier de précaution dans leur emploi. Elle fit une occlusion intestinale qui l'emporta dans d'atroces souffrances. J'avais tout de suite été inquiet, pressentant dès les premiers symptômes et la venue du médecin que la chose était grave. J'avais désiré rester auprès d'elle à l'hôpital pour autant qu'on m'y autorisât. Elle ne parlait pas mais laissait parfois échapper le râle d'un lancement du mal que je devinais insupportable. Ne sachant que faire pour l'aider j'allais ronger mon frein quelques instants dans les couloirs et les allées de l'hôpital. Mon père et Mamène présents auraient voulu que je m'éloigne sous prétexte que seuls les médecins pouvaient quelque chose pour elle, que ma présence était inutile. Mais je ne pouvais pas la quitter car de nouveau dans ces instants je m'étais replacé dans notre ancienne proximité. Même dans son délire je savais, j'étais certain, que de toutes, c'était de ma présence dont elle avait le plus besoin. Je savais qu'elle allait mourir, refusant d'écouter tous les mots rassurants que l'on me prodiguait. Toutes les images de mon enfance et de sa tendresse aliénée à mon égard me revenaient en tête, et ma certitude de sa proche disparition me donnait la nausée et me tenait au bord de l'évanouissement. J'aurais voulu lui rendre les chastes et tendres caresses qu'elle m'avait prodiguées dans le passé, mais je ne savais pas comment m'y prendre devant ce corps en transpiration, tordu de souffrance malgré les calmants, et ce visage ravagé dont le regard derrière les yeux à demi-fermés était totalement tourné vers le lieu de son supplice, l'intérieur de son corps. Les paroles de Jean-l'oncle sur la douleur me revenaient en mémoire et fou de désespoir j'insultais Dieu en hurlant silencieusement.

Elle mourut dans la nuit sans avoir eu de vrai répit, l'esprit englué mais le corps secoué de spasmes. J'ai lu son dernier souffle résigné qui s'exhala comme une délivrance, et je me mis à pleurer doucement comme un enfant triste, comme l'enfant que j'étais redevenu durant ces quelques jours ou quelques heures, je ne savais pas. Je n'ai jamais su non plus combien de temps j'étais ainsi resté assis près d'elle sur une chaise avant de m'endormir comme on se noie. Lorsque mon père me réveilla le jour filtrait à travers le store et je remarquais qu'il allait faire beau. Je vis aussi que son corps avait été enlevé.

J'ai retrouvé mes esprits et mon calme le jour de ses obsèques. Tous ceux qui y participaient, parents proches ou éloignés, amis du village ou d'ailleurs, tous nous contemplaient mon père et moi avec un air douloureux. Mon père avait un visage ravagé et contenait mal sa douleur. C'était la première fois que je voyais ce pudique extérioriser ainsi ses sentiments. Pour ceux qui me regardaient à ce moment-là, j'étais sans doute redevenu à leurs yeux l'enfant écarté qui vivait à part avec sa mère douloureuse, l'enfant d'une tristesse qu'il vivait et ressentait enfin sans l'avoir jamais connue auparavant.

Cette mort de ma mère fut encore une fois pour moi une sorte de nouvelle naissance. Même si cela n'avait pas toujours été perceptible j'avais toujours eu une vie protégée, couvée, et bien entendu surtout par elle. Je perçus tout de suite que j'en avais désormais fini avec l'enfance, totalement et définitivement. Je retrouvai bientôt un calme étrange et y puisai une sorte de certitude, de force inconnue. Je décidai d'en finir avec les études, de trouver du travail et de devenir enfin autre chose qu'un fils soumis, un élève obéissant, un spectateur curieux et hors des soucis de la vie. Il était temps de me prendre moi-même en charge. Quinze jours plus tard j'entrais en usine.

Rencontres et mariages (1)

Durant mes dernières années de collège, j'étais le seul membre jeune de la famille resté à la maison. On ne voyait mon frère et ma sœur que de loin en loin, en certaines occasions plutôt irrégulières et circonstancielles. L'une cependant était traditionnelle et se situait lors de la fête annuelle de notre village. Même René, le plus éloigné de nous tant on le voyait peu, trouvait toujours le moyen de se libérer pour rejoindre la fête, la date s'en situant heureusement dans la période d'interruption de ses compétitions sportives. Il lui arrivait parfois d'amener un de ses bons copains avec lui, lequel était reçu avec sympathie et logé à la maison durant son séjour.

Une fois, c'était un peu plus d'un an avant le décès de notre mère, Alice, comme le faisait son aîné, nous rejoignit accompagnée de deux camarades, sa collègue préférée et le frère de celle-ci également devenu l'un de ses bons amis. Ma propre sœur était institutrice en poste à Nancy et nous la voyions de moins en moins durant les vacances scolaires, préférant occuper ses loisirs à voyager ou rencontrer d'autres de ses relations.

Elle avait confié son projet de visite à Mamène de qui elle était restée très proche, elles s'écrivaient régulièrement, et cette dernière connaissait le motif caché de cette invitation. Avec son sens habituel de la discrétion, non seulement la confidente n'en fit part à personne mais elle sut faire en sorte que personne ne s'étonnât de l'initiative de sa petite-fille. Et au soir de l'arrivée des jeunes gens, elle profita de la réunion apéritive de toute la famille assemblée pour bavarder le plus naturellement du monde avec le grand jeune homme assis à son côté. Comme toute personne âgée elle cherchait visiblement à le mettre à l'aise en le faisant parler de lui. En réalité elle le mettait sur le grill.

"Oui ! Ils habitaient Strasbourg, d'où son père était originaire, mais lui venait souvent à Nancy chez sa Grand-mère maternelle y retrouver sa sœur dont il était très proche. - Son métier ? Il était ingénieur, chargé de la maintenance dans la Société industrielle où son père était contremaître. Il tenta d'expliquer ce que ce mot de maintenance signifiait mais son interlocutrice avait d'autres curiosités - Oui ! Ils étaient protestants et sa mère avait des responsabilités au sein de leur paroisse. - Non ! Il n'était pas marié, hum ! - Oh ! sans doute qu'un jour, enfin il espérait, il envisageait…" Il perdait pied et remuait sur sa chaise comme si elle eut été chauffée au rouge. Intrigué comme tous les autres qui les regardaient, je n'avais perdu aucune miette de la conversation et commençais à comprendre le piège tendu par la malicieuse aïeule, lorsqu'Alice intervint pour mettre un terme à ce supplice.

- Mamène ! supplia-t-elle d'abord. Puis elle se tourna vers ses parents et prit un ton plus appliqué pour annoncer que Daniel et elle… désiraient se marier. Puis désignant ledit Daniel qui souriait de l'air parfaitement idiot qui convient à la mine d'un postulant en train de se déclarer, elle précisa qu'elle était justement venue aujourd'hui pour le présenter en espérant que nous l'accueillerions favorablement dans le cercle de notre famille. Elle termina par un "voilà !" rayonnant et soulagé, le plus dur était fait. Daniel, puisque c'était Daniel, devait également être de cet avis car il semblait attendre la suite de l'affaire avec plus d'émotion que d'anxiété. Il avait jugé opportun de se lever au moment de la déclaration d'Alice et il essayait de garder toute sa dignité en changeant d'appui de jambe toutes les trois secondes.

La suite fut aussi classique qu'avait été en somme le début de cette affaire et les femmes s'embrassèrent, Jean-l'oncle tapa sur la solide épaule de l'ingénieur lui aussi congratulé et embrassé par toutes les dames, puis on passa à table pour le repas du soir. La sœur du promis fut placée à côté de moi. Elle n'était mon aînée que d'un an et elle me parla avec passion du violon et de ses leçons au conservatoire. Elle n'était pas spécialement jolie mais elle était sympathique et j'essayai de lui parler judo. Elle sembla n'y rien entendre et on resta sur la musique. Le banquet du dimanche promettait d'être particulièrement chaleureux et animé.

Les choses ensuite s'enchaînèrent normalement et les familles se rendirent les visites obligées. Je fus du voyage à Strasbourg et Michèle, la sœur, me prit en main pour me montrer sa ville que je trouvai très typée et agréable, n'était ce langage particulier entendu partout et que les gens du cru semblaient préférer au français. Je fus aussi surpris par le grand nombre de personnes, de son âge ou plus âgées, que mon accompagnatrice salua au cours de notre promenade, comme si sa ville eut été pour elle une sorte de gros village où comme chez nous la plupart des gens se connaissaient. Elle m'entraîna le soir dans une partie où nous retrouvâmes quelques-unes de ses amies de rencontre de l'après-midi, lesquelles s'intéressèrent beaucoup à moi. Ce qui était bien normal, il y avait là beaucoup plus de filles que de garçons.

Le mariage eut lieu quelques mois plus tard dans notre village. La salle des fêtes avait été louée pour l'occasion. Ce furent de belles noces qui enchantèrent beaucoup les joyeux drilles alsaciens parents et amis du marié. Ma cavalière Michèle était une bavarde impénitente et nous passâmes encore beaucoup de temps à parler musique. Je réussis à la faire dévier sur la variété. Par chance elle aimait aussi comme moi Piaf et Brassens. Je réussis à l'entraîner à poursuivre ses péroraisons avec d'autres, pendant que je rejoignais le groupe des plus rieurs. Elle prit son violon et se joignit un moment à l'orchestre pour nous servir une valse de Strauss destinée aux anciens.

Puis, c'est une chose qui se faisait encore à l'époque avant l'apparition des disc-jockeys équipés de leurs systèmes de sonorisation sophistiqués, les plus anciens furent sollicités pour chanter ou réciter des monologues. Les airs ou les histoires teintées de grivoiserie, les gens de ce temps étaient pudiques, furent cependant celles qui entraînèrent le plus l'adhésion et les applaudissements. Ce fut effectivement un beau mariage, animé, chaleureux, et nous étions tous fiers de ma sœur et de mon tout neuf beau-frère. Ce fut également la dernière fois où je vis ma mère aussi rayonnante.

René s'est marié l'année suivante dans son pays d'adoption avec la fille de son président de Club qui est aussi un important entrepreneur de la région vosgienne. Mon frère a appris chez lui les techniques du métré en bâtiment et son avenir est désormais assuré. Si tout se passe comme prévu, il deviendra bientôt le bras droit de son beau-père, et plus tard son successeur. Maman décédée n'a pas assisté à son mariage, ni mon père, veuf depuis trop peu de temps. Je représentais la famille avec Mamène, Alice et son mari, et nous fîmes l'effort nécessaire pour ne pas paraître trop moroses.

Et puis mon père s'est remarié, cinq ans après la mort de sa première femme, ma mère, avec une veuve d'un village voisin, mère d'un jeune Mathieu sympathique et d'une petite Claire gaie et très mignonne. Une femme aimable et douce, sans doute moins aguerrie que ma mère aux travaux des champs, mais la ferme avait tant perdu de son activité que cela n'avait guère d'importance. Je n'avais rien contre la relative jeunesse de ma nouvelle belle-mère mais j'étais embarrassé en pensant qu'il était dommage pour la petite-fille de devoir vivre entourée d'une majorité de vieilles personnes. J'ai pu vérifier ultérieurement qu'elle s'en était bien tirée. Jean-l'oncle l'adorait et Mamène la considérait comme la petite fée qui a éclairé les vieux jours des habitants de la maisonnée.

Rencontres et mariages (2)

Un dimanche où je suivais les évolutions de mon joyeux et bondissant copain basketteur Antoine, je remarquais dans la tribune qui me faisait face, une jeune spectatrice qui me parut mériter une particulière attention. Elle était assise au milieu d'un groupe de filles en survêtements, vraisemblablement des joueuses d'un match précédent. Des cheveux fous, des yeux dont je ne pouvais, pour cause de la distance qui nous séparait, que deviner la clarté et la vivacité, un visage et une silhouette qui me parurent d'une qualité incomparable. Bref! Je n'ai pu suivre le match de mon équipe préférée tant j'étais occupé à admirer la divine jeune fille qui bavardait et riait avec ses amies sans jamais avoir un regard en ma direction. L'aurait-elle fait que j'aurais bêtement et aussitôt tourné les yeux pour ne pas avoir l'air aussi insistant que je l'étais en réalité. Je me demandais encore comment me rapprocher d'elle à la fin des matches, quand l'autocar des joueurs et joueuses dont elle faisait partie disparut en les emportant vers leurs pénates, à Besançon, sans que je puisse rien tenter. Durant la période qui suivit, je me demandais comment je pourrais retrouver la trace de la belle. Le calendrier du championnat régional féminin indiquait une date de match retour désespérément lointaine. À moins d'aller voir jouer ailleurs l'équipe de ma favorite. Que la vie m'apparaissait tout à coup compliquée !

Deux semaines plus tard, je rejoignais moi-même la capitale comtoise avec quelques camarades pour y disputer une épreuve régionale de judo. Chacun des jours précédents, sans cesse, j'avais rêvé sans y croire, que la jolie basketteuse viendrait admirer les judokas en action et que peut-être je pourrais alors la rencontrer et faire sa connaissance. Mais en cette époque il n'y avait guère de spectateurs pour suivre ce genre d'épreuve sportive, hormis les compétiteurs eux-mêmes accompagnés de leurs dirigeants et de quelques rares proches ou amis. Quelle ne fut pas ma surprise en entrant dans la grande salle en sortant des vestiaires, de croiser immédiatement son regard. Je fis celui qui n'avait rien remarqué de particulier, mais dans la seconde mon taux de satisfaction atteignit un sommet. Ce jour-là je sentis mes capacités pugilistiques décuplées et fus particulièrement brillant. Avant même la fin des derniers combats j'étais rhabillé et, comble de chance, la jolie spectatrice et les deux amies qui l'accompagnaient s'engouffrèrent dans le café proche qui accueillait généralement les sportifs après leurs ébats. La suite fut à la fois simple et compliquée. Compliquée parce qu'apparemment détaché, je me tordais d'angoisse à l'idée de ne pas oser l'aborder et simple parce que c'est elle qui m'interpella quand je passai près de la table où elle était installée. Elle voulait me féliciter et dès lors je ne la lâchai plus.

- Ça vous a plu ?

- Oui ! Mais vous savez, je n'y connais pas grand-chose.

- Vous faites du sport vous-même ?

- Je joue au basket. Je suis allée jouer dans votre salle il y a quinze jours.

- Ah !

Bla, bla, bla. Je ne voulais plus la quitter et pourtant il le fallut bien quand on m'appela pour prendre la route du retour. Alors très vite et sans plus de manières je lui demandai son nom et comment la joindre. Sans plus de façon et avec, me sembla-t-il, un certain empressement elle griffonna un billet qu'elle me glissa dans la main. J'aurais tant désiré l'embrasser, mais ! Judith, elle s'appelait Judith, m'avoua plus tard que sa présence à ces épreuves de judo était la conséquence du croisement de nos regards quinze jours plus tôt dans la salle où je ne l'avais pas quittée des yeux alors qu'elle-même m'avait, croyais-je, si superbement ignoré. Elle eut beau jeu de me moquer en me rappelant mon culot monstre à faire semblant de ne pas la savoir sportive. "Tu n'avais pas cessé de me regarder, c'en était gênant." Cependant, avant de nous faire de telles confidences nous avions commencé par faire connaissance, par décider de nous revoir, puis par devenir les bons amis que nous avions tous deux espéré être dès le début.

Une semaine plus tard j'allai la voir jouer dans son club, avant de la rejoindre et partir très vite avec elle pour finir la soirée ensemble, en nous promenant, puis en allant boire quelque chose de chaud, il faisait très froid, puis en nous promenant encore. Je lui ai pris la main en tremblant de bonheur. Puis je l'ai embrassée, c'était divin. En la quittant j'aurais crié ma joie au monde entier. Ce fut le début d'une histoire somme toute classique mais qui nous parut tellement merveilleuse. Nous étions seuls au monde et nous cherchions à nous retrouver chaque fois que cela était possible ; et ce n'était pas facile, nos lieux de résidences respectifs étant éloignés d'une soixantaine de kilomètres. J'avais heureusement une moto qui par temps suffisamment clément, rare en notre région, ou plus fréquemment sous la pluie, dans le vent ou le froid, me permettait d'aller la retrouver en week-end lorsque je n'avais pas d'autres obligations sportives. Dès le début j'ai véritablement été amoureux de Judith, et je l'ai immédiatement su parce que ça ne s'est pas passé comme avec d'autres filles. Elle était différente, intelligente, sensible, à la fois fragile et sûre d'elle. Elle m'intimidait et je me demandais si je pouvais véritablement mériter son affection. Mon objectif n'était pas comme avec d'autres de la taquiner et de chercher à prendre du bon temps avec elle, il était d'abord de lui plaire, de lui plaire vraiment, sans artifice, en toute sincérité.

Que dire de Judith qui ne fut pas élogieux ! Elle était magnifique, avec ses cheveux bruns à reflets roux, ses yeux noisette piqués de reflets verts, sa large et belle bouche, son grand corps souple et élancé qui bougeait avec une vivacité et une aisance qui me faisaient fondre. Je lisais dans son regard et sur son front un peu sauvages, comme dans toutes ses attitudes, ce mélange de force et de douceur, de détermination et de disponibilité qui émanait de toute sa personne. Je n'ai jamais été un abondant bavard, j'ai toujours préféré écouter. Or avec Judith je me racontais. Elle me posait des questions inattendues qui m'obligeaient à un réel effort d'introspection pour savoir que répondre. Elle m'interrogeait en particulier sur mes rapports avec les autres, sur ma conception des harmonies, ma perception des équilibres et des cohérences nécessaires selon elle à l'expression et au sentiment du beau. Elle englobait dans le beau tout ce qu'elle aimait. La bonté était belle, la gentillesse, l'intelligence, l'esprit, les enfants, le courage, l'habileté, tout.

J'adorais l'écouter disserter sur sa philosophie, elle y mettait un enthousiasme qui me ravissait. Elle disait se sentir en harmonie avec moi à cause de mon naturel, de mon manque total de sophistication et de bien d'autres choses assez fortes et cohérentes pour lui donner la sensation de solidité et d'équilibre qui l'attirait. Elle m'avoua s'être méfiée de ma simplicité au début craignant un excès de bonhomie, voire d'ignorance. Certes réfléchissait-elle à haute voix, tu as de l'ours, apparemment gauche et lourd, mais en réalité vif et rusé, comme l'ours, et d'aspect débonnaire, comme l'ours encore ou plus exactement comme son équivalent en peluche.

Attentive et spontanée, Judith avait cette qualité qui m'attirait parce que je m'en croyais dénué, le goût. Jeune bachelière elle aurait désiré faire les beaux-arts, mais le papa commerçant exigeait de sa fille unique qu'elle fît médecine, il la voyait dentiste ou pharmacienne, mariée à un médecin à moins que ce ne soit l'inverse. Ou avocate ou expert-comptable, enfin un métier sérieux, où à défaut de succès professionnel elle trouverait à épouser. En fille parfaitement obéissante elle s'était donc sagement inscrite en fac de droit, puis avait régulièrement suivi des cours secrets d'arts appliqués, en redoublant virtuellement son droit chaque année. Elle jouait la sportive fanatique et un peu demeurée pour laisser croire que sa passion pour le basket était cause de son manque d'assiduité et d'efficacité pour ses études. N'ayant pas et pour cause, su non plus attirer et retenir l'attention mâle d'un futur maître du barreau, son géniteur déçu avait finalement fait d'elle ce qui lui pendait au nez, c'est-à-dire une assistante de son ennuyeux commerce horticole. Elle avait su y trouver une compensation en s'adonnant à la composition florale, ainsi qu'à l'arrangement de vitrines et autres activités similaires, exercées pour donner le change, comme un simple passe-temps. En réalité, par progressive extension et jeu ordinaire de relations elle avait dans ce dernier domaine su aussi conquérir et s'attacher une petite clientèle de commerçants fidèles intéressés par son talent.

Ainsi était-elle attirée, non seulement par les beaux caractères et les belles attitudes, mais aussi par les belles matières, les beaux objets, et elle savait le cas échéant rendre beaux les lieux où elle s'installait, et belles les choses qu'elle choisissait et disposait, comme les fleurs, les éléments de décoration intérieure, et même les accessoires des pique-niques que nous faisions à la campagne avec les enfants. Dans les visites d'expositions où je restais parfois perplexe devant des œuvres dont on m'affirmait la qualité, je préférais la suivre dans ses élans et ses quelques coups de cœur. Sa sûreté et cette espèce de tranquille certitude quant à ses préférences me rendaient très admiratif. Lorsque je l'ai épousée, Judith était sans l'ombre de la moindre micro parcelle d'hésitation la femme qui me convenait dans tous ses aspects. Par chance elle semblait également me considérer comme fait au tour pour son goût, dont je viens de dire combien il était sûr. Elle nous trouvait “superbement complémentaires, en parfaite cohérence” et cela la plongeait dans un grand ravissement. Nous avons effectivement et longtemps formé un couple quasiment parfait au plan de l'entente entre partenaires.

Mais après avoir convolé ce qui était prévu se produisit très vite, sans coup férir, et Judith s'étant bientôt révélée enceinte, ses excursions bisontines devinrent plus occupées à la préparation de layette qu'à la vente de fleurs ou la décoration de vitrines. Ni spectacles ni danses, silence on couve ; nous allions sagement marcher le long de la rivière et nous asseoir sur un banc en attendant de rentrer chez papa maman à l'heure du thé. Judith attacha cependant beaucoup d'importance à vivre chez elle, dans notre étroit petit appartement plutôt qu'auprès de sa mère. Elle s'occupait de son ménage et achetait ce qui allait être nécessaire et qu'elle avait oublié de se procurer, elle brodait, festonnait, tricotait, rangeait et préparait le nid. Tout était plus que prêt quand l'événement se produisit et se déroula à une vitesse folle, en trois petits jours le couple mère-enfant surgit dans la maison et dans ma vie.

Dès son arrivée Jérôme bouscula nos habitudes de copains en obligeant sa jeune maman à lui consacrer tout son temps et son père toutes ses soirées. Nous découvrîmes avec effarement la place immense que tient un bébé, au point que tout à la maison tournait autour de sa petite personne. J'aidais Judith le soir à mon retour du travail, en donnant le biberon ou après les premières semaines la becquée ; en me relevant chaque nuit pour aider à donner l'ultime tétée du soir ou la première du matin, je ne savais jamais bien laquelle ; en maintenant l'enfant-estomac à la verticale pendant une durée improbable jusqu'à émission de l'indispensable rot d'après repas ; en aidant aussi, parfois, au nettoyage nauséabond de ses petites fesses barbouillées, avant qu'on ne le renferme à nouveau dans des langes très ajustés. Le pire était ces brusques crises de hurlements surgissant à l'improviste et qui nous plongeaient aussitôt dans l'affolement, surtout au sortir d'un de ces sommeils profonds où nous sombrions en ces temps difficiles dès que nous posions la tête sur l'oreiller. Vite, il fallait découvrir la cause du drame et parvenir à le réduire par les moyens appropriés que Judith savait toujours découvrir, à mon grand étonnement mais aussi à mon grand soulagement, car dans ces cas-là aussi j'étais, et de nuit particulièrement, préposé au bercement en promenade lente et ininterrompue. Car le minuscule tortionnaire avait en cette circonstance l'art subtil de se rendre odieux en se remettant à crier dans le suraigu dès qu'abruti de fatigue je cessais mes pas, au point que l'éventualité d'un meurtre me traversait parfois l'esprit. Heureusement, ces folles contraintes des premiers mois ne durèrent pas exagérément et je pus bientôt m'occuper plus avantageusement du poupon en me vautrant à terre avec lui, durant l'époque où il était encore plus apte à rouler qu'à marcher.

Nous avions dû prendre un appartement plus grand et surtout compléter son équipement, ce qui consomma une grande partie de nos capacités de crédit. Cela n'était restreignant que sur le plan de nos envies de déplacements, car il n'était pas encore possible d'avoir une automobile qui nous aurait été utile pour balader le petit à la campagne. En compensation, Judith s'efforçait d'aller le promener au grand air chaque jour, ce qui avait en outre l'avantage de l'oxygéner elle-même, qui le reste de son temps restait confinée dans son petit deux-pièces. Mon beau-père venait assez souvent nous prendre en voiture pour nous ramener auprès de la belle-mère attendrie, avec l'incroyable quantité des bagages nécessaire pour l'utile et l'agréable de l'enfant au cours d'un seul week-end. Quelquefois c'est mon père qui nous emmenait à la ferme auprès de Mamène et de ceux de ma famille, mais c'était plus difficile pour Judith car les éléments de confort y étaient plus réduits. À peine avions-nous eu le temps de nous remettre de l'encombrement de Jérôme et d'avoir enfin su trouver un bon rythme de croisière que Julie s'annonça et qu'il fallut recommencer à tout donner à la petite sans pour autant négliger le plus grand. Mais nous avions désormais de l'expérience et les choses me semble-t-il se passèrent mieux. Et puis, nous l'avons très vite ressenti, Judith et moi, dès la venue de notre petite fille. Il s'était passé un événement extraordinaire au plan de notre propre attitude, de notre propre façon de nous percevoir. Nous étions devenus une famille, nous étions des parents avec enfants. Avec notre seul petit garçon ce n'était pas encore ça, nous n'étions encore qu'un jeune couple qui se cherchait, qui se regardait encore avec le sentiment de l'étonnement des quelques mois de notre union qui avaient si profondément bouleversé notre vie. Avec Julie en sus, ce ne fut plus qu'une sorte de confirmation, d'entrée définitive dans l'autre monde des adultes, celui de la plénitude, de la densité et de la responsabilité. Cette fois c'était sûr, nous étions des personnes sociales agglomérées en un tout cohérent. Ça ne nous rendait pas plus fiers pour autant mais bizarrement ça nous rassurait. Nous l'avions voulu sans savoir ce que ce serait vraiment et nous l'avions fait. C'était bien, nous nous aimions et nous avions de beaux enfants, nous avions forcé les portes de notre avenir, et la vie était formidable.

Aujourd'hui je me souviens de tout cela avec tendresse et émotion. Judith fut toujours une épouse parfaite et une mère extraordinaire d'attention et de dévouement pour ses enfants. Je me surprenais parfois à avoir un petit pincement de jalousie en me sentant non pas délaissé mais quelque peu placé en marge des soucis quotidiens de ma nichée. Il est vrai que j'avais moi une vie extérieure dévolue à mes occupations de gagne-pain. Mais s'il m'arrivait au travail où au stade de discuter avec mes camarades ou collègues du dernier film sorti sur les écrans de la ville, du dernier match joué, du résultat des dernières élections, en résumé de tous ces petits événements qui auparavant remplissaient notre vie, je ne pouvais guère en parler longuement à la maison, Judith écartant mes tentatives de conversation sur ces broutilles pour m'entretenir de questions autrement plus importantes, comme des qualités comparées des laits et bouillies pour bébés, de l'aspect inquiétant ou rassurant de leurs selles, des derniers conseils donnés par le pédiatre ou encore de la nécessité de devoir vérifier l'état des roues du landau, lesquelles en couinant faisaient se retourner la terre entière avec une moue désapprobatrice. Tout ceci n'était au fond pas très préoccupant car malgré la modestie de ma, et de notre situation, ma compagne ne travaillant plus pour d'autres n'avait plus de revenus, j'étais parfaitement satisfait de mon sort comme Judith semblait l'être tout autant du sien, c'est-à-dire du nôtre. Et puis nous avions pu acquérir à crédit la précieuse automobile grâce à laquelle nous pouvions aller à notre guise en visite chez les uns ou les autres ou partir nous balader où nous voulions quand nous le voulions. Comme Judith et pour les raisons parallèles à la sienne, la paternité m'avait conduit à délaisser toute activité sportive intense et bizarrement cela ne me manquait pas.

Les choses commencèrent à prendre un tour nouveau lorsque je dus d'abord fortement augmenter ma capacité d'attention et de temps passé à mon travail. Ceci fut encore amplifié plus tard, lorsque sur les conseils d'un ingénieur auprès de qui je travaillais, j'entrepris des études, solitaires, qui m'absorbèrent le soir lorsque les enfants étaient endormis. Pendant qu'auprès de moi Judith repassait encore les vêtements des enfants ou se détendait enfin de ses laborieuses journées en lisant ou en écoutant la radio, la musique ne me gênait pas, je m'initiais aux mystères de la statistique, de la loi des grands nombres, des courbes de Gauss et de l'écart type et devenait ce faisant, mais sans m'en rendre réellement compte, moins proche de ma progéniture et du partage des problèmes familiaux. Cette manière d'éloignement par le travail, par les lieux et les natures très différentes de nos activités, n'allait pas devenir pour cette fois trop intense car nous allions nous éloigner de nos familles pour aller vivre ailleurs, loin de notre coin de province, loin de ce pays où nous avions jusque-là toujours vécu, et grâce à cela nous rapprocher. Quand changeant d'employeur j'avais pour la première fois quitté ma région, c'était pour prendre, avec grand plaisir, un poste à Nice. Judith était elle aussi enchantée et si les enfants n'avaient pas d'opinion sur le sujet, ils semblaient joyeux de nous voir l'être pour eux. J'avais été efficacement aidé à trouver un logement très bien situé et bien aménagé, surtout plus grand que celui que nous avions occupé jusque-là.

Je situe cette période somme toute banale comme celle qui a dans mon souvenir le mérite d'être encore bien datée. Ensuite je m'y perds un peu ! J'entends nos installations à Paris, il y en eut trois, d'abord en banlieue sud, puis dans le dix-huitième arrondissement, infernal, avant retour en banlieue ouest. Puis nos parcours professionnels, Judith élargissant son domaine d'intervention dans la préparation de salons, d'expositions, sans que je puisse prendre le temps de comprendre le système de relations dans lequel elle se mouvait. En ce qui me concerne mes missions en Province et à l'étranger, mes trop longs séjours loin des miens qui entre autres motifs m'entraînèrent à quitter la société de conseil qui m'employait pour créer la mienne. Ensemble, la longue répétition de nos vacances d'été, puis d'hiver, puis encore d'été, en Martinique ou en Irlande, et encore d'hiver à l'Alpe d'Huez ou Megève, quelques jours saupoudrés dans la région de Besançon ou de mon village, puis toute cette longue succession des jours de notre vie qui se sont fixés dans ma mémoire comme les images d'un kaléidoscope, sans qu'aucune ne me semble d'évidence liée avec celle qui la précède ou la suit.

Ce qui justement, avec le recul, me paraît avoir été le plus étonnant dans notre union avec enfants, est le peu de temps que nous ayons eu après ces débuts pour en profiter vraiment. Je ne parle pas de durée, mais d'une perte de perception, d'une sorte d'occultation provoquée par l'importance de plus en plus grande de nos activités extérieures. Celles-ci avaient progressivement pris un rythme sans cesse accéléré, basé sur la préparation d'un futur dont l'enjeu n'était pas réellement pesé, mais seulement envisagé et accepté sous la seule poussée des événements. Comment résister à l'envie et à la possibilité lorsqu'elle nous est offerte, d'aller plus au fond des choses, de faire plus et mieux dans notre job, et au-delà du seul intérêt intellectuel de nous valoriser à nos propres yeux, surtout quand accessoirement cela est également favorable à nos possibilités de promotion? J'ai été le premier atteint par les obligations de ma profession qui m'accaparaient d'une manière de plus en plus élargie.

Puis ce fut Judith qui, dès que ce fut possible, reprit ces activités de décoratrice qui, selon ses propres dires, la mettaient en valeur de la même façon, son seul rôle de mère et de maîtresse de maison lui étant apparu, dès que les enfants devenus écoliers lui laissèrent le loisir d'y penser, comme terriblement banal et dévaluant, ce qui, soit dit en passant, me surprit fort. Même le problème de nos rejetons fut de plus en plus conduit dans le même esprit. Nous les voulions meilleurs et les encouragions, les poussions sans cesse à “aller de l'avant”, de peur de prendre un retard trop pénalisant pour la suite de leur formation. Nous pensions plus à leur devenir qu'à eux-mêmes et je suis étonné aujourd'hui de n'avoir alors qu'effleuré cette idée d'une comparaison entre le calme de ma vie à leur âge et la bousculade incessante de la leur. Ont-ils pu comme moi prendre le temps de regarder, observer et contempler le monde autrement que par ce qu'ils en ont entendu dire par leurs maîtres, appris dans leurs livres ou vu à la télé? Je regrette de n'avoir pas mieux cherché en son temps à répondre à cette question.

Durant ces années, le présent ressemblait alors, j'exagère à peine, comme une sorte de perte de temps. À peine réveillé, je me rasais en planifiant mentalement ma journée pendant que Judith tartinait en poussant les enfants à se presser, nous ne les retrouverions que le soir tard, car l'école, la cantine, et des heures d'indépendance forcée avec copains-copines comme eux esseulés chez les uns ou les autres les attendaient.

Nous nous jetions le matin à table durant quelques minutes pressées, nous déjeunions rarement ensemble en semaine, quelques recommandations à propos de tas de choses en projet ou en préparation qui méritaient toute notre attention, au point que lorsque nous les réalisions nous ne prenions pas vraiment le temps d'en mesurer et apprécier calmement la réussite, déjà tendus vers d'autres nécessités. Nos rares moments de repos à la maison, nous les passions non à bavarder de notre quotidien ordinaire, mais à rester avachis devant ce foutu poste de télévision qui imposait le silence à tous, même à ceux qui ne le regardaient pas. Qui ? Judith bien entendu, lorsque je suivais un match de foot ou de rugby, elle n'aimait pas ces jeux de machos ! Ou moi, lorsqu'elle sacrifiait au plaisir du film idiot sur les amours de Sissi ou de Maria Chapdelaine, je bâillais à l'amour larmoyant ! Ou les enfants, mais eux on les envoyait dans leurs chambres s'ils avaient l'idée farfelue d'ouvrir la bouche, car c'était toujours soit pour se chamailler, soit pour réclamer une autorisation à ce qui leur était ordinairement refusé.

Hormis ces temps morts, morts à tous points de vue, notre vie était comme celle des oiseaux théoriquement préoccupés du nid mais sans cesse hors du nid, sans cesse en quête de la nourriture des petits qu'il faut aller chercher au dehors et leur rapporter avant de repartir sans désemparer. Plus tard, une fois le nid vide, ils retrouveront le temps de faire ce qu'on imagine que font les oiseaux, se percher et chanter, sans autre but et sans empressement particulier, pour le seul plaisir de produire de jolis sons, d'agir alors par et pour eux-mêmes. Mais ce tableau n'était qu'apparence, notre souci dépassait largement celui de la seule obtention de quoi satisfaire nos besoins matériels ou alimentaires.

Car nous pauvres humains, était-ce seulement le poids des soins aux enfants qui nous obligeait à cette course effrénée de la vie moderne ? Je ne le pense malheureusement pas, car si je me consacrais corps et âme à mes affaires, et tendais en toute priorité à leur réussite, ce n'était pas pour gagner l'argent, nourriture du groupe, non plus que pour le prestige, ou que sais-je encore, mais seulement réussir pour réussir, pour atteindre les buts fixés sans même me souvenir et me reposer la question de savoir pourquoi ils étaient vraiment si importants. Le plus amusant était que je me sentais parfaitement bien dans ma peau, et que Judith semblait tout à fait partager ce sentiment pour elle-même. Cela ne nous empêchait pas de nous aimer et n'était-ce pas au fond le principal ! Certes nous ne passions pas notre temps à nous regarder yeux dans les yeux, mais sans nous en soucier nous n'avions plus nos regards exactement tournés dans la même direction. Judith était sans doute moins atteinte que moi, qui était au-delà de mes seules affaires entièrement absorbé et obnubilé par celles du monde socio-économique dont elles n'étaient pourtant qu'une infime poussière.

Tout de même ! J'étais toujours amoureux de Judith. Je n'oubliais pas de lui offrir des fleurs, de fêter les anniversaires importants, de voir combien sa coiffure ou sa nouvelle robe étaient seyantes, de lui faire l'amour avec délicatesse. Nous sortions quelquefois le soir, en boîte peu, mais au théâtre, au restaurant, au cinéma. Trop fréquemment peut-être chez des amis ou personnes de relations, où quoi qu'on veuille nous avions le mauvais réflexe de nous regrouper selon affinités professionnelles et de remâcher nos leitmotivs.

La mort de l'oncle

La mort de Jean-l'oncle fut à son image assez particulière, j'allais dire exceptionnelle, quoiqu'elle ressemblât tout bonnement à ce qui devait se passer, toujours ou presque, dans les temps anciens. Il est tout simplement mort chez lui, dans son lit, ce qui est désormais rare, les gens étant emmenés à l'hôpital dès qu'une forte menace pèse sur leur santé et leur vie. Ce qui est à mes yeux plus exceptionnel est qu'au moment de son dernier souffle il était entouré de tous les siens. Ce père sans enfant naturel est parti avec devant lui réunis ses enfants adoptés, qu'étaient autant sa sœur, que ses neveux et nièces ainsi que leurs propres rejetons. Claire aussi, la petite-fille tard venue qui avait toujours vécu sous son aile paternelle, a été en quelque sorte l'exécutrice, voire, dans une certaine mesure, l'initiatrice de la mise en place de ce dernier moment de sa vie.

On aurait pu croire que cette simplicité avait été par lui-même organisée. Ce n'était pas tout à fait le cas. Il avait quatre-vingt-deux ans et a probablement succombé des séquelles pulmonaires de l'asphyxie qu'il avait subie lors de l'ancien incendie de ses écuries. Hormis la guerre, cet homme avait toujours su projeter, décider et réaliser ce qui lui paraissait bon, pour lui ou pour les autres. Comme partir visiter et s'intégrer au monde lointain, puis choisir le retour à ses origines villageoises et endosser l'habit du fermier, effacer les conséquences d'une guerre et regrouper une famille autour de lui, pressentir la fin de l'agriculture traditionnelle et me pousser vers le monde moderne dont il se méfiait pourtant des excès. Cet homme simple, ce paysan sans arrogance ni vanité, a finalement réussi à imposer sa volonté dans le déroulement de ses ultimes heures, à imprimer sa marque. Il ne l'avait ni médité ni préparé, mais se sachant perdu et l'acceptant, il a humblement demandé et obtenu de finir ses jours chez lui, dans la grande maison plantée dans son village, dans son pays, dans le sol où étaient ses racines.

C'est Judith qui m'avait alerté en me faisant dire d'urgence de la rappeler depuis Munich où j'étais en visite d'affaires.

Le vieil homme était dans un état alarmant et j'avais évidemment écourté mon séjour et embarqué par le premier vol en direction de Bâle, d'où je pouvais arriver au plus vite par la route jusqu'au lieu de son hospitalisation. Entre-temps j'eus la surprise d'apprendre au téléphone qu'il avait quitté l'hôpital et était rentré au bercail, mon père m'expliqua la chose après mon arrivée et avant que je monte le voir, il dormait dans une chambre de l'étage, avec Claire comme garde-malade.

- Il est entré aux urgences jeudi soir car le docteur Moreau s'est tout à coup alarmé, il s'était évanoui en rentrant après être allé cueillir quelques pissenlits dans le coteau. La Tante, Claire et moi, avons passé la nuit à l'hôpital sans pouvoir le voir, ils l'avaient mis sous respiration artificielle. Le lendemain nous avons pu entrer dans sa chambre, il avait l'air d'aller mieux. Pourtant le médecin chef nous a expliqué qu'il n'avait pas l'espoir de le voir se rétablir facilement. Il avait un œdème qui ne lui semblait pas devoir se résorber facilement. Et puis "son cœur était fatigué, usé" a dit le docteur. On ne sait pas bien sourire comme le font les infirmières lorsqu'on vient d'apprendre ce genre de chose, et il s'en est aussitôt rendu compte. En me regardant droit dans les yeux il m'a lancé : "Alors cette fois, ça y est, c'est le bout du rouleau, hein !"

- Que voulais-tu que je réponde ? Je lui ai dit qu'il se fatiguait pour rien à dire des bêtises. Puis après un moment il a ajouté "C'est bien ! Je vais pouvoir, me reposer un peu." Il pouvait à peine respirer, il lui fallait s'arrêter tous les deux mots pour parler et il trouvait encore le moyen de plaisanter. Un peu plus tard il a demandé à rentrer à la maison. Bien sûr il n'en était pas question, mais sans rien dire Claire est allée je ne sais où pour se renseigner. Une heure plus tard elle est revenue me chercher pour m'expliquer que dans les conditions où il était, on lui avait avoué que son cas était désespéré, et qu'alors, "mourir pour mourir, autant qu'il le fasse où ça lui plaît." Puis elle m'a traîné dans un bureau où on m'a demandé si j'exigeais la sortie du malade. Ma foi ! J'ai suivi Claire et on m'a fait signer des papiers. Puis ils ont préparé tout un appareillage de soutien qui est parti avec l'ambulance et des spécialistes qui l'ont installé en haut. On n'a pas voulu le laisser dans sa chambre du bas pour qu'il ne soit pas dérangé. Il est dans ta chambre avec le lit face à la fenêtre. Madame Guillot l'infirmière doit passer toutes les deux heures pour des soins, mais c'est Claire qui reste près de lui pour vérifier que tout va bien. Voilà ! Il est là-haut. Ton frère et ta sœur sont arrivés dès hier soir. Quant à toi, je lui ai dit que tu étais en voyage mais que tu étais prévenu et que tu allais prendre l'avion pour revenir. Il a dit qu'il t'attendrait. Voilà comme il est, ce vieux schnok, c'est lui qui décide du moment opportun de s'en aller, après qu'il t'aura revu.

Mon père a la gorge nouée et les yeux rouges. Il me met la main sur l'épaule et me pousse vers l'escalier pour cacher son émotion.

- Décidément rien ne résiste à cette gamine, avait ajouté mon père en tentant de prendre un ton plus enjoué. Et tu le verras, il a déjà meilleure mine qu'à l'hôpital. Être dans sa maison l'a ragaillardi… Mais il ne faut pas rêver.

Je suis entré sans bruit dans la chambre. Il dormait dans le grand lit de bois ciré pendant que Claire, la petite Claire devenue si grande et si belle, a posé le gros livre qu'elle tenait pour venir m'embrasser. Elle m'a en murmurant donné quelques indications sur l'état présent du malade qui lui semblait peu souffrir et dormir sans trop de peine. Puis elle m'a posé les questions d'usage sur mon voyage et ma santé avant de se pendre à mon bras pour regarder avec moi notre cher vieil homme, le vieux paysan usé, notre patriarche, notre fédérateur, notre père. J'observe seulement l'énorme effort qu'il semble devoir faire à chaque inspiration et m'étonne que l'appareil à côté de son lit ne soit pas utilisé.

- Il dit qu'il a déjà assez de mal à respirer comme ça et que devoir subir en plus toute cette tuyauterie, comme il dit, lui paraît insupportable, et que de toute façon elle n'empêchera rien. Il veut seulement garder l'oxygène qui, dit-il, lui garde la tête claire. J'ai été très inquiète car j'avais peur qu'il s'arrête tout à coup de respirer sans t'avoir revu, il y tenait tant.

- Michel !

Jean-l'oncle a exhalé mon nom dans un souffle. Il paraît maintenant se forcer à aspirer pendant que je m'approche de lui et lui prends la main. Il a serré la sienne, osseuse et décharnée autour de mes doigts puis tente de se soulever. Mais il y a renoncé aussitôt et m'a interrogé des yeux en abaissant les paupières. Je réponds que je vais bien et que je suis content d'être vers lui. Puis il s'inquiète encore d'un autre battement de cils. Je savais décoder ces signes autrefois, mais je ne sais cette fois que répondre. Je sens qu'il veut parler et ses doigts se referment un peu, un tout petit peu plus fermement, sur les miens.

- Combien ? combien on est ?

Je suppose qu'il interroge sur le nombre de ceux de sa tribu, nous et nos enfants et je vais lui répondre quand il murmure un "Oh ! j'ai mal" qui m'affole. Mais ce n'est, semble-t-il, qu'une alerte car il semble s'assoupir à nouveau, sa tête devenue si petite écrasée sur l'oreiller. Claire est nerveuse tout à coup et sort brusquement de la pièce pendant que je reste assis sur le bord du lit avec les doigts du vieil homme toujours crispés et retenus dans ma paume. Le soleil du soir couchant filtre à travers les légers rideaux. J'ai l'envie de ne penser à rien, je suis triste et je voudrais prolonger ce moment à l'infini.

Appelés par Claire ils sont tous entrés dans la chambre sur la pointe des pieds. La Tante a l'air perdue et Mamène, la menue Mamène, a les yeux gonflés. Mon père se tient très droit pendant que près de lui René et Alice ont l'air grave d'enfants grondés. Suzanne est restée en arrière avec Mathieu. Claire est allée s'asseoir vers la tête du lit, de l'autre côté de celui où je suis. Je me lève. Nous sommes tous à contempler Jean-l'oncle sans rien dire mais il a dû sentir cette présence, car il entrouvre à nouveau les yeux. Son menton s'affaisse en ce qui me semble être un effort de sourire, puis il remue un doigt de sa main libre, comme pour un signal. Ensuite, doucement, très doucement, sa poitrine se creuse, ses doigts glissent entre les miens et sa main retombe. Je l'accompagne jusque sur le bord du drap, pendant que le vieil homme, je m'en rends parfaitement compte, libère son dernier soupir. Claire aussi a saisi ce moment du dernier souffle, qui saisit le poignet inerte pour constater l'arrêt du cœur et du pouls. Elle se penche sur le vieux visage pour l'embrasser sur le front, puis se tourne vers l'assemblée pour annoncer ce que chacun a déjà compris. Elle lui croise les mains sur la poitrine, redresse l'oreiller, efface les plis sur les draps, s'affaire par réflexe pendant qu'autour d'elle chacun retient ou ne retient pas son émotion comme il peut.

Voilà ! Ce moment s'est déroulé comme on le voyait sur des images anciennes qui se voulaient édifiantes, d'une manière qui après coup m'a semblé avoir un côté traditionnel, presque de tragi-comédie classique. J'aurais eu tant de choses à dire encore à mon vieil oncle et à l'écouter, mais il aurait fallu que je sois là plus tôt. Et puis ce n'est pas vrai, je vis ailleurs, loin de lui comme de tous mes anciens. Mes dernières conversations avec le vieux sage n'étaient qu'échanges de vues vagues, sans vraie importance, sans signification. Il n'en serait rien resté. Non ! C'est faux ! Comme il me l'avait dit un jour, les conversations n'ont pas nécessairement à avoir un sens, elles peuvent être une communion, une manière de se dire que l'on s'aime. Or rien ni personne n'a eu autant d'importance dans ma vie en dehors de ma mère. Elle et lui sont les deux personnages qui m'ont le plus apporté et que j'ai le plus portés dans mon cœur. Mon esprit tourne autour de ces idées inutiles quand Judith me prend par le bras. Elle vient d'arriver par la route. Elle me regarde puis me prend dans ses bras. Elle a dû deviner ma détresse, je dois avoir une drôle de tête, je voudrais pouvoir pleurer.

Le soir je suis parti seul dans le verger, puis dans les champs. J'ai laissé mon regard errer sur ces collines où nous allions faner. Tout me semble morne, sans vie, mort. Je marche entre des ornières et je shoote dans une motte de terre. Il y a des années que je n'avais pas fait ça. Judith et Claire, bras dessus bras dessous viennent à ma rencontre. Je les contemple avant qu'elles n'arrivent jusqu'à moi et je m'étonne de leur différence visible d'âge. Ma compagne est désormais une femme mûre, belle et un peu alourdie par rapport à Claire tellement fraîche et légère qui ressemble à ce qu'était ma femme quand je l'ai connue. Claire ! Elle s'était choisi un grand-père et je sais qu'elle me voit comme son père. Sera-t-elle près de moi quand je mourrai ?

Je pense encore à une réflexion pas si ancienne de mon cher vieux grand-oncle, de mon cher vieil ami déjà si regretté. C'était à propos de la mémoire.

- On ne vit pas seulement avec les vivants, les morts sont toujours là dans un coin de notre mémoire. Ils nous parlent, parfois ils nous aident à décider et bien d'autres choses. Ils nous attendrissent aussi. À l'inverse quand quelqu'un meurt, il emporte avec lui ses souvenirs. C'est plus qu'un pan de sa vie qui disparaît, ce sont tous ces autres qui étaient en lui, toujours proches. Quand tu partiras, longtemps après moi et après tous ceux qui t'ont entouré et aimé dans ta jeunesse, tous ces paysans jusqu'à ton père disparaîtront avec toi. Tu seras le dernier à avoir connu les paysans d'avant, ceux du temps des chevaux. Et à avoir un peu été toi-même le dernier des paysans.

Moins de trois années plus tard, Mamène est partie à son tour, précédant le départ de la Tante de quelques mois. Je suis venu seul à leurs obsèques, car dans l'intervalle Judith et moi avons divorcé, cela se fait beaucoup désormais. Je rencontre mes enfants de loin en loin. Jérôme est journaliste et Julie, mariée sans enfants, est installée à Nantes. Claire, mariée elle aussi, est restée au Pays dans la ville où j'étais collégien. Je vais la voir ainsi que mon père une ou deux fois par an. La ferme est assez décrépite mais mon père, vieux sage silencieux a conservé une vache, une seule. Le cheval qui est à l'écurie est à Claire, qui monte régulièrement.

Pour ma part, j'ai suivi ma trace et je suis devenu un individu assez représentatif du monde dans lequel je vis ! Je n'aurai pas réussi moi, comme Jean-l'oncle et tous mes anciens, au-delà de toutes les vicissitudes, à maintenir ma tribu unie pour toute une vie. Je n'espère rien, je suis seul !

SOMMAIRE

Pages

LE CHEVAL INCENDIÉ - III -

LE CHEVAL INCENDIÉ - IV -